GUANDA NOIR

Titolo originale:
Þagnarmúr

Questo romanzo è frutto di fantasia.
Nomi, personaggi ed eventi sono esclusiva invenzione dell'autore.

In copertina: fotografia © Joerg Buschmann/Sime
Grafica: Emilio Ignozza/*the*World*of*DOT
Progetto grafico: *the*World*of*DOT

IL LIBRAIO.IT
il sito di chi ama leggere

ISBN 978-88-235-3383-7

© Arnaldur Indriðason, 2020
Published by agreement with Forlagid Publishing, www.forlagid.is
© 2024 Ugo Guanda Editore S.r.l., Via Gherardini 10, Milano
Gruppo editoriale Mauri Spagnol
www.guanda.it

ARNALDUR INDRIÐASON
MURO DI SILENZIO

Traduzione di Alessandro Storti

UGO GUANDA EDITORE

1

Una volta entrata nella casa, Eygló non impiegò molto tempo ad avvertire la sensazione inquietante di cui le aveva parlato la donna. Già diverse persone, nel corso degli anni, l'avevano invitata a fare un sopralluogo nelle loro abitazioni, sostenendo di provare, di tanto in tanto, un inspiegabile senso di disagio. Alcuni, addirittura, la pregavano di contattare i loro cari nell'aldilà e parlavano di strani rumori nelle stanze. Ma a Eygló non piaceva giocare all'acchiappafantasmi. Si prestava a queste richieste soltanto in casi eccezionali. E infatti anche stavolta, quando la signora le aveva telefonato, lei aveva opposto un secco rifiuto. Ma evidentemente non era stata abbastanza risoluta: due giorni dopo aveva sentito suonare il campanello e si era trovata alla porta una donna di mezz'età, con un sorriso imbarazzato. Era una tarda sera d'autunno e la sconosciuta, in piedi sui gradini d'ingresso sotto la pioggia battente, si era presentata come la persona che un paio di giorni prima l'aveva contattata a proposito di «qualcosa» che avvertiva in casa. Si era affrettata a mettere in chiaro che non si aspettava sedute spiritiche o chissà quale altra prestazione medianica: voleva solo chiederle di andare a casa sua, fare un giro per le stanze e vedere se per caso anche lei percepiva qualcosa di strano. Da quando lei e il marito si erano trasferiti lì, c'erano momenti in cui si sentiva prendere da una forte ansia o addirittura dalla paura. Prima di allora non le era mai capitato. Eygló non poteva lasciarla sotto la pioggia, perciò l'aveva invitata a entrare.

«Lo so, i fantasmi non esistono» aveva detto la donna, senza andare oltre l'ingresso. «Però in casa mia c'è qualcosa che... insomma, c'è *qualcosa*. Ne sono convinta, e vorrei vedere se anche lei prova queste sensazioni. Mi scusi se mi presento così, ma... Oddio, mi sa che sto diventando pazza.» Eygló l'aveva fatta accomodare in soggiorno. Parlando, era emerso che la donna si era già rivolta alla Società di Studi Esoterici, dove era stata accolta da Málfríður. Era stata quest'ultima a fornirle il nominativo di Eygló, ma l'aveva messa in guardia: l'amica era sicuramente la persona più adatta ad aiutarla, ma poteva mostrarsi riluttante a farlo. Già altre volte Málfríður aveva mandato gente da lei. Eygló le aveva detto chiaro e tondo che aveva interrotto ogni attività medianica, ma era stato come parlare al muro.

Eygló le aveva chiesto se sapesse qualcosa sulla storia dell'edificio, in particolare se altre persone che vi avevano abitato avessero avuto esperienze analoghe, ma la donna non era stata in grado di risponderle: lei e il marito avevano acquistato la casa quattro anni prima – nell'autunno del 1975 – e si erano trasferiti insieme ai figli, entrambi adolescenti, ma le sensazioni inquietanti erano cominciate dopo qualche mese. E le aveva soltanto lei: il resto della famiglia non aveva mai percepito nulla.

«Ha qualche problema personale, in questo periodo?» le aveva chiesto con cautela Eygló, per capire se la donna, attraverso quelle suggestioni, stesse inconsciamente evitando di affrontare ciò che davvero l'angosciava.

«Mio marito mi prende per... dice che ho qualcosa che non va. Mi ha mandata da un medico. Crede che siano scherzi della mente. Mio marito, dico. E forse anche il medico. Mi ha prescritto certe pillole... ma io non le prendo, le butto nel gabinetto. Però poi passo la notte in bianco, dormo al massimo un paio d'ore. E appena mi sveglio tendo l'orecchio per sentire se ci sono di nuovo quei rumori.»

«Rumori di cosa?»
«Mah, mugolii. Come se qualcuno stesse piangendo.»
«Il vento può produrre i suoni più strani. Magari erano i rami di un albero che sfregavano il muro della casa. Oppure erano i cavi dell'elettricità, i fili da bucato. O un gatto, un uccello. C'è qualche nido nei dintorni?»
«No, e nemmeno alberi. Anche mio marito dice queste cose: dà la colpa al vento, alla pioggia, all'antenna televisiva... Anche al camino: a volte l'aria, passando intorno agli angoli del comignolo, produce dei gemiti...»
«Le capita di sentire delle voci?»
«Mai» aveva risposto la donna. «Nulla del genere. L'ho detto anche al dottore. Non sento voci e non vedo nulla. Ho questi... attacchi. Mi sento come se stesse per accadere qualcosa di terribile. Ecco, la sensazione che provo è questa. Un disagio tremendo. Può aiutarmi? Io vorrei continuare ad abitare lì, non mi va di traslocare. È solo che non vivo bene. In quella casa non c'è una bella atmosfera e... be', ho pensato che magari lei è in grado di fare qualcosa.»
«Adesso?»
«Oggi sono da sola» aveva detto la donna. «Mio marito è andato su al Nord con i ragazzi a trovare sua madre. Io non... non ho un buon rapporto con mia suocera.»
Eygló l'aveva guardata in faccia e si era resa conto di non poterla rimandare a casa così, come se niente fosse. Quella donna non stava bene e il suo discorso, per pacato che fosse, era chiaramente un grido d'aiuto. Eygló aveva indugiato per qualche istante, in cerca di una scusa per accomiatarla. Non riuscendo a farsi venire in mente nulla, si era messa il cappotto ed era uscita insieme a lei. La donna era venuta in macchina, ma Eygló aveva preferito prendere la propria auto e l'aveva seguita fino alla sua abitazione. Avevano parcheggiato davanti all'ingresso.
La casa aveva due piani, più un seminterrato. Era piutto-

sto piccola, con l'intonaco dei muri che cominciava a scrostarsi. La donna aveva aperto con la chiave, aveva invitato Eyglò a entrare, dopodiché aveva richiuso la porta. A destra dell'ingresso c'era la scala che scendeva nel seminterrato. A sinistra, invece, c'era la cucina, dove le luci erano rimaste accese. Di fronte, da una parte si accedeva al soggiorno, nel quale s'intravedeva il bagliore di una lampada da terra, dall'altra si saliva al piano superiore.

Eyglò aveva compreso subito a cosa si riferiva la donna. Il senso d'inquietudine era indefinibile, ma c'era. Le aveva detto che in quella casa «non c'era una bella atmosfera», e in effetti Eyglò stessa non avrebbe saputo dirlo meglio.

La pioggia martellava le finestre. Eyglò fece un giro per le stanze e la donna la seguì. Completato il pianterreno, salirono la scala. Esplorate anche le stanze del piano di sopra, ridiscesero. Era una casetta decorosa, con quadri alle pareti, fotografie di famiglia, soprammobili e alcune librerie.

Eyglò le chiese se ci fosse un punto in particolare nel quale il fenomeno si verificasse più spesso. La donna rispose che non ne era sicura, ma che in effetti c'era un locale dove gli attacchi erano più forti: la lavanderia, giù nel seminterrato. Scesero la scala accanto all'ingresso. Eyglò si piazzò al centro della stanza e chiese alla donna se da quella posizione le sue percezioni extrasensoriali fossero più nette.

La donna scosse la testa. «No, di extrasensoriale non c'è proprio niente. Perché? Percepisce qualcosa?»

«Sì, un senso di costrizione» rispose Eyglò. «O di oppressione. Sì, mi sento... soffocare.»

«Proprio così! Anch'io ho questa sorta di affanno e non so spiegarmelo. Ieri notte mi sono svegliata con il fiato corto. Mi sembrava di annegare.»

Tornarono al piano terra ed entrarono nella stanza accanto alla scala. La donna spiegò che un tempo era stata una cameretta, adesso era uno studio.

Anche qui Eygló provò la sensazione di poco prima e all'improvviso – senza che nulla di particolare innescasse questo pensiero – le venne in mente il *Salmo del fiore* di Hallgrímur Pétursson. Si voltò verso la donna e le disse che purtroppo non poteva darle alcuna risposta riguardo alle cause della sua angoscia, né consigli per evitare quegli attacchi.

La donna parve accontentarsi del solo fatto di averne parlato con lei.

«Se ho ben capito, questi fenomeni vengono avvertiti soltanto da lei, dunque posso aspettarmi che ai nuovi proprietari non capiterà» concluse Eygló.

«Nuovi proprietari?»

«Be', qualora decideste di vendere. Sarebbe pur sempre una soluzione. Anzi, mi sa che è la più semplice. Provi a consultarsi con suo marito.»

Circa un mese dopo, leggendo un giornale di annunci immobiliari constatò che la donna aveva raggiunto un accordo con il marito. Ma dopo di allora non si diede più pena per quella faccenda: ben presto smise di pensarci. Solo di tanto in tanto le tornava in mente la strana sensazione che aveva provato nell'edificio, con la pioggia che batteva sui vetri. Riusciva a descriverla solo come un insostenibile senso di costrizione, quasi di soffocamento, come se i muri si stessero progressivamente chiudendo intorno a lei, minacciando di crollarle addosso e inghiottirla.

Non ebbe più notizie di quella casa per quasi quarant'anni.

2

Alla polizia i coniugi dichiararono che tutto era cominciato con rumori di cui non sapevano individuare la provenienza. Dopo un po' avevano pensato che fosse una finestra del seminterrato che non si chiudeva bene e sbatteva a causa delle correnti d'aria. L'uomo l'aveva riparata, ma due settimane dopo i rumori erano ricominciati. Provenivano sempre dal seminterrato ed erano molto più forti di prima. Un giorno la lavatrice si era mossa da sola, spostandosi fino a tendere al massimo il tubo di gomma. Era ancora collegata alla presa elettrica, ma aveva il cestello vuoto ed era spenta. I coniugi non avevano figli, dunque in casa non c'era nessun altro. La donna aveva scattato alcune fotografie con il cellulare e le aveva pubblicate sulla sua pagina Facebook.

Circa un mese dopo, ci fu un terzo episodio. L'uomo stava stendendo il bucato, quando tutt'a un tratto la lavatrice si avviò da sé. Lui si spaventò moltissimo. Il cestello girava a tutta forza, poi si bloccò bruscamente. L'uomo si avvicinò alla lavatrice, esitante, e le diede un calcetto. Aprì lo sportello e guardò dentro, senza però trovare nulla che non andasse. Quando tornò di sopra, raccontò alla moglie l'accaduto. Lei gli disse che forse era un problema delle prese di corrente del seminterrato, ma lui le rispose che era improbabile: i proprietari precedenti avevano ristrutturato l'intero edificio, rifacendo da cima a fondo l'impianto elettrico.

Il fratello dell'uomo, che era elettricista, venne a controllare tutti i cavi e non trovò nulla fuori posto, anzi, confermò che l'impianto era stato fatto a regola d'arte.

Passò un altro mese. Una sera, la donna scese a prendere una bottiglia di vino bianco. Avevano appena comprato un frigorifero nuovo per la cucina e avevano portato giù quello vecchio – che era più piccolo. Ora lo usavano principalmente per tenere in fresco gli alcolici. Ai piedi della scala, venne accolta da strani bagliori intermittenti. Premette l'interruttore, ma non successe nulla e pensò che fosse saltata la luce. Solo allora vide che i bagliori provenivano dal frigorifero: lo sportello era aperto. Una bottiglia era caduta sul pavimento e si era rotta. Il vino aveva formato una pozza che si stava ancora allargando.

La lampadina del frigorifero sfarfallò, come se stesse per fulminarsi. Pochi istanti dopo si spense del tutto e lei rimase al buio, con la sensazione che in casa ci fosse qualcosa di molto inquietante. Da quella sera, smise di pubblicare foto su Facebook.

I rumori nel seminterrato proseguivano e i coniugi non capivano a cosa fossero dovuti. La casa si trovava a Vesturbær. Era stata costruita poco prima della Seconda guerra mondiale, e nel corso dei decenni aveva avuto diversi proprietari. Loro vi abitavano da circa un anno. La donna ebbe l'idea di contattare la coppia da cui l'avevano acquistata.

A rispondere al telefono fu l'uomo. Lei, cautamente, gli chiese se nel periodo in cui avevano abitato in quella casa avesse mai notato qualcosa di strano, in particolare nel seminterrato. Gli descrisse in breve ciò che era accaduto. Lui negò, ma lei ebbe il sospetto che fosse sulle spine, perciò prese il coraggio a due mani e – pur scusandosi per la sfacciataggine – gli chiese apertamente cosa l'avesse spinto a vendere: sapeva che aveva abitato lì per quasi quattro anni, insieme alla moglie e ai due figli, e che si era sobbarcato i costi di una ristrutturazione in grande stile. L'uomo, quasi offeso da quella domanda, rispose che con la vendita aveva recuperato le spese, poi concluse bruscamente la telefonata.

L'uomo che aveva posseduto quella casa ancora prima di lui vi aveva abitato per una ventina d'anni, ma era morto di recente. Era però viva la figlia, che rimase molto sorpresa dalla telefonata dell'attuale proprietaria e affermò di non aver mai notato che l'edificio fosse «infestato». Semmai, era una «casa con un'anima», nella quale si era sempre trovata bene. Quando la donna le chiese se – a quanto ne sapesse – in una delle stanze fosse avvenuto qualche decesso, la figlia del vecchio proprietario rispose: «In effetti sì. Mia madre. Era malata di cuore, ha avuto un infarto e mio padre l'ha trovata morta sul pavimento del soggiorno».

La donna non riuscì a contattare altri ex proprietari o inquilini, ma non si diede per vinta: andò sul sito internet del catasto di Reykjavík e scaricò le planimetrie dell'edificio. Lei e il marito le avevano già viste al momento dell'acquisto della casa e ne conservavano ancora una copia, ma non ricordava dove la tenevano e aveva premura. Ora, studiando quei disegni, verificò ciò che per l'appunto le pareva di ricordare, ossia che in origine il seminterrato conteneva una carbonaia per la caldaia, che era stata rimossa ai tempi dell'allacciamento al teleriscaldamento. Uno dei locali era classificato come dispensa. Poi c'era la lavanderia – molto più piccola di quanto non fosse oggi – e uno stanzino adiacente, che era stato sacrificato proprio per ampliarla. Forse era stato pensato come alloggio per una domestica.

Qualche tempo dopo, una sera, la donna si addormentò davanti alla televisione. Quando si svegliò, si rese conto di essere rimasta sola. Data l'ora, e il fatto che il televisore era spento, pensò che il marito fosse già a letto. Andò in cucina per finire di rigovernare prima di coricarsi, ma fu allora che udì un tonfo, seguito da un grido soffocato. Entrambi i suoni erano ben distinti e lei si spaventò molto, soprattutto considerando ciò che era appena capitato. Fece capolino dalla porta della cucina e chiamò a gran voce il marito, chiedendogli se avesse sentito anche lui. Ma non ebbe risposta.

Salì a svegliarlo, perché i rumori provenivano sicuramente da giù e la cosa la turbava. In camera però il marito non c'era e il letto era rifatto. La donna lo chiamò ancora, anche stavolta invano. Ipotizzò allora che fosse uscito per una passeggiata serale: non era sua abitudine, ma in un paio di occasioni era capitato.

Poco dopo, però, s'insinuò in lei il sospetto che il marito non fosse affatto uscito, ma che si trovasse in casa, magari proprio nel seminterrato. Scese la scala con circospezione, continuando a chiamarlo, chiedendo se fosse laggiù e cosa stesse facendo. All'ultimo gradino si fermò e lanciò un'occhiata verso la lavanderia, ma la porta era chiusa. Chiamò di nuovo, sempre senza ottenere risposta. Avanzò e provò a entrare. Qualcosa però bloccava la porta. Qualcosa che giaceva sul pavimento.

La donna spinse con forza fino ad aprire uno spiraglio abbastanza largo da permetterle di passare. Fu allora che vide suo marito per terra. Doveva essere caduto. Premette l'interruttore, ma la plafoniera non si accese. S'inginocchiò accanto a lui e, alla poca luce che proveniva dalla scala, notò che la testa sanguinava. Accanto c'erano una sedia poggiata su un fianco e una lampadina rotta. Le schegge di vetro erano sparse dappertutto.

Continuando a chiamarlo per nome lo scosse, poi provò a sentire se respirava. Non ne era sicura, ma le sembrava che il cuore battesse ancora.

Il cellulare era in cucina. La donna salì di corsa le scale, chiamò il numero di emergenza e, mentre tornava nel seminterrato, raccontò al telefono l'accaduto. A quanto pareva, suo marito era salito su una sedia per cambiare la lampadina della plafoniera, ma era caduto e ora giaceva sul pavimento, privo di sensi. La voce all'altro capo della linea le spiegò in tono pacato che l'ambulanza sarebbe partita immediatamente e le chiese di descrivere in modo più dettagliato la situazione. La donna si guardò intorno e vide che per terra c'erano anche i fili da bucato. Erano blu, ed erano stati tirati da una parete all'altra della lavanderia, grazie a dei ganci inseriti in assicelle di legno fissate al muro. L'uomo ci era caduto sopra con tanta forza da staccare una delle assicelle. Quest'ultima si era portata dietro un pezzo di muratura, aprendo una breccia nella parete.

Ora la donna si accorse che nel muro c'era una cavità, all'interno della quale scorgeva qualcosa che sembrava la tela di un sacco.

Il marito emise un gemito. Lei si voltò verso di lui, pensando che stesse riprendendo conoscenza. Cominciò a parlargli dolcemente, ma l'uomo non dava segno di udirla. La donna prese una salvietta asciutta e gliela infilò sotto la testa, ma non osò fare altro: la voce al telefono le aveva raccomandato di non muoverlo.

Sollevò lo sguardo verso l'apertura nel muro. Sì, dentro c'era davvero qualcosa, che però lei non vedeva con chiarezza.

Il marito aprì gli occhi. Intanto, fuori, si sentiva l'ambulanza che si avvicinava.

Gli sorrise.

«Cos'è successo?» mormorò lui.

«Sei caduto, tesoro» disse lei, tenendogli una mano.

Mentre l'ambulanza si fermava davanti alla casa, la donna si alzò in piedi e si avvicinò al buco che si era aperto nel muro. Ora che la lavanderia era illuminata dai lampeggianti blu, vide chiaramente che si trattava davvero di un pezzo di tela.

Ma quando lo tirò, qualcosa si mosse all'interno del muro e comparve un folto groviglio di capelli.

*

In strada tutto taceva. La porta era stata lasciata aperta per agevolare l'accesso ai paramedici, i quali si affrettarono a entrare. Appena misero piede in casa, udirono uno strillo acutissimo salire dal seminterrato.

3

Konráð ebbe qualche difficoltà a far capire all'anziano ex caposquadra il motivo della sua visita. L'uomo aveva lavorato nell'industria delle carni per quasi tutta la vita e per molto tempo era stato dipendente della Cooperativa di Macellazione del Suðurland, nel periodo in cui la sede si trovava a Reykjavík, in Skúlagata. In seguito lo stabilimento era stato trasferito a Hvolsvöllur, ma lui pensava che la regione non offrisse grandi possibilità, perciò, invece di andare a stare laggiù, si era fatto assumere da un amico che gestiva un impianto di lavorazione delle carni a Hafnarfjörður.

Ormai Konráð era lì con quell'uomo da un bel po'. Si erano messi a parlare di un vecchio episodio di cronaca nera, un omicidio avvenuto proprio in Skúlagata – un uomo accoltellato a morte davanti al cancello che delimitava il vialetto d'accesso al complesso edilizio della Cooperativa di Macellazione –, e lui aveva spiegato il motivo per cui quel caso lo riguardava molto da vicino.

« Ah, era suo padre? » disse l'ex caposquadra, guardandolo con aria serissima.

Konráð annuì.

« Me lo ricordo bene, quel fatto » proseguì l'anziano. « Allora non lavoravo ancora in Skúlagata, ma i giornali ne hanno scritto. Solo che nessuno ha mai fatto parola della storia degli affumicatoi, di cui lei mi chiedeva poco fa. O almeno, non mi pare. Come mai le interessa? »

« C'è la possibilità che l'assassino di mio padre si sia nascosto nel locale degli affumicatoi» spiegò Konráð. «Mi è stato detto che lei conosceva bene tutta la 'vecchia guardia' della Cooperativa, perciò ho pensato che sapesse chi erano gli addetti all'affumicatura in quel periodo.»

Già da diverse settimane stava provando a rintracciare le persone che avevano lavorato alla Cooperativa di Macellazione del Suðurland negli anni Sessanta, ma preferiva restare sul vago, senza rivelare la ragione di quella sua indagine personale. Non voleva fare confidenze a gente che non conosceva. Aveva telefonato agli uffici aziendali sostenendo di essere alla ricerca di anziani che potessero insegnargli l'antica arte dell'affumicatura delle carni e del pesce. Era riuscito a farsi dare qualche nominativo, ma quando aveva provato a contattare quelle persone aveva constatato che non ne era rimasta in vita neppure una che avesse lavorato lì intorno al 1963. Qualcuno, però, gli aveva parlato di un caposquadra che forse poteva aiutarlo. Così quel giorno, nel primo pomeriggio, Konráð si era presentato a casa di quell'uomo. Alla fine gli era toccato chiarire il vero motivo della sua visita, così come aveva dovuto rivelare qualche dettaglio su se stesso: la carriera in polizia, il braccio menomato... Era il piccolo prezzo che bisognava pagare per avere accesso alle informazioni.

«Ma cosa le fa pensare che si fosse nascosto lì?» chiese l'ex caposquadra.

Konráð tirò fuori una fotografia e gliela mostrò. Era stata scattata la notte dell'omicidio di suo padre. L'aveva trovata grazie al figlio di uno dei fotografi della stampa. L'uomo era stato fra i primi ad accorrere sulla scena, dopo che gli era stata segnalata la presenza di una persona riversa in una pozza di sangue in Skúlagata. Nell'inquadratura compariva il padre di Konráð, steso a terra dopo essere stato accoltellato due volte. Era ancora vivo quando una ragazza, di ritorno da una lezione di danza, gli si era avvicinata e l'aveva sentito sussurrare qualcosa. Non era riuscita a capire quelle ultime parole e pochi istanti dopo l'uomo era morto guardandola negli occhi. Qualche tempo prima, Konráð aveva parlato con lei: ormai in pensione dopo tanti anni di servizio in polizia, aveva cominciato a interessarsi all'omicidio di suo padre e gradualmente l'indagine era diventata per lui anche un modo per passare le giornate. Il caso era tuttora irrisolto, non c'erano state condanne – anzi, neppure arresti – e le domande che gli inquirenti si erano posti nel 1963 erano rimaste senza risposta. Insomma, non era cambiato nulla. L'unica informazione nuova era che suo padre, poco prima di morire, aveva ripreso a collaborare con un amico di vecchia data, tale Engilbert, che si spacciava per sensitivo. Insieme, i due avevano lucrato sulla fragilità emotiva di alcune persone in lutto.

Konráð indicò la fotografia. «Qui si vede uno spiraglio nella finestra.»

La finestra in questione si trovava sul muro esterno di uno degli edifici della Cooperativa di Macellazione e si affacciava sulla Skúlagata. Dietro la finestra c'erano tre affumicatoi, completamente anneriti dalla fuliggine, stillanti grasso e pervasi da un odore di carni bruciacchiate. Erano provvisti di pesanti sportelli d'acciaio che andavano dal pavimento al soffitto. Negli ultimi tempi, Konráð era venuto a sapere che, nella notte in cui era stato accoltellato suo padre, le fornaci erano accese.

La foto era in bianco e nero e per giunta era stata scattata di notte, in condizioni di visibilità tutt'altro che favorevoli. L'ex caposquadra la guardò a lungo, poi gliela restituì. «Sarebbe a dire che l'assassino di suo padre si è nascosto lì dentro? Io ricordo che le finestre avevano le sbarre.»

«Non in quegli anni» disse Konráð. «Pare che siano state aggiunte solo in seguito.»

Era chiaro che l'aggressore non aveva avuto molto tempo per allontanarsi dal luogo del delitto. La giovane allieva di danza non aveva visto nessuno nella via. Quando Konráð aveva guardato la foto per la prima volta, aveva fatto caso alla finestra – della quale in effetti si ricordava fin dai tempi in cui abitava in quel quartiere – e aveva pensato che forse l'assassino si era dileguato passando da lì. Gli inquirenti che avevano condotto le indagini avevano fatto perquisire il locale degli affumicatoi e non avevano trovato nulla, ma non escludevano che l'assassino potesse comunque averlo attraversato per uscire dall'altro cancello dello stabilimento, quello che si apriva sulla Lindargata.

«Ma quindi lei mi sta dicendo che suo padre sarebbe stato ucciso da un dipendente della Cooperativa?» gli chiese l'ex caposquadra, come se la sola idea fosse una follia.

«No, assolutamente, non c'è nessun indizio in tal senso» si affrettò a dire Konráð. «E poi, questa ipotesi è già stata valutata a fondo.»

«Quale ipotesi?»

«Che l'omicidio fosse legato a qualche affare illecito di un dipendente della Cooperativa di Macellazione. In effetti è poco verosimile. Non c'è nulla che faccia pensare che il movente fosse questo.»

«Vorrei ben vedere!» esclamò l'ex caposquadra, indignato dal fatto che Konráð fosse andato da lui per parlargli di teorie strampalate su un evento così lontano nel tempo. «Però, scusi, non trova che sia un po' tardi per indagare? Dopo tanti anni, proprio adesso si mette a fare domande in giro?»

Konráð si rese conto di averlo offeso. Non era sua intenzione. L'uomo aveva un alto concetto di sé e gli parlava con paternalismo, come se fosse tuttora un caposquadra che dava ordini. Non capiva per quale ragione Konráð si stesse interessando a quella faccenda – un evento tragico, certo, ma di parecchi anni prima – e non mostrava alcuna comprensione

per quell'ex poliziotto che si era presentato alla sua porta in cerca di risposte. Per lui, era un'indagine inutile. Un grattacapo.
«Non le faccio perdere altro tempo» disse Konráð, alzandosi. «Mi scuso per averla disturbata.»
«Mi diceva che lei era in polizia, giusto?» disse l'ex caposquadra. «Interessandosi a questo caso ha... 'ripreso il mestiere', in un certo senso.»
«Già.» Konráð gli tese una mano per congedarsi. «La ringrazio per l'aiuto.»
Ancora sul pianerottolo, in attesa dell'ascensore, sentì squillare il cellulare.
Era Eygló. Fu lei a comunicargli la notizia. «Hai sentito?»
«Cosa?»
«Dello scheletro. A Vesturbær. In quel seminterrato.»
«Scheletro?»
«Ma non le guardi, le notizie? Su internet ne stanno parlando da stamattina! Era dentro il muro di un seminterrato. Ci sono anche le foto della casa...»
«Dentro un muro?»
«Appena ho visto le immagini, mi sono ricordata subito di quel posto» continuò Eygló. «Ci sono stata. Ci abitava una donna che... non ci si trovava bene. Sarà stato una quarantina d'anni fa. Diceva che in casa sua c'era una presenza. Quando ero andata da lei avevo avvertito un senso di disagio talmente forte che me lo ricordo ancora. Solo che non sapevo a cosa fosse dovuto. Stamattina, quando ho dato un'occhiata alle notizie e ho visto le foto, ho capito che è la stessa casa in cui ero entrata quella volta... Non ho mai più provato una sensazione del genere. Ed ecco che adesso salta fuori questa cosa... Aveva ragione quella donna.» Tacque. Era chiaramente turbata. Dopo qualche istante riprese a parlare.
«Mi tieni informata, se i tuoi ex colleghi in polizia ti danno qualche notizia in più? All'epoca non avevo preso sul serio

la donna, ma la casa mi è rimasta impressa. Ho un ricordo molto vivido della brutta sensazione che mi aveva trasmesso e del disagio che provava lei. E anche della mia incapacità di aiutarla.»

4

Konráð non sapeva cosa pensare, quando Eygló gli raccontò dello scheletro ritrovato all'interno del muro, ma non impiegò molto tempo a verificare la notizia: ne parlavano tutti i media.
Solo con molte difficoltà riuscì a contattare Marta. La trovò di pessimo umore e assai restia a fornirgli informazioni sul caso: i superiori le avevano dato una bella strigliata per il fatto che lui continuasse a giocare all'investigatore pur essendo ormai in pensione e lei stessa era piuttosto infastidita per questo. Sentendola tanto in collera, Konráð preferì non parlarle di Eygló e della visita che aveva fatto in quella casa diversi decenni prima. Oltretutto, ricordava che in varie occasioni l'amica aveva definito le percezioni extrasensoriali e le sedute spiritiche delle fesserie.
L'unica cosa che Marta poteva dirgli era che i rilievi della Scientifica erano ancora in corso. Le procedure avrebbero richiesto molto tempo. La polizia avrebbe dovuto sudare sette camicie per fare luce su quell'insolito ritrovamento di resti umani. Intanto era già stato avvisato il Dipartimento Identificazioni, affinché una squadra fosse pronta a esaminare le ossa per capire a chi fossero appartenute. A una prima analisi, sembrava che lo scheletro fosse rimasto all'interno del muro per parecchio tempo, ma su altre questioni Marta non poteva pronunciarsi: non ne aveva l'autorizzazione. Konráð provò a insistere, in nome della loro lunga amicizia, ma lei lo prese a male parole.
A dar retta ai media – che, come Konráð, avevano sete

d'informazioni ma le attingevano perlopiù da fonti anonime – lo scheletro era quello di una donna. La notizia però non era confermata. In ogni caso, non era chiaro quale fosse la causa della morte e non era ancora stato possibile stimare con precisione a quando risalissero le ossa, ma era verosimile che fossero rimaste murate per decenni.

I giornali erano già risaliti alla catena di passaggi di proprietà dell'edificio fino a più di ottant'anni prima e avevano pubblicato nomi e patronimici, con tanto di fotografie, di tutti coloro che vi avevano vissuto dalla fine degli anni Quaranta. I primi proprietari della casa erano stati due coniugi, entrambi commercianti, assai noti in città. L'avevano tenuta molto bene, almeno per i canoni dell'epoca, anche grazie alla presenza di una domestica. L'uomo era morto prematuramente e la vedova aveva venduto la villetta a un imprenditore, il quale però non era mai andato ad abitarci: aveva preferito darla in affitto per il successivo quarto di secolo. Sugli inquilini non c'era quasi nessuna informazione. Il successivo proprietario dell'immobile era un grossista, che vi si era trasferito insieme alla moglie. Tuttavia, i due avevano venduto dopo soli due anni. Anche quelli dopo di loro avevano resistito poco. Poi nella villetta si era stabilito un dentista, anche lui con la moglie, la quale – a quanto aveva scoperto un giornale online – era morta d'infarto mentre era in casa. Intorno al Duemila, l'edificio era stato dato nuovamente in affitto e poi comprato, per essere venduto infine a due anziani coniugi senza figli. Erano stati proprio questi ultimi a fare l'orribile scoperta. Nessun giornale aveva ancora informazioni attendibili sul modo in cui la coppia aveva scoperto lo scheletro murato nel seminterrato, tuttavia da più parti risultava che il marito era rimasto talmente sconvolto da dover essere ricoverato in ospedale.

Konráð lesse tutti gli articoli che riuscì a trovare riguardo al caso, e non poté fare a meno di pensare che ora tutti quegli ex proprietari e inquilini della villetta sarebbero stati guardati con sospetto dalla collettività, visto che i media avevano divulgato le loro fotografie e informazioni personali. Aveva lavorato in polizia per decenni, durante i quali aveva avuto a che fare con numerosi casi di persone scomparse, ma non si sentiva in grado di valutare se i resti trovati in quel seminterrato appartenessero a qualcuno di loro: non aveva abbastanza elementi, e a quanto pareva Marta non era disposta a fornirglieli.

Intorno all'ora di cena telefonò a Eygló e le riferì quanto si erano detti lui e Marta, esortandola a prendere con le molle tutte le notizie che circolavano su internet: nel migliore dei casi, erano soltanto ipotesi.

Eygló era ancora turbata, da quando aveva saputo del ritrovamento dello scheletro: aveva rivissuto in modo assai vivido la visita che aveva fatto alla casa tanti anni prima e le erano tornate in mente tutte le sensazioni spiacevoli che aveva provato, compreso il senso di soffocamento e di costrizione. «Tu guarda cosa capita di trovare nei muri di casa... Leggevo che le ossa sarebbero quelle di una donna. Si sa per certo?»

«No, non c'è nessuna conferma» disse Konráð. «Immagino che la polizia abbia già informazioni sicure al riguardo, ma Marta non ha voluto sbottonarsi. Se le sensazioni che hai avuto quando sei entrata in quella casa hanno qualcosa a che vedere con lo scheletro, evidentemente era lì da prima. Quand'è stato, nel 1979?»

«Sì.»

«Sempre che si possa credere a queste cose...»

«Ma io non ti sto mica chiedendo di credere a chissà che... Ti ho solo descritto l'esperienza che ho avuto durante la mia visita.»

«La donna che ti aveva chiamato – sì, insomma, quella che all'epoca abitava lì – sarà ancora viva?»

«Mi ha telefonato proprio oggi» disse Eygló. «Appena ha letto la notizia, ha subito ripensato a me e al giorno in cui sono andata a casa sua. Le è tornato in mente il disagio che provava e si è detta: 'Ah, ecco a cosa era dovuto... Lo credo che non vivevo bene, in una casa in cui era stato murato un cadavere'. Fra l'altro, ha detto che le piacerebbe rivedermi. Ti va di accompagnarmi? Visto che hai lavorato in polizia, sui vecchi delitti sarai sicuramente più esperto di noi.»

«Delitti?»

«Be', è un delitto, no? Non è un omicidio?»

«Può darsi, ma Marta non ha voluto parlarne e la polizia non ha confermato nulla, né l'epoca del decesso, né la causa, né i retroscena che potrebbero aver portato a questa... tragedia. Per quando vi siete date appuntamento?»

«Per oggi. Stavo giusto uscendo.»

«Sarà una specie di seduta spiritica?»

«Senti, se non vuoi venire, nessuno ti obbliga» disse Eygló. «So bene cosa pensi di queste faccende. Se hai voglia di accompagnarmi mi fa piacere, perché hai competenza in materia. Però non sentirti in dovere, ecco.»

Già altre volte si erano scontrati sul tema dell'occulto e del soprannaturale, soprattutto in relazione all'attività dei rispettivi padri, che tanti anni prima avevano collaborato per spillare soldi ai creduloni grazie a finte sedute spiritiche.

«Vuoi fissare il *terminus ante quem* all'anno 1979, quando sei stata in quella casa?» chiese Konráð, cercando di mostrare una certa apertura mentale. «Cioè, vogliamo partire dal presupposto che quello scheletro sia stato murato prima di allora?»

«Non necessariamente» rispose Eygló, sorpresa dall'improvviso cambio di tono di Konráð. «Sai come funziona la chiaroveggenza, no? Permette di guardare anche al futuro. Quindi forse la brutta sensazione che ho avuto in quel seminterrato era legata a un evento che doveva ancora accadere.»

5

La donna aveva già ricevuto una visita da parte della polizia. «Due uomini barbuti, che continuavano ad armeggiare con il telefonino. Non che mi abbiano trattata con maleducazione o con indisponenza, per carità, però quando mi hanno chiesto dello scheletro trovato nel seminterrato ho avuto l'impressione che stessero insinuando che sapessi chi ce l'aveva messo, o addirittura che ce l'avessi messo io. Ero indignata. 'Davvero credete che sia implicata in una cosa del genere?' ho chiesto. Loro hanno sollevato gli occhi dal cellulare e con una scrollata di spalle mi hanno risposto che erano tenuti a fare quelle domande, anche se alla gente non piaceva. Che arroganza, eh? Ma d'altronde è così, con i giovani d'oggi...»

Era vedova. Il marito era morto di cancro una decina d'anni prima, la malattia l'aveva ucciso nel giro di pochi mesi. Naturalmente i figli erano già adulti e vivevano altrove. Non aveva molti contatti con loro e, dal modo in cui lo disse, Konráð ed Eygló capirono che ne era assai amareggiata. Era nonna di tre nipotini. Eygló la trovava molto affaticata, rispetto a quel giorno di circa quarant'anni prima, quando era andata a visitare casa sua. I capelli erano ingrigiti, il viso si era fatto più tondo e gli occhi apparivano stanchi. Abitava in un condominio di nuova costruzione. Aprendo la porta, aveva riconosciuto subito Eygló. In un primo momento aveva guardato Konráð con diffidenza, ma poi si era rassicurata nel sentire che era stato in polizia per tanto tempo e che era un buon amico di Eygló.

«Sono rimasta inorridita, quando ho letto la notizia in rete» disse, indicando lo schermo del computer che teneva in un angolo del soggiorno. «C'era anche la foto della nostra vecchia casa. Ho sentito il bisogno di parlarne con qualcuno e ho pensato di contattarla. Mi auguro di non essere stata inopportuna.»

Eygló scosse la testa e le disse che, anzi, le aveva fatto piacere, perché la notizia aveva sconvolto anche lei: appena aveva riconosciuto la casa, aveva subito ripensato a quella visita di tanti anni prima.

«Ricordo che non riusciva a capire quale fosse la causa di quel malessere» disse la donna. «Del resto, chi avrebbe mai immaginato una cosa del genere?»

«Già» disse Eygló. «La polizia le ha detto qualcosa di più? Si sa talmente poco, finora...»

«Hanno detto pochissimo. Ho chiesto se sapessero a chi appartenesse quello scheletro, se fosse un uomo o una donna, ma non hanno aperto bocca. Magari lei ha qualche informazione in più?» domandò la donna a Konráð.

«No, non sono riuscito a farmene dare» rispose lui. «Mantengono il riserbo su tutto. Però, se sono venuti a parlare con lei, direi che hanno interrogato anche le altre persone che hanno abitato in quella casa. E immagino che le abbiano incluse in un elenco dei sospettati. In effetti deve pur esserci qualcuno che ha avuto accesso all'edificio e vi ha murato un cadavere. A lei hanno fatto altre domande, oltre a quelle di cui parlava poco fa?»

«Be', sì. Per esempio, hanno voluto sapere se avessimo apportato qualche miglioria alla casa, in particolare al seminterrato» rispose la donna. «Noi non abbiamo ristrutturato niente, però so che una volta, là sotto, c'era una camera per la domestica. E anche una piccola dispensa, mi pare. Comunque sia, i muri di entrambe le stanze erano stati buttati giù prima che noi andassimo ad abitare lì.»

«Lei sa quando è avvenuta questa modifica?»

«Di preciso no, ma di sicuro più di quarant'anni fa. Mi hanno chiesto anche come mai avessimo venduto dopo così poco tempo. La ritenevano una cosa molto sospetta. E io ho detto la verità: ho risposto che quella casa mi provocava un forte senso di angoscia, tanto che a un certo punto mi ero rivolta a una sensitiva. No, non ho fatto nomi» disse la donna, lanciando un'occhiata a Eygló. «Loro erano molto divertiti da questa storia. Hanno cercato di non darlo a vedere, ma glielo si leggeva in faccia.»

Il cellulare di Konráð cominciò a squillare. Per qualche istante, tutti e tre si persero nel silenzio seguito alle parole della donna. Konráð fece un sorriso imbarazzato, si alzò e si spostò nell'ingresso per rispondere. All'altro capo della linea c'era l'ex caposquadra della Cooperativa di Macellazione. Konráð gli aveva lasciato il suo numero, nell'eventualità che dopo il loro incontro gli fosse tornato in mente qualcosa, ma non si aspettava di risentirlo.

«Pronto, parlo con... ehm, aspetti... parlo con Konráð?»
Konráð riconobbe subito la voce. «Sì, sono io, dica.»

L'ex caposquadra aveva riflettuto sul loro colloquio, sforzandosi di farsi venire in mente particolari utili al vecchio poliziotto in pensione. Accennò a qualcuno che si occupava della manutenzione degli affumicatoi nel periodo in cui era avvenuto l'omicidio e che forse era di turno quella sera. Tuttavia, con un giro di telefonate aveva appreso che era morto. Poi si era ricordato di un altro tizio. Anche quest'uomo era ormai deceduto, ma aveva una figlia, Sólveig, alla quale forse si poteva fare qualche domanda. «È rimasta un po' perplessa, quando le ho spiegato il motivo per cui la contattavo» disse, dopo un breve accesso di tosse. «Dell'omicidio non sa niente, però le piacerebbe molto incontrarla...»

«Ah, sì? Come mai?» chiese Konráð.

«Se ho ben capito, ha una cosa da mostrarle» rispose l'ex

caposquadra. «Una cosa che apparteneva a suo padre, ma non ho ben afferrato...» Nuovo accesso di tosse. L'uomo dettò a Konráð il numero di telefono di Sólveig, dopodiché concluse la chiamata.

Konráð inserì il numero nel motore di ricerca delle Pagine Bianche, trovando così il patronimico e l'indirizzo: Sólveig Hannesdóttir, rappresentante, residente ad Árbær. Come lui.

Rientrando in soggiorno, sentì Eygló dire: «Ho saputo che avete venduto subito dopo la mia visita».

La donna si strinse nelle spalle, come per far capire che era una storia spiacevole. Spiegò che il marito – riposi in pace – non le aveva mai creduto: era montato su tutte le furie e le aveva dato della paranoica. Ma lei non cedette. Lui aveva impiegato molto tempo a perdonarle l'incomodo della vendita, con tutta la fatica e i costi che il trasloco comportava. D'altro canto, cos'altro si poteva fare? Lei, in quella casa, non stava bene. A ripensarci adesso, i disturbi che aveva avuto non erano molto diversi da quella che oggi veniva definita «sindrome dell'edificio malato». «Chissà, magari era solo muffa e il fatto che ci fosse un cadavere nel muro è stata solo una coincidenza» concluse, sforzandosi di sorridere. «Non ho idea di quale fosse la causa dei miei malesseri. Ce li avevo e basta, e ho contattato lei. È da stamattina che ci ripenso, ma proprio non me li spiego. So solo che quando sono andata ad abitare da un'altra parte sono cessati. Vorrà pur dire qualcosa, no? Se la logica non è un'opinione...»

Eygló cercò di rassicurarla dicendole che con ogni probabilità aveva agito nel modo più sensato. Ma ciò non parve darle alcun conforto.

Si trattennero con lei ancora per un po', fino a quando Konráð riaccompagnò Eygló a casa, a Fossvogur. Per buona parte del tragitto Eygló rimase in silenzio, e Konráð ebbe l'impressione che fosse turbata, anche se cercava di non darlo a vedere. Erano quasi arrivati quando lei, non riuscendo più a trattenersi, rivelò il pensiero che la tormentava fin dal momento in cui aveva letto la notizia del ritrovamento dello scheletro. «C'è una cosa che... Sai, il fatto è che laggiù ho avuto una sensazione veramente orribile, tanto che se ci penso mi vengono i brividi ancora oggi. Era un senso di soffocamento, di costrizione, come se... Vuoi vedere che...?» Non completò la frase.

«Be', adesso puoi respirare tranquilla. Almeno per ora» disse Konráð. «Credo.»

«In che senso?»

«Ho già posto la domanda a Marta.»

«E lei cosa ti ha detto?»

«Che non sanno ancora se quella persona fosse viva o morta, quando è stata murata.»

6

Nell'ufficio del prete c'era già un'altra persona, perciò Elísa si sedette – con molte difficoltà – su una sedia del corridoio. Cercò di non dare a vedere quant'era dolorante e lieta di non dover attendere in piedi. Durante la notte l'ematoma si era allargato, ora copriva gran parte della coscia, e al mattino alzarsi dal letto era stata un'impresa. Le faceva male il punto in cui era stata colpita dal calcio. Per ben due volte si era svegliata per il dolore. Le due compresse di aspirina che aveva preso prima di coricarsi avevano fatto ben poco effetto, perciò durante quelle interruzioni del sonno ne aveva prese altre due. Addirittura aveva pensato di chiamare un taxi per farsi portare al pronto soccorso, ma poi aveva rinunciato.

La porta dell'ufficio si aprì. Ne uscì un uomo, che si mise il cappello e le passò accanto senza salutare. La porta si richiuse. Dopo un bel po' si riaprì, e il prete le fece capire con un cenno che aveva un momento libero per lei. Elísa si alzò. Si strinsero la mano.

«Si sente bene?» le chiese lui, notando l'andatura.

Lei si scusò per essere venuta ancora una volta a disturbarlo con le sue lamentele sulla sua vita di coppia. Non sapeva a chi altro rivolgersi. Non era certo il caso di andare alla polizia, giusto? Il marito, che non amava essere contraddetto, l'aveva picchiata di nuovo. Stavolta era anche un po' sbronzo. Era appena rincasato da un giro di bevute ed era andato su tutte le furie perché lei non era stata abbastanza veloce a servirgli la cena in tavola. Poi, riempiendogli il piatto, gli aveva inavvertitamente schizzato un po' di brodo sui vestiti. Allora lui le aveva dato un calcio al femore, con molta forza. Elísa era caduta sul pavimento e aveva temuto che l'osso si fosse fratturato. Dopodiché, il marito l'aveva coperta d'insulti, sbattendole la testa contro il muro. A quel punto la figlia era uscita dalla sua cameretta, piangendo.

«Oh, cosa mi tocca sentire...» disse il prete. Era un uomo dall'aria seria e acciglliata, proveniva dall'Austurland e prestava servizio in quella parrocchia da circa cinque anni. Era piuttosto benvoluto: astemio, sposato, padre di quattro figli, buon predicatore. C'era chi mormorava che, con la sua voce suadente e le sue abilità oratorie, mirasse a scalare i ranghi della Chiesa.

Non era la prima volta che Elísa veniva a confidargli i suoi problemi matrimoniali. Già due mesi prima si era rivolta a lui, lamentandosi del marito. E adesso era tornata. Davanti a tanta violenza, non sapeva come reagire. Ormai la situazione si era fatta insostenibile. «Non so dirle quanto sono imbarazzata» continuò. Quasi non osava guardarlo negli occhi.

«Ci farò altre due chiacchiere, se lei pensa che possa servire» disse lui. Dopo il loro precedente colloquio era andato a parlare con il marito. L'uomo si era molto arrabbiato nel sentire che Elísa gli aveva spiattellato i loro affari privati, ma il prete era riuscito a rabbonirlo almeno un po', e lui aveva chiesto perdono per il suo comportamento promettendo di cambiare. Non era la prima volta che lo diceva. In seguito, era capitato qualcosa che l'aveva ritrasformato in una bestia feroce. Non che ci volesse tanto: bastava una minima cosa per farlo infuriare. Pretendeva il dominio assoluto, il controllo su ogni azione della moglie. Elísa non osava più nemmeno incontrarsi con le amiche, senza la sua autorizzazione.

«Volevo chiederle se lei ha mai avuto a che fare con altre donne che si trovano nella mia stessa situazione» disse Elísa. «Mi sento come se fossi l'unica al mondo. Ho sentito parlare di... come si dice... violenze domestiche? Ma ho l'impressione che nessuno voglia mettere in piazza certe questioni. Vorrei confrontarmi con qualcuna che può capirmi.»

«Non è che io abbia avuto esperienza di molti casi come il suo» disse il prete, sporgendosi verso di lei. «Sa, nei rapporti di coppia possono esserci problemi di ogni genere, e ovviamente non è l'unica a trovarsi in una situazione così. Però, come ha appena detto lei stessa, la gente preferisce che certi discorsi restino all'interno delle mura domestiche. Come si suol dire, 'i panni sporchi si lavano in casa propria'. Lo capirà bene anche lei. Anzi, forse lei più di chiunque altro. Mi fa piacere che abbia voluto confidarsi con me, confessandomi le sue angosce. Il suo matrimonio non è dei migliori, però io non posso certo consigliarle il divorzio. Dividere le famiglie non è mai una bella cosa. E poi...»

«Sì?»

«E poi, ovviamente, le donne nella sua condizione non sono molte. Non sono frequenti, i matrimoni con un soldato della base.»

All'improvviso Elísa ebbe l'impressione che il prete non l'avesse neppure ascoltata. Era rimasta in piedi, per evitare la pressione della sedia contro la gamba dolorante, e ora lui si avvicinava, le parlava con quella sua voce mellifua, ma sembrava che stesse ripetendo meccanicamente un discorso imparato a memoria. Anzi, le pareva proprio che usasse le stesse parole dell'incontro precedente. Quella volta, al momento del commiato, lui aveva posato una mano sulla sua, poi l'aveva cinta con un braccio, e quel contatto l'aveva messa a disagio. Sembrava quasi che il prete volesse premersi contro di lei. Ora questo atteggiamento era ancora più evidente: no, lui non la stava ascoltando, non aveva alcuna compassione di lei. Sembrava proprio che avesse altri propositi. Solo adesso Elísa notò il modo in cui la guardava. Sì, la guardava e pensava a una cosa ben precisa.

«Sono questioni complesse» disse il prete.
«Infatti parlarne mi mette a disagio» rispose lei.
«Certo, immagino.»
«Sa, mi vergogno un po'.»
«Però vorrei che lei sapesse che, se ci sono problemi, può sempre rivolgersi a me.» Ormai era vicinissimo. Continuò a parlare, a voce bassissima, ma lei non lo udì neppure, perché era sconcertata dalla mano che si era infilata sotto il cappotto per accarezzarle il fianco. Prima ancora che si rendesse conto di cosa stava accadendo, la mano risalì fino al seno.
Elísa si irrigidì e lo spinse via.
«Lascia che ti aiuti» insisté il prete, strusciandosi.
«Ma... come sarebbe?» gemette Elísa. «Cosa sta facendo?»
«Lascia che ti tratti come si deve...» Il prete l'afferrò e cercò di trascinarla sul divanetto davanti alla scrivania. «Io sì, che saprò trattarti bene. Io con te sarò buono.»
«Basta! Si fermi!» gridò lei, sbigottita. Con sforzo riuscì a divincolarsi e a raggiungere la porta. L'aprì e, zoppicando, uscì dall'ufficio. Dopo qualche passo lanciò un'occhiata alle proprie spalle.
Il prete era fermo sulla soglia. La stava fissando. Si sistemò la giacca e i capelli, poi rientrò e chiuse la porta.

Elísa era ancora molto agitata quando tornò a casa. Benóný era seduto sui gradini del seminterrato a fumare insieme al suo amico Mikki. Tirava vento e nevicava, ma il punto in cui si erano messi era abbastanza riparato. Le chiese se andasse tutto bene. Lei cercò di non dare a vedere quant'era turbata, ma aveva il fiato corto e i nervi a fior di pelle, e continuava a guardarsi alle spalle, quasi aspettandosi che l'uomo di Dio la stesse inseguendo. Benóný notò che zoppicava, ma lei non aveva nessuna voglia di raccontare ciò che le era accaduto, perciò mentì, dicendo di avere inavvertitamente sbattuto contro l'angolo del tavolo da pranzo. Poi chiese a entrambi se gradissero un caffè. Quella mattina aveva preparato le *kleinur*, come aveva promesso. Benóný accettò. «Giusto una mezz'oretta di pausa» disse, con il suo bel sorriso. Lei gli era molto affezionata.

Spensero le sigarette e scesero nel seminterrato, dove stavano svolgendo i lavori di ampliamento della lavanderia. Restava ancora da chiudere una cavità che si era aperta nel muro quando, con molto frastuono, avevano demolito la vecchia stanza della domestica.

7

Konráð non sapeva se fosse il caso di andare fino in fondo, ma al tempo stesso non capiva cosa di preciso lo trattenesse. Era seduto in macchina, non lontano dalla casa di lei, ed era già al secondo *cigarillo*. Dopo averlo finito, spense il mozzicone e lo gettò nel cortile: era tutta roba naturale, in fondo, e non gli pareva che potesse inquinare. Era piuttosto tardi, ma aveva deciso ugualmente di passare di lì, dopo aver riaccompagnato Eygló. In realtà, già da tempo meditava di fare quella visita, ma non aveva mai trovato il coraggio. Stavolta, però, aveva il presentimento che sarebbe andato tutto bene. Ciononostante, esitava ancora.

Si posò la mano sul braccio menomato – era così dalla nascita – e pensò al vecchio appartamento. A suo padre. Da tanto teneva sul tavolo da pranzo di Árbær le sue carte, insieme alle altre cose che aveva recuperato dal seminterrato prima di traslocare.

Conservava un bel ricordo dello Skuggahverfi, eppure non aveva trovato particolarmente doloroso lasciarlo: non sarebbe mai riuscito a continuare ad abitare nel posto in cui aveva vissuto con suo padre, dopo quello che era successo. Gli oggetti che aveva portato con sé non erano molti e li aveva tenuti da parte senza darvi troppo peso. Poi, dopo il pensionamento, aveva rispolverato quelle vecchie carte, scoprendo così che suo padre, prima di morire, aveva raccolto un certo numero di saggi sull'occultismo e sulla chiaroveggenza. A quel punto, aveva contattato vari conoscenti di persone che si erano lasciate raggirare e si era fatto raccontare le truffe con le quali il falso sensitivo aveva spillato loro soldi.

Non era stato facile capire cosa stesse combinando suo padre prima della sua morte. Più di una volta Konráð era stato sul punto di porre fine alla sua piccola indagine privata. Più informazioni trovava, più era disgustato da quell'uomo. Provava un ribrezzo senza rimedio ed era probabilmente questa la ragione per cui, durante tutti gli anni in cui aveva lavorato in polizia, non aveva mai indagato sull'omicidio. Nell'ultimo periodo della vita di suo padre, il loro rapporto era stato pessimo. Konráð lo ignorava, e proprio per questo non sapeva nulla dei suoi traffici. Il padre era un uomo malvagio e violento, che picchiava la moglie e abusava della figlia. Di quest'ultima cosa Konráð era sempre stato all'oscuro, fino al giorno in cui il padre era stato assassinato. Aveva avuto un incontro con sua madre, che era di passaggio a Reykjavík e gli aveva svelato quel segreto. Venuto a conoscenza dell'orrore di cui era stata vittima sua sorella Beta, Konráð era rincasato e ne aveva chiesto conto a suo padre. Era nata una discussione molto accesa, durante la quale i due erano venuti alle mani. Dopodiché Konráð se n'era andato sbattendo la porta, furioso. Quella era stata l'ultima volta che gli aveva parlato. Quando era stato informato di ciò che era accaduto a tarda sera davanti alla Cooperativa di Macellazione, non aveva saputo neppure lui cosa pensare. Lì per lì, aveva sospettato di sua madre. L'indomani, la donna era stata interrogata dalla polizia. Poi era toccato a lui. Ma entrambi furono rilasciati senza ulteriori conseguenze: i loro alibi erano ritenuti credibili.

Ognuno dei due, però, aveva taciuto una parte della verità.

Konráð gettò nel cortile il terzo *cigarillo* e rialzò il finestrino. Aveva esitato – e si era autocommiserato – a sufficienza.

Scese dall'auto, la chiuse a chiave, si avvicinò alla casa e vide che in soggiorno c'era la luce accesa. Era già stato lì altre volte, sempre in segreto, e conosceva a grandi linee la disposizione delle stanze. Nella fattispecie, ricordava molto bene il percorso che conduceva alla camera da letto.

Salì i tre gradini e suonò il campanello. Lanciò un'occhiata all'orologio che portava al polso: chissà come si sarebbe spaventata, a ricevere una visita a quell'ora...

Svanhildur dischiuse con cautela la porta. «Tu?» disse, nel vederlo. Aprì un po' di più.

«Scusa l'ora, sai, è che...»

Lei lo scrutò, come per capire se fosse ubriaco. A volte lo era stato, per un certo periodo. «Ma cos...? Vuoi entrare?»

«Se posso...» disse Konráð. «Se non ti dispiace...»

«Se sei sicuro *tu*...» replicò Svanhildur, come se anche lei fosse stata in dubbio.

Lui annuì, e lei gli fece cenno di accomodarsi.

Dentro, ogni cosa era rimasta come ai tempi in cui Konráð aveva segretamente frequentato quella casa. Luci soffuse in soggiorno. Televisore con il volume così basso da risultare quasi inudibile. La sacca dei lavori a maglia sul divano. Solo una volta si erano incontrati da lui, ad Árbær. Era capitato nel periodo in cui Erna era all'estero.

«Quando ho sentito il campanello mi aspettavo chiunque tranne te» disse Svanhildur. «Scusa la franchezza.»

Più volte, dopo la morte di Erna, aveva tentato di discutere con lui della loro storia. Era stata una relazione ignobile, scellerata, soprattutto se si considerava il dolore per la malattia di Erna e, in seguito, la sua morte. Ma Konráð non aveva mai voluto parlarne. Ogni volta che lei sollevava l'argomento, lui svicolava. Una volta le aveva detto che rimpiangeva amaramente di non essere stato onesto con Erna, di non averle confessato tutto, di aver lasciato che morisse ignara del tradimento. Svanhildur era stata amica di entrambi, era collega di Erna – medico, anche lei – e si occupava delle autopsie legate ai casi penali gravi. La relazione era cominciata qualche tempo prima che Erna si ammalasse.

«Ci ho messo parecchio a superarla. Sempre che l'abbia superata, in realtà» disse Konráð. «Me la sognavo di notte. Erna, dico. E non era sempre piacevole. A volte mi capita ancora adesso. Non cerco pietà, solo comprensione. Non avrei dovuto voltarti le spalle in quel modo.»

«Non ero certo la prima» disse Svanhildur. «Me l'hai confessato tu stesso.»

Konráð aveva temuto a lungo quel momento. «Vero. Ma eri l'unica a essere anche nostra amica. Amica di Erna.»

Svanhildur fece una smorfia. Rimasero in silenzio, l'uno di fronte all'altra, nella casa che era stata teatro della tresca, dove ogni cosa sembrava identica a una volta, tranne il loro rapporto, che non era lo stesso di prima e mai più lo sarebbe stato. «Per quel che ne sai, magari gliel'ho detto io. Di noi, intendo.»

«Gliel'hai detto?»

Svanhildur scosse la testa. «Ho sempre pensato che gliene avresti parlato tu. Ero anche pronta a... Sì, insomma, se tu avessi scoperto le carte. E invece...»

«... non ho mai aperto bocca» concluse Konráð.

«A ben vedere, può non essere una cosa negativa» azzardò lei. «Occhio non vede...»

«Lo so, ma comunque non mi sento a posto con la coscienza. Ci sto male.»

«E come la mettiamo con Húgó?» chiese Svanhildur. «Glielo hai mai detto?»

«No, neanche a lui.»

«Non sarebbe il caso? Non pensi che sia importante che sappia di noi? Di te? Della tua moralità discutibile?»

«Veramente è il contrario» disse Konráð.

«In che senso?»

«Non voglio che lui...» Konráð non riuscì a concludere

la frase. Quella conversazione aveva preso una piega che non gli piaceva per niente.

«Vuoi che gli parli io?» chiese Svanhildur.

«Tu?»

«Sì, io. Non ha il diritto di sapere? Per me sarebbe una liberazione. Gli ho sempre voluto bene.»

«Húgó è affar mio» disse Konráð. «Comunque, non vedo che vantaggio possa trarne. È una faccenda di tanto tempo fa, e non ha più importanza, a meno di non voler continuare a tormentarsi...»

«E allora non tormentarti!» ribatté Svanhildur. «Sono cose che succedono. Capitano di continuo. Siamo stati amanti per un po', dopodiché è finita. Punto e basta. Piantala di angosciarti.»

Konráð scosse la testa. Avevano entrambi le proprie ragioni. E intanto la tensione fra loro cominciava ad allentarsi.

«Ti fermi, stanotte?» gli chiese lei, avvicinandosi.

«Se non è un problema...» disse Konráð.

Svanhildur lo baciò.

«È passato tanto tempo dall'ultima volta in cui abbiamo...»

Lo baciò con più passione e lui ripensò al fatto che in molte occasioni era stata lei a prendere l'iniziativa. L'attirò a sé, le appoggiò le labbra sul collo e sentì le sue mani che gli slacciavano la cintura e s'infilavano nei pantaloni. Intanto, si mossero entrambi verso la camera. Lei si sedette sul letto e gli aprì la cerniera. Lui si chinò di nuovo a baciarla.

Dopo aver fatto l'amore, si stesero vicini e lui cominciò ad accarezzarle i capelli. Konráð si stava quasi convincendo che si fosse addormentata, quando lei all'improvviso riaprì gli occhi. La baciò sulla fronte e le chiese: «Fai ancora parte del Dipartimento Identificazioni?»

«No, non più, da... quanto? Circa tre anni.»

«Ci sono voci di corridoio su quel cadavere che hanno

trovato a Vesturbær? Cioè, cadavere... scheletro, per essere precisi.»

«Non faccio più l'anatomopatologa» rispose Svanhildur. «Anzi, fra non molto smetterò anche di lavorare in ospedale.»

«Quindi non hai notizie fresche.»

«Non ho sentito nulla al riguardo.»

«Marta non vuole dirmi niente» gemette Konráð.

«Strano. Di solito ti racconta tutto, no?»

«Sì, ma adesso ha cambiato atteggiamento nei miei confronti. Dice che m'impiccio troppo. Mi sa che a furia di intromettermi, le ho fatto perdere la pazienza. Oltretutto, la polizia ha un grosso problema di fughe di notizie. Non si sarà mica messa in testa che la talpa sia io?»

Svanhildur lo osservò, cercando di capire per quale motivo fosse venuto a trovarla. All'improvviso le balenò l'idea che la loro storia non fosse la ragione principale di quella visita, e che tutto il suo malessere fosse soltanto una recita. «Sai che sei incredibile?» gli disse, non appena il sospetto prese forma nella sua mente. «È per questo che ti sei presentato alla mia porta con quel muso lungo? Per avere informazioni?»

«Ma no, cosa vai a pensare» disse Konráð. «È che non parlavamo da tanto tempo... l'hai detto tu stessa. Ed è vero. Sono contento di potermi confrontare con te su ciò che è accaduto, avrei dovuto farlo fin da subito.»

«Non vuoi proprio arrenderti, eh?» disse Svanhildur. «Non sei più in polizia! Le indagini non sono affar tuo!»

«Non sai neanche se lo scheletro è di un uomo o di una donna? Non ti hanno detto proprio niente?»

«È inutile che insisti: non ho nessuna informazione!»

«Neanche sul...»

«Senti, Konráð, a questo punto è meglio che tu te ne vada.» Svanhildur scese dal letto e in tutta fretta indossò una vestaglia.

Solo allora Konráð si rese conto di aver tirato troppo la corda.

«Dico davvero: è ora che te ne torni a casa. Io non mi presto a certi giochetti.»

«Guarda che parlavo sul serio, quando ti ho detto che vorrei essermi comportato diversamente.» Konráð cominciò a rivestirsi. «Avremmo dovuto parlare tanto tempo fa. Ho sbagliato a voltarti le spalle...»

«Be', vattene comunque.» Svanhildur, furiosa, lo seguì nell'ingresso, lo fece uscire e sbatté la porta.

Era notte fonda, quando Konráð rientrò nella sua casa di Árbær. Cominciò a sfogliare distrattamente le carte di suo padre. Prese dal frigorifero una bottiglia di rosso, mezza vuota, e se ne versò un bicchiere, ma lo trovò troppo freddo, perciò lo scaldò nel microonde. Sapeva che il vino non andava trattato in quel modo, ma tanto non era di quelli buoni. Né il vino, né lui.

8

«Nessun problema» rispose allegra Sólveig il mattino seguente, quando Konráð le telefonò. «Sì, resto in casa tutto il giorno. Ah, abita anche lei ad Árbær? Allora è comodissimo. Nel pomeriggio, diciamo? Per l'orario, faccia lei. Voleva parlarmi di suo padre, giusto? Sì, sì, benissimo, a più tardi!»

Il tragitto era breve, ma Konráð non aveva voglia di camminare, perciò andò in auto.

La donna fu veloce ad aprirgli la porta. Il marito non era in casa, era andato a giocare a golf. «Sempre il golf!» commentò, gioviale e sorridente, proprio come l'aveva immaginata lui durante la telefonata. «Sa, fa il rappresentante di una grande agenzia immobiliare» aggiunse, e quelle parole avevano la nitidezza di un timbro notarile su un rogito.

L'umore di Konráð, purtroppo, non era altrettanto buono: gliel'aveva rovinato l'incontro della sera precedente con Svanhildur, e quel vinaccio da quattro soldi non l'aveva certo risollevato. Finita la mezza bottiglia, ne aveva aperta un'altra e se l'era scolata tutta, fumando come una ciminiera e ascoltando dischi di vecchie canzoni, in particolare *Ó borg, mín borg*. Era andato a letto tardissimo, ripromettendosi di telefonare di nuovo a Svanhildur, prima che facesse qualche sciocchezza.

Per nulla riposato, faceva quasi spavento a guardarlo, quando aveva bussato alla porta di Sólveig, quel sabato pomeriggio. La donna era rimasta sorpresa dal suo aspetto trascurato, ma non aveva fatto commenti: si era limitata a chiedergli se fosse quel Konráð che aveva contribuito a chiudere il caso del Langjökull, rimasto irrisolto per una trentina d'anni. Lui aveva risposto di sì. Evidentemente l'ex caposquadra aveva spettegolato. D'altronde, era pur vero che quel fatto di cronaca aveva suscitato molto scalpore, a suo tempo.

«Una cosa incredibile, eh?» continuò Sólveig, sempre sorridendo. «E alla fine l'assassino si è buttato nel fiume!»

«In realtà è caduto» la corresse Konráð.

«Ah, sì, giusto. E lei ha cercato di salvarlo.»

«Ho fatto quello che potevo...» I postumi della sbornia si stavano facendo sentire, perciò Konráð chiuse frettolosamente l'argomento e venne al punto. «L'ex caposquadra mi ha detto che avete parlato e che lei ha qualcosa da mostrarmi.»

«Suo padre è stato ucciso davanti alla Cooperativa di Macellazione del Suðurland, e adesso lei sta cercando di capire come sia successo, giusto?»

«Diciamo che sto raccogliendo informazioni» rispose Konráð. «Prima facevo il poliziotto. Adesso sono in pensione, ma qualche volta mi metto a studiare i vecchi casi irrisolti, tra cui anche quello di mio padre.»

«Il mio lavorava spesso nel locale degli affumicatoi» disse Sólveig. «Quando tornava a casa, odorava di *hangikjöt*. Si trovava bene, l'azienda gli piaceva. Qualche volta io e mia sorella andavamo a trovarlo per vederlo azionare i forni.» Aveva una buona memoria, era contenta di poter raccontare le storie dei vecchi tempi e non ebbe difficoltà a richiamare alla mente le visite che lei e la sorella facevano al padre, per osservarlo mentre lavorava e magari scucirgli degli spiccioli, o anche soltanto per stargli vicino. Abitavano nelle vicinanze. Lui era fiero delle sue figlie e lo diceva sempre a tutti. Mostrava loro la procedura con cui preparava la salamoia e la iniettava nella carne – nei cosciotti d'agnello o nella pancetta di maiale – per poi trasportare il tutto, dentro ampie bacinelle, da un lato all'altro del vicoletto d'ingresso della Cooperativa di Macellazione, chiuso dal grande cancello di ferro che dava sulla Skúlagata. Era lì che si trovavano gli affumicatoi. La carne veniva collocata su griglie verticali appese. Dietro di esse, in una stanza a parte, che nella memoria di Sólveig era buia e piena di fuliggine e sporcizia, il padre estraeva i lunghi ripiani inferiori, li riempiva di torba essiccata, paglia, rami e carbone. Dopo aver dato fuoco a quello strato di materiali, spingeva nuovamente i ripiani, che s'infilavano sotto gli affumicatoi. L'indomani tirava fuori le griglie verticali, piene di delizioso *hangikjöt* e squisita pancetta.

«Ma c'erano anche trote e salmoni» continuò Sólveig. «Qualche volta papà ne tagliava un pezzetto per farcelo assaggiare. A noi piaceva tanto. Ricordo che il suo era un lavoro molto... sporchevole, diciamo così. Ma lui lo svolgeva in modo preciso ed era una gioia stare a guardarlo. A un certo punto è venuto via dallo stabilimento, ma non dalla Cooperativa: l'hanno messo al bancone delle carni di uno dei negozi aziendali. Ormai è da trent'anni che è morto, pace all'anima sua.»

«Non le ha mai parlato di quello che è successo in Skúlagata? Che lei ricordi, almeno.»

«Sì. Sapeva che era avvenuto un omicidio, e i colleghi gli avevano raccontato che la polizia era andata alla Cooperativa a interrogare tutto il personale. Era stata una cosa orribile. Però lui è stato assunto diversi anni dopo. Lo sapeva solo per sentito dire.»

«Ma qualcuno avrà pure avanzato l'ipotesi che l'omicidio fosse legato alla Cooperativa stessa» disse Konráð.

«Secondo me, non gli è neppure passato per la testa che qualche dipendente fosse implicato in quella brutta faccenda. C'è questa ipotesi? A lei sembra plausibile?»

«No, non è emerso alcun indizio in tal senso. È solo una

cosa che mi è venuta in mente di chiederle adesso... A proposito, voleva farmi vedere qualcosa?»

«Ah, sì, giusto. È una cosa che ha trovato mio padre.» Sólveig si alzò e s'infilò nel corridoio.

Konráð attese pazientemente.

Dopo un po', la donna ricomparve. «Questa, papà la trovava straordinaria. Non l'avrei mai conservata, se non fosse stato per i ricordi che ho di quell'epoca. Sì, insomma, del periodo in cui lavorava negli affumicatoi.» Gli porse un piccolo oggetto circolare.

Konráð lo prese nel palmo e l'osservò. Sembrava una spilla, di quelle che si portano al bavero, ma non aveva più il fermaglio sul retro. Il simbolo raffigurato era assai stinto, ma ugualmente riconoscibile: era l'emblema della massoneria.

«Lo so, è una cosa insignificante» disse Sólveig, nel notare il suo sguardo confuso. «Però volevo comunque mostrargliela. Papà l'ha trovata su uno dei ripiani estraibili dell'affumicatoio, mentre lo ripuliva. L'ha conservata perché è una specie di insegna massonica e, sa, è un po' strano vederla comparire in un luogo del genere.»

«Già, immagino. Quando l'ha trovata suo padre?»

«Nei primi tempi in cui ha lavorato alla Cooperativa di Macellazione» rispose Sólveig. «Stava pulendo e ha visto questa spilletta incastrata da qualche parte. L'ago sul retro si era rotto e a giudicare da com'era ridotta ha pensato che fosse rimasta lì per un bel po'. Comunque sia, gli è parso strano che un oggetto personale di quel tipo fosse finito in un affumicatoio. Cioè, lui ha pensato che l'avesse perso qualcuno che si era introdotto lì. In quale altro modo una spilla poteva cadere su uno di quei ripiani?»

«Forse era in mezzo alla paglia o al carbone.»

«Mio padre non lo riteneva probabile.»

«Ma qualcuno avrebbe avuto motivo d'introdursi in uno degli affumicatoi?»

«Non so, i manutentori magari? Lui ci scherzava sopra. Sa, per via dell'omicidio che era avvenuto lì davanti. A me ne ha parlato solo molto tempo dopo, ma la comparsa di questa spilla gli era rimasta impressa proprio a causa dell'omicidio.»

«E ci... scherzava sopra?»

«Sì, cioè, lo faceva sorridere l'idea che qualcuno potesse essersi nascosto nell'affumicatoio.»

«Ah. Però non può essere» disse Konráð, continuando a osservare la spilla. «Quella sera era acceso.»

«Il punto è proprio questo. Tutti dicevano che l'affumicatoio era in funzione, ma una volta mio padre ne ha parlato con un collega – un uomo che lavorava lì fin dai tempi dell'omicidio –, il quale gli ha detto che quella sera ne era acceso *solo uno*. Gli altri due erano spenti.»

«Davvero?»

«Questo è ciò che gli ha riferito il collega.»

«Ma era prassi?»

«Capitava. Quel tizio ha detto di non averne mai parlato con nessuno. E d'altronde, non gli erano mai state fatte domande in proposito. Ecco perché mio padre si divertiva a fare certe congetture, anche se ormai era passato tanto tempo. Insomma, capiva bene che non era verosimile, ma gli piaceva giocare con la fantasia e si era anche un po' affezionato a quest'oggetto.»

«Giocare con la fantasia?»

«Sì, cioè... immaginare che l'assassino si fosse nascosto in una delle camere di combustione e che lì gli fosse caduta questa spilla.»

9

Non sapeva cosa l'avesse svegliata. Aveva avuto un sonno senza sogni e insolitamente tranquillo. Si era addormentata pochi istanti dopo essersi coricata, tanto era stanca. Era appena a metà della preghiera, quando era crollata. Pregava tutte le sere: implorava il suo Dio di far cessare quell'inferno, di far sì che suo marito si ravvedesse e cambiasse. Sapeva che in lui c'era anche qualcosa di buono. Nelle sue suppliche includeva la figlia, affinché l'indomani passasse una buona giornata. Infine, chiedeva al Signore: «Rimetti a noi i nostri debiti, come noi li rimettiamo ai nostri debitori». Un buon sonno era per lei un tesoro prezioso quanto raro.

Ma ora, all'improvviso, si era svegliata. Richiuse le palpebre con il timore di non riuscire più a riaddormentarsi e di passare il resto della notte alle prese con l'ansia e l'irrequietezza. Quante volte le era successo?

Riaprì gli occhi e fissò a lungo il soffitto, le orecchie tese. Le pareva di aver udito un rumore e sospettava che a svegliarla fosse stato quello. Ma ora non sentiva niente. Neppure il respiro del marito, il quale evidentemente era immerso in un sonno profondo. Scrutò le tenebre, ma non vide nulla. Era pieno inverno, le notti erano nere come pozze di catrame.

Elísa si stese su un fianco e cercò di riaddormentarsi, ma le tornò in mente il prete e il battito cardiaco accelerò. Cercò di rivolgere i pensieri a cose meno cupe, e quell'uomo lasciò il posto ai lavori di ristrutturazione del seminterrato, in particolare a Benóný, l'operaio che stava ampliando la lavanderia.

Altro che suo marito Stan! Benóný era più giovane, con un bel carattere, la battuta pronta, sempre disposto ad ascoltare ciò che lei aveva da dire. Sorrise tra sé. Benóný era apprendista carpentiere e per quei lavori si stava facendo aiutare da un amico. Insieme, erano una coppia magnificamente assortita. Mentre lavoravano, ascoltavano la radio della base militare statunitense. Poi salivano in cucina per la pausa caffè ed Elísa preparava loro qualcosa da mettere sotto i denti. Non sapeva quanto venissero pagati (non molto, data l'avarizia di suo marito), perciò si assicurava che perlomeno non passassero la giornata a stomaco vuoto.

Benóný aveva degli amici che Stan definiva «poco raccomandabili», ma Elísa non sapeva quanto credito dare alle sue parole, perché lo vedeva assai prevenuto nei confronti di quel giovane islandese. Stan affermava che certi conoscenti di Benóný avevano guai con la giustizia, perché erano implicati in un giro di distillerie clandestine e contrabbando di alcolici che poi spacciavano nei locali notturni. Inoltre, a suo dire, commerciavano illegalmente vari generi sottratti alla base militare, soprattutto sigarette. Ma anche Stan – che da due anni era uno dei soldati della base – era stato «pizzicato» a fare due o tre cosette illecite, delle quali preferiva non parlare. Sosteneva che uno degli amici di Benóný fosse un ex galeotto, ma a quest'ultima cosa Elísa non credeva: le sembrava inverosimile che Benóný frequentasse gente simile, tanto più che Stan, per rincarare la dose, accennava addirittura a furti con scasso, contraffazione e reati minori d'ogni genere. Diceva di averne parlato con lui, di averlo avvertito – ad accompagnarsi a certi clienti fissi della polizia non si ricavava nulla di buono –, ma Benóný gli avrebbe riso in faccia, rispondendo che le sue frequentazioni non lo riguardavano. Ne sarebbe nata una piccola discussione, ma Stan l'aveva ugualmente ingaggiato per la ristrutturazione del seminterrato.

La casa era in affitto e l'accordo era che il costo di quella miglioria sarebbe stato sottratto dal canone. Era un affare, grazie a Benóný e al suo amico.

Elísa scosse la testa: a parlare in quei termini di Benóný era proprio l'uomo che in certi momenti, senza alcun motivo, andava su tutte le furie e le metteva le mani addosso.

Con un movimento cauto, si girò dall'altra parte. Normalmente suo marito, quando dormiva, aveva il respiro pesante, a volte addirittura russava. Quella notte, invece, non produceva alcun rumore.

Si tastò di nuovo la coscia. La tumefazione si era gonfiata ancora. Com'era possibile che Stan, di punto in bianco, si trasformasse in una bestia feroce, la coprisse d'insulti e la prendesse a calci? C'erano volte in cui Elísa, addirittura, temeva per la propria vita. Era capitato una delle sere precedenti, quando lui l'aveva picchiata selvaggiamente.

Quella notte aveva sognato di annegare. Nuotava in acque calme, ma all'improvviso un nuvolone copriva il sole e lei piombava a gran velocità negli abissi. Tutto diventava buio e lei cercava di respirare, ma non ci riusciva, perché l'acqua le riempiva il naso e la bocca. A quel punto si era ritrovata raggomitolata nel letto, con qualcosa che le premeva sul viso, tanto da toglierle il respiro. Allora aveva cominciato a dibattersi e finalmente suo marito aveva sollevato il cuscino. Elísa aveva boccheggiato, inghiottendo ossigeno. Stan era rimasto sopra di lei, guardandola come se fosse una cavia da laboratorio, e le aveva detto che, se avesse provato a lasciarlo, l'avrebbe uccisa.

Riprovò a scrutare le tenebre. Il cuore le martellava in petto. Per riprendere sonno ci sarebbe voluto parecchio tempo.

Non aveva avuto il coraggio di raccontare queste cose a Benóný. Non osava parlarne con nessuno: aveva provato a confidarsi con il prete, ma lui aveva cercato di approfittarsi di lei. A chi altri rivolgersi? Non poteva nemmeno farsi ospitare da qualcuno, perché in quel caso Stan l'avrebbe ammazzata, l'aveva detto lui stesso. Inoltre, alla paura si aggiungeva la vergogna: chiedere aiuto significava dover spiegare in che situazione si era cacciata. Vergogna di suo marito, vergogna di se stessa – perché non era abbastanza forte e ogni volta trovava il modo per giustificarlo – e vergogna dei tagli e dei lividi. Non poteva neppure grattarsi la testa, senza correre il rischio di suscitare l'ira di Stan.

Cercò ancora di orientare i pensieri verso qualcosa di positivo, qualcosa di bello: sua figlia, che lei si sforzava di tenere al riparo da quella situazione. Non sempre ci riusciva. La piccola aveva visto cose che non avrebbe dovuto vedere – cose che nessun bambino avrebbe dovuto vedere – e si era messa a piangere. Non capiva come mai suo padre si comportasse in quel modo e aveva cercato conforto nella mamma, la quale però non aveva potuto far altro che dirle di non parlarne con nessuno: quello doveva restare un loro segreto. «Va tutto bene, vedrai che non capiterà più.» Balle su balle.

Tese di nuovo l'orecchio e si levò a sedere. Solo allora capì il motivo per cui non sentiva il respiro di suo marito: Stan non era a letto. Evidentemente si era già alzato. Elísa indugiò per qualche istante, ascoltò, poi si alzò, uscì dalla camera, accese la luce del corridoio e scese di sotto. Si mosse senza fare rumore, per non svegliare la figlia. A voce bassissima, cominciò a chiamarlo, ma non lo trovò da nessuna parte. Poi, passando davanti alla cameretta, ebbe l'impressione di udire un fruscio. La porta era socchiusa. La spinse e, alla fioca luce che proveniva dal corridoio del piano superiore, vide che sua figlia aveva scostato le coperte e la fissava, immobile e atterrita.

«Lóla? Sei sveglia?» disse Elísa, inginocchiandosi accanto al letto e accarezzandole i capelli. «Hai fatto un brutto sogno?»

La bambina scosse la testa.

«E allora cosa succede?»
Sembrava che Lóla avesse perso la parola.
«Per caso hai visto dov'è andato papà?»
Lei scosse di nuovo la testa, i suoi occhi erano ancora sbarrati e per un istante si posarono sul grande armadio che occupava un angolo della stanza.
Elísa si voltò in quella direzione, ma nel buio non vide nulla. Poi, però, dopo qualche istante, dall'ombra cominciò a emergere la sagoma di suo marito. Stan si era nascosto accanto all'armadio e si stava tirando su i pantaloni del pigiama.
«Cosa ci fai lì?» gli chiese Elísa.
Quello fu il momento in cui comprese la ragione dell'angoscia di sua figlia.

10

Benóný parcheggiò in una via poco trafficata, in una zona residenziale di Austurbær caratterizzata prevalentemente da ampie villette, indipendenti o a schiera. Per un po' lui e i due amici – Mikki e Tommi – rimasero seduti in auto a ripassare un'altra volta il piano. Non era poi tanto complesso. Un paio di settimane prima, un'amica di Mikki era andata a una festa in una di quelle case e gli aveva spiegato che per introdursi nell'abitazione bastava infrangere il vetro di una finestrella. Benóný aveva messo a disposizione l'automobile e sarebbe rimasto seduto al volante, in modo da fare da palo ed essere pronto a ripartire in fretta. A entrare nella villetta sarebbero stati Mikki e Tommi. Avrebbero preso gli oggetti di valore e sarebbero tornati in auto il prima possibile. Se un vicino di casa li avesse visti o se ci fossero state avvisaglie dell'arrivo della polizia, Benóný avrebbe dato loro un segnale.

Il padrone di casa era un medico. A organizzare la festa era stato il figlio, che era un conoscente dell'amica di Mikki. Il ragazzo le aveva raccontato che di lì a poco sarebbero partiti con la *Gullfoss* e il viaggio sarebbe durato circa due settimane. Per tutto quel periodo la villetta sarebbe rimasta incustodita. Stando alle parole dell'amica di Mikki, quel medico era piuttosto ricco.

A dirigere le operazioni fu Mikki. Aveva portato un martello e uno straccio in cui avvolgerlo, così da attutire il rumore. Aggirando la villetta fino al giardino sul retro, trovò una porta dalla quale si accedeva alla lavanderia. Da lì sarebbe stato facile raggiungere la cucina e poi il soggiorno. La porta era chiusa a chiave, ma accanto c'era una finestrella. Il rumore del martello che infrangeva il vetro fu a malapena udibile. Mikki tolse le schegge, infilò un braccio all'interno, a tastoni trovò il chiavistello sopra la serratura e lo aprì.

Armati di torce elettriche, lui e Tommi entrarono rapidamente e cominciarono a fare piazza pulita dei soprammobili, ad aprire i cassetti ed estrarne il contenuto. Presero le posate d'argento, gettarono sul pavimento i tovaglioli, s'intascarono una fiaschetta pregiata, lasciarono in giro i bicchieri. Ognuno con una sacca di tela, arraffarono qualunque cosa potesse avere un valore. Tommi entrò nella camera matrimoniale e frugò nell'armadio, buttando a terra maglioni e gonne, estraendo i cassetti e frugando in ogni angolo fino a trovare uno splendido portagioie. L'aprì e vide bellissimi orecchini, anelli d'oro – alcuni con pietre preziose – e magnifiche collane, alcune in oro, altre in argento. Lo richiuse e lo mise nella sacca.

Intanto Mikki si stava occupando dello studio del medico, gettando sul pavimento i volumi delle librerie e rovesciando i cassetti della scrivania in mogano, alla ricerca di oggetti preziosi. Aveva già trovato due orologi da polso, un temperino d'argento con il manico a forma di salmone nell'atto di saltare tra i flutti, una bottiglia di cognac ancora sigillata, un libretto degli assegni, carte che forse erano titoli azionari e una certa quantità di denaro contante. Vuotando l'ultimo cassetto, vide che sul fondo c'era una busta fissata con il nastro adesivo. La staccò e l'aprì. Conteneva dollari statunitensi e sterline britanniche. Valuta straniera!

Sulla soglia apparve Tommi, reggendo fra le mani un giradischi nuovo di zecca. «Questo, lo tengo io.»

Mikki sventolò la busta con aria trionfante. «E io ho trovato i *money*!» disse senza alzare troppo la voce per paura che qualcuno lo sentisse.

«Sbrigati.» Tommi scorse con lo sguardo le librerie, prese alcuni dei pochi libri rimasti sui ripiani e li aprì per vedere se dentro c'erano delle banconote nascoste, poi li lasciò cadere a terra. Intanto Mikki trovò altre tre bottiglie di alcolici.

Udendo due brevi colpi di clacson, capirono che Benóný li stava avvisando. Senza la minima esitazione tornarono di corsa nella lavanderia, uscirono in giardino e percorrendo a ritroso il tragitto di prima avanzarono furtivamente fino all'auto. Salirono a bordo e Benóný partì a gran velocità. Ma fu troppo precipitoso nel sollevare il piede dalla frizione e il motore si spense. Spinse di nuovo il pedale, riaccese e diede un paio di colpi di acceleratore. L'auto ripartì rombando e sparì in lontananza.

«Hai visto qualcosa?» chiese Mikki.

Tommi si guardava intorno, preoccupato. «Già, come mai ci hai chiamati?»

«Stava passando un'auto degli sbirri» si giustificò Benóný. «Non so se fossero di pattuglia o cosa. Non ho visto nemmeno se mi abbiano guardato ma, per sicurezza, appena si sono allontanati ho suonato il clacson. Metti che fossero tornati indietro... Certo che ce ne avete messo, di tempo! Avete trovato qualcosa, almeno?»

«Altroché» disse Tommi.

«Un bel bottino!» gridò Mikki, con un sorriso che andava da un orecchio all'altro. «Abbiamo trovato la pentola d'oro!»

«La pentola d'oro!» gli fece eco Tommi.

Entrambi scoppiarono a ridere e non fecero altre domande. La cosa fu un sollievo per Benóný, perché in realtà i poliziotti non erano mai passati: semplicemente, le scorrerie di Mikki e Tommi cominciavano a preoccuparlo e, visto che i minuti passavano e i due non ricomparivano, li aveva... sollecitati. Si era pentito di aver partecipato a quel furto, voleva soltanto restituire l'automobile al più presto. Le aveva provate tutte, pur di calmarsi. Si era messo a osservare la strada in entrambe le direzioni, tendendo l'orecchio e mangiandosi le unghie, e alla fine non era più riuscito a tenere a freno l'impazienza. Aveva tirato il fiato solo quando li aveva visti sbucare dal buio con il bottino e salire a bordo della vettura.

Aveva accettato senza troppa convinzione: era la prima volta che si lasciava coinvolgere in un'azione del genere. Non era mai stato implicato in reati gravi. Mikki e Tommi gli avevano chiesto se poteva procurare loro un'auto e accompagnarli alla villetta. Non occorreva fare altro. Quasi senza rendersene conto Benóný aveva accettato, e non perché gli piacesse l'idea di prendere parte a un furto in un'abitazione, ma perché era sempre a corto di soldi. Inoltre, aveva avuto l'impressione che Mikki e Tommi non avessero altri amici su cui contare. Sembrava che l'intera impresa dipendesse da lui, e la cosa lo metteva a disagio, ma al tempo stesso lo inorgogliva: si erano rivolti proprio a lui, lo ritenevano in grado di procurarsi quello che occorreva. Era una bella soddisfazione.

Benóný li riaccompagnò a casa – un appartamento in un seminterrato del centro – e disse che doveva restituire subito l'auto, ma che li avrebbe raggiunti più tardi. I due annuirono e scesero con la refurtiva, dicendogli che l'avrebbero divisa in parti uguali fra tutti e tre, come concordato. Benóný sapeva che, da quel punto di vista, Mikki e Tommi non erano sempre degni di fiducia, ma anche se gli avessero lasciato qualcosa in meno non gliene sarebbe importato granché: a conti fatti, il suo ruolo era stato piuttosto marginale.

Ripartì verso i quartieri occidentali e, guidando piano per non fare rumore, parcheggiò l'auto esattamente nello stesso punto dal quale l'aveva prelevata poco dopo mezzanotte, davanti alla casa di Stan. Sapeva che le chiavi di riserva erano in un cassetto del mobile all'ingresso, perciò alla fine della giornata di lavoro le aveva sottratte di nascosto. C'erano state due o tre occasioni in cui Stan gli aveva prestato la macchina, ma questa era la prima volta che gliela sottraeva senza permesso e non aveva nessuna intenzione di rifarlo. Infilò le chiavi in tasca, ripromettendosi di rimetterle nel cassetto l'indomani, quando avrebbe ripreso i lavori nel seminterrato. Prima di scendere dall'auto, lanciò un'occhiata alle finestre e vide che in casa regnava la quiete.

11

Konráð non riusciva a decidere se attribuire qualche importanza all'oggetto trovato dal padre di Sólveig. Era rimasto sorpreso quando lei gli aveva detto che la notte dell'omicidio era acceso solo uno dei tre affumicatoi. Se era vero, significava che l'assassino poteva benissimo essersi nascosto in uno degli altri due, che in quel momento non erano in funzione. Sólveig gli aveva descritto con molta precisione i locali della Cooperativa – i tre affumicatoi, lo stanzino sul retro, i ripiani estraibili, il fumo e il calore –, eppure lui aveva difficoltà a figurarseli nella mente.

Dopo quell'incontro, Konráð decise di andare subito a sud della capitale, lungo la costa, fino alla casa dell'ex poliziotto che a suo tempo aveva condotto l'indagine sull'omicidio. L'aveva contattato quando aveva incominciato le sue investigazioni personali sulla morte del padre e da allora si sentivano regolarmente. Si chiamava Pálmi, e fin dal primo momento aveva cercato di aiutarlo, di far luce su alcuni dei misteri che aleggiavano intorno all'aggressione, anche quelli che lui stesso non era riuscito a risolvere. Una volta aveva ammesso che a nessuno era mai venuto in mente di cercare l'assassino nell'affumicatoio. Era possibile che si fosse introdotto passando dalla finestrella sulla Skúlagata, ma era un'ipotesi, non una certezza. Se poi si credeva che tutti e tre gli affumicatoi fossero accesi, era ovvio aver pensato che nessuno potesse sopravvivere al loro interno, tra il fumo e il calore.

Pálmi abitava non lontano da Keflavík. Konráð lo vide risalire dalla riva reggendo tra le braccia dei rami, che probabilmente intendeva usare come legna da ardere: la sua casa aveva un caminetto, di quelli di una volta, e Pálmi, che viveva da solo, gli aveva raccontato che spesso lo accendeva per scaldarsi davanti al fuoco. Konráð lo salutò e lo aiutò a portare dentro il fascio di rami. Li posarono di fianco al caminetto, poi si sedettero a parlare dell'ultimo caso di cronaca: lo scheletro ritrovato a Vesturbær. Konráð raccontò che aveva provato a estorcere qualche indiscrezione a Marta, che però aveva la bocca cucita. Ovviamente, se non si fosse giunti a breve a un'identificazione dei resti, gli inquirenti avrebbero dovuto rintracciare tutte le persone che avevano vissuto in quella casa nel corso dei decenni e ci sarebbe voluto parecchio tempo, in particolare per trovare i nominativi di chi l'aveva presa in affitto. Konráð sapeva che a Pálmi piacevano le storie di eventi inspiegabili, perciò gli parlò della sua amica Eygló, la quale aveva la sventura di essere nata con capacità di percezioni extrasensoriali – qualunque cosa fossero – e tanti anni prima era stata contattata da una persona che abitava in quella casa. La donna accusava strani malesseri, perciò si era rivolta a lei in qualità di sensitiva. Pálmi aveva una vera passione per gli aneddoti sullo spiritismo, ne conosceva moltissimi, e raccontò di aver avuto lui stesso diverse «esperienze inspiegabili», soprattutto ai tempi in cui lavorava come guida sugli altipiani e spesso pernottava nei rifugi.

Continuarono a parlare del più e del meno, finché Pálmi – sapendo che le visite di Konráð avevano sempre uno scopo preciso – non resistette più alla curiosità e gli chiese qual buon vento l'avesse portato lì. Konráð gli rispose che era venuto per parlargli di una cosa che riguardava suo padre e che aveva appreso proprio quel giorno: la notte in cui era stato accoltellato a morte davanti alla Cooperativa di Macellazione del Suðurland, era acceso soltanto uno dei tre affumicatoi.

«E tu sei del parere che questo cambi le cose?» gli chiese

Pálmi, sforzandosi di essere disponibile come sempre. «Trovi rilevante che non fossero in funzione tutti quanti?»

Erano seduti nella piccola veranda affacciata sulla spiaggia, a prendere il caffè e a guardare il mare. Due anziani ex poliziotti, appartenenti a due generazioni diverse ma uniti dai rivolgimenti della sorte. Si erano conosciuti subito dopo che Konráð era venuto a sapere che suo padre era stato assassinato. Era stato Pálmi a condurre il suo interrogatorio, così come quello di sua madre.

«Sei sicuro che nessuno abbia perquisito gli affumicatoi?» chiese Konráð.

«Non credi che ne abbiamo parlato troppe volte?» rispose Pálmi, in tono paziente. Già in varie occasioni si era seduto al tavolo con lui, cercando di ripescare dalla memoria i dettagli di quella notte.

«La persona che ha accoltellato mio padre potrebbe essersi nascosta in uno dei due affumicatoi spenti. Questo spiegherebbe come ha fatto a fuggire senza che nessuno lo abbia visto» spiegò Konráð. «La finestra affacciata sulla Skúlagata si apriva nello stanzino posteriore dell'affumicatoio. Da lì, l'assassino avrebbe potuto uscire sul vicoletto d'ingresso. Ora, il vicoletto era chiuso dal cancello a un'estremità, ma dall'altra portava nel cortile dello stabilimento, dal quale sarebbe stato facile fuggire nella direzione opposta alla Skúlagata. A meno che non abbia incontrato un ostacolo o gli sia mancato il coraggio di avventurarsi fuori. Magari la porta d'uscita era chiusa a chiave e lui, senza più via di scampo, si è visto costretto a nascondersi in uno degli affumicatoi.»

«Oppure, più semplicemente, si è dileguato lungo la Skúlagata senza che nessuno abbia fatto caso a lui» osservò Pálmi. «A te piace fare l'Ufficio Complicazioni Affari Semplici, ma per prendere il caffè non occorre mica andare fino in Brasile.»

Konráð tacque per qualche istante. «Non so neanch'io

perché tutt'a un tratto ho la smania di venire a capo di questa storia. L'ho ignorata per tanti anni...»

«Evidentemente preferivi non pensarci.»

«Già, mi sa che è così.»

«Anzi, diciamo pure che la rifuggivi come la peste.»

«Forse.»

«Non sarà l'età?» Pálmi si mise in bocca una zolletta di zucchero e prese un sorso di caffè, nero come la pece. «Arriva il momento in cui si cerca di chiudere i conti, prima che sia troppo tardi.»

«Mah, non so» disse Konráð, in tono distratto.

«D'altro canto, però, perché tormentarsi così, a quest'età? Cosa pensi di ricavarne?»

«Da cosa?»

«Da questa tua indagine» disse Pálmi. «L'assassino, chiunque fosse, è scappato. Nessuno l'ha mai trovato, e a questo punto si può dare per scontato che sia sottoterra da un pezzo. Senti davvero il bisogno di ricostruire passo per passo il suo modus operandi? Io, se fossi in te, lascerei perdere e cercherei di godermi la vita, almeno un po'.»

Konráð lo guardò. Poi tirò fuori la spilla che gli aveva dato Sólveig e gliela porse.

Pálmi la prese in mano e la osservò.

«Questa è stata trovata su uno dei ripiani inferiori degli affumicatoi» spiegò Konráð. «Sì, be', molto tempo dopo l'omicidio. E infatti lo vedi anche tu, che è rimasta lì per parecchio.»

«Ma cos'è?»

«A me sembra un simbolo massonico. Vorrei consultarmi con Óliver, quello della Scientifica, magari sa dirmi qualcosa in più.»

«E secondo te che nesso ci sarebbe tra l'omicidio e la massoneria?»

«Non saprei» disse Konráð. «È giusto un'idea, ecco.»

Pálmi gli restituì la spilla. «Non è che ti stai aggrappando anche ai fuscelli?»

«Indubbiamente.»

«E ne vale la pena? So qual è il tuo obiettivo e posso capirlo, ma forse sarebbe meglio lasciare le cose come stanno» disse Pálmi.

Konráð gli rivolse uno sguardo interrogativo.

«Avrai pur preso in considerazione... l'altra ipotesi» continuò Pálmi. «La peggiore di tutte.»

Konráð non rispose.

«Non è per questo che stai indagando? Per escludere lo scenario che ti fa più paura?»

«Voglio solo andare a fondo di questa faccenda.»

«Io ho avuto l'impressione che tua madre non sia mai stata del tutto sincera con me» riprese Pálmi. «Come te, del resto. Mi ha detto la verità su tuo padre, sulle sue violenze e sul fatto che lo odiava da molti anni, ma le sue ammissioni sono finite lì. Ha negato di averlo ucciso.»

«Aveva un alibi, per quella sera» gli ricordò Konráð.

«Già, era a casa della sorella e del cognato, i quali hanno giurato e spergiurato che era lì con loro, all'ora dell'accoltellamento. Però, sai... dovevano essere molto legate.»

«E che c'è di strano?»

«Tu non saresti pronto a mentire per tua sorella?» chiese Pálmi.

Su quella domanda calò un lungo silenzio. Il mormorio delle onde entrava nella veranda, ritmato come un respiro profondo. Si stava facendo sera. Konráð ricordò di aver letto da qualche parte che l'oceano era il polmone del pianeta.

«Non è questo il motivo per cui ti dai tanta pena a indagare?» continuò Pálmi. «Lo fai per riabilitare l'immagine di tua madre.»

«Non so» disse Konráð. «Comunque, non penso che sarebbe stata capace di fare una cosa del genere.»

«Non è da escludere» insisté Pálmi. «So che tu stesso hai preso in considerazione questa ipotesi. E del resto non si può ignorarla: tua madre era in città e il movente non le mancava di certo. È ripartita l'indomani, con la prima corriera del mattino. Aveva sopportato le violenze domestiche, e anche gli abusi sulla figlia. La cosa è venuta chiaramente alla luce durante il suo interrogatorio e basta leggere i verbali per capire che era una donna dal carattere molto forte, ma al tempo stesso fredda e calcolatrice. Chissà di cosa poteva essere capace.»

Konráð scosse la testa.

«L'abbiamo torchiata a lungo» continuò Pálmi. «Non ha mai ammesso nulla, ovviamente, e la sua versione è stata coerente dall'inizio alla fine, ma negli anni successivi ci ho riflettuto in diverse occasioni e più ci pensavo, più avevo la sensazione che tutto puntasse contro di lei. Adesso mi pare di capire che anche tu stai giungendo a questa conclusione.»

Konráð non gli rispose.

«Non è così?» lo incalzò Pálmi.

«Non lo so neanch'io» disse Konráð.

«Non gliel'hai mai chiesto? Già che siamo in tema di fantasmi del passato...»

«No.»

«Temevi che ti desse una risposta sincera?»

«Forse non volevo fare la figura di quello che sospettava della propria madre, ma hai ragione: avevo paura della verità» mormorò Konráð. «Una volta ne ho parlato con mia moglie e le ho detto che non sapevo proprio chi altri potesse essere stato.»

12

Il mattino del lunedì, Konráð decise di andare a Grafarholt per consultarsi con Óliver, l'ex collega che lavorava alla Scientifica. Aveva provato a esaminare con una lente d'ingrandimento la spilla trovata sul ripiano estraibile dell'affumicatoio, nella speranza di scorgervi qualche dettaglio importante, ma il simbolo era talmente rovinato che se ne distinguevano soltanto gli elementi principali: un compasso e una squadra uniti, a fare da cornice alla lettera G.

Si presentò senza prima annunciarsi, perciò Óliver rimase sorpreso nel vederlo comparire alla sede della Scientifica. L'intero dipartimento era oberato di lavoro, per via dei resti umani trovati a Vesturbær, dunque Óliver non aveva molto tempo da dedicargli.

«Certo, capisco benissimo» disse Konráð. Poi, come per caso, chiese: «Si è scoperto qualcosa in più su quello scheletro?»

«Sono quelli di Hverfisgata a decidere quali informazioni divulgare e quali no» rispose Óliver. «Devi rivolgerti a loro.»

«Sì, però sai a quando...?»

«Ormai in polizia le fughe di notizie sono all'ordine del giorno. Vanno fermate. La talpa potrebbe essere chiunque.»

«Giustissimo» disse Konráð, ma proseguì imperterrito: «Sai a quando risalgono quei resti?»

«Parlo arabo? Chiedi in Hverfisgata!» tagliò corto Óliver, in tono deciso. Era di origini mediterranee: suo nonno era catalano, era rimasto bloccato in Islanda per via della guerra e lì aveva conosciuto una donna, con la quale aveva vissuto a Ísafjörður per buona parte della vita. Da lui Óliver aveva ereditato un'allegria solare e una certa insofferenza verso le giornate brevi. Proprio per questo aveva comprato una casa poco a sud di Barcellona, da cui era appena rientrato, dove trovava rifugio dal buio e dal gelo. Era un uomo di cuore, sempre lieto di ricevere visite da chiunque conoscesse, e addirittura c'erano state occasioni in cui aveva prestato agli amici la casa in Catalogna, nei periodi in cui non la usava. Konráð non aveva mai approfittato della sua generosità, ma di tanto in tanto aveva avuto la tentazione, soprattutto nelle annate in cui l'inverno sembrava non finire mai.

Konráð prese la spilla e la porse a Óliver, chiedendogli se sapesse dirgli qualcosa. Óliver gli domandò il motivo e Konráð rispose che stava facendo qualche ricerca su un vecchio caso.

«Quello dell'omicidio di tuo padre?» chiese Óliver.

Konráð annuì.

«Me l'avevano detto che avevi cominciato a indagare» disse il tecnico della Scientifica. «Solo che mi era parsa una voce senza fondamento. Hai scoperto qualcosa?»

«Non molto» disse Konráð. «Adesso sto studiando questa spilla. Mi sembra una di quelle che si appuntano al petto o al bavero della giacca prima di mettersi un cappello a cilindro e andare a una riunione massonica. Tu che ne dici?»

Óliver sospirò, lasciandogli intendere che era impegnato in ben altre faccende e non aveva tempo per le curiosità di un collega in pensione. Ma poi gli disse di seguirlo. Immerse la spilla in una vaschetta di detergente e la lasciò a mollo per un po'. Dopodiché la ripescò, la trasferì in un bagno di risciacquo, la asciugò delicatamente, la ripulì e la collocò sotto un microscopio che ne proiettò l'immagine sullo schermo del computer. Infine scrutò nell'oculare.

Konráð, intanto, osservò il monitor e vide che la squadra e il compasso erano diventati più nitidi.

«È l'emblema della massoneria, mi pare evidente» disse Óliver.

«Sì, ma c'è dell'altro? Grado? Loggia? Boh, non so neanch'io se quello che sto dicendo abbia un senso.»

«No, qui non si vede niente del genere» rispose Óliver. «Perlomeno, io non noto nulla. Ma non sono così convinto che sia una spilla. Mi sembra troppo ben fatta. Direi piuttosto che è un gemello da polso.»

«Un gemello da polso?» gli fece eco Konráð, riprendendo a scrutare lo schermo. Gli pareva di ricordare di aver letto – chissà quando – che la lettera G al centro dell'emblema stava per *God*, Dio.

«Da dove viene?» gli chiese Óliver, continuando a guardare al microscopio. Finalmente il suo interesse si era risvegliato.

«È stato trovato sul ripiano estraibile di uno degli affumicatoi della Cooperativa di Macellazione del Suðurland, in Skúlagata, mezzo secolo fa» spiegò Konráð, pur sapendo che tutti quei dettagli avevano ben poca utilità, al momento, tanto per Óliver, quanto per lui.

Rientrando dal Grafarvogur, Konráð si spremette le meningi ma non riuscì a farsi venire in mente nulla che accomunasse suo padre alla massoneria. Al tempo stesso, però, sapeva che l'assenza di un nesso evidente non significava nulla. Ripensò alla feccia che suo padre frequentava, ai piccoli criminali che lo cercavano per i loro affari sporchi. Alcuni avevano anche preso parecchie botte da lui – dato che era un uomo violento e vendicativo, che godeva del dolore altrui – e di sicuro lo odiavano a morte. Ma a Konráð non pareva di ricordare che tra loro ci fosse qualcuno che potesse far parte di una consorteria, e che girasse in giacca e cravatta, con tanto di gemelli da polso.

Stava entrando nel quartiere di Árbær, quando il suo cellulare squillò. Era Eygló. Aveva appena parlato con un'amica, la quale conosceva una donna che abitava nelle vicinanze della villetta di Vesturbær in cui era stato trovato lo scheletro. Stava andando a trovarla e chiese a Konráð se avesse voglia di accompagnarla.

«Perché?» disse Konráð.

«Mah, che ne so? Sono curiosa, tutto qui. Non è che questa storia mi faccia proprio sentire bene. Se penso che ho visto con i miei occhi quell'orribile seminterrato...»

«Cos'è, ti metti a indagare anche tu?»

Eygló, all'altro capo della linea, emise un gemito, come se si fosse fatta male.

«Tutto bene?» le chiese Konráð.

«Devo aver preso una botta tremenda a una coscia, ma non riesco a ricordare in che modo.»

«Davvero?»

«Sì, sarò andata a sbattere contro lo spigolo di un tavolo o qualcosa del genere. È da ieri che mi fa un male cane. Stamattina mi sono svegliata con un livido gigantesco.»

13

Quando Benóný raggiunse gli amici, quella notte stessa, li trovò intenti a contendersi il giradischi. Tommi sosteneva che spettasse a lui, perché l'aveva visto per primo, e che, mentre ancora erano nella casa del medico, Mikki non avesse sollevato obiezioni al riguardo. Mikki, dal canto suo, affermava di non aver fatto caso a quello che gli diceva l'amico mentre svaligiavano la villa e di avere diritto al giradischi quanto lui. Pretendeva che venisse venduto e che il ricavato venisse diviso fra tutti e tre.

Tommi scosse la testa. Non era d'accordo.

Mikki interpellò Benóný. «Si era parlato di spartizione equa, giusto?»

«Io non ho nessun interesse ad avere un giradischi» rispose Benóný, rifiutandosi di prendere parte alla discussione. «Per quel che mi riguarda, potete farne ciò che volete.»

Il resto del bottino era costituito da oggetti più facili da spartire: posate d'argento, orologi da polso, soldi, islandesi e stranieri. Questo era il primo furto da cui i tre amici tornavano con un carico così prezioso. Benóný notò che Tommi e Mikki ne erano piuttosto fieri e che cominciavano a darsi arie da intenditori. Bisognava aspettare un po', prima di avviare la ricettazione e convertire la refurtiva in moneta sonante. Sicuramente la polizia avrebbe messo in atto una ricerca in grande stile, interpellando tutte le loro vecchie conoscenze, chiedendo se avessero notizie di certi oggetti rubati e se sapessero chi aveva commesso il furto. Perciò era consigliabile volare basso. Aspettare. Mentre discutevano di queste cose, Tommi e Mikki ebbero un'idea: visto che Benóný era l'unico a essere ancora incensurato, dovevano nascondere il bottino in casa sua. Così, tanto per andare sul sicuro, nell'eventualità che la polizia perquisisse l'abitazione di Mikki e Tommi. Entrambi avevano alle spalle qualche furto con scasso, perciò era solo questione di tempo prima che gli sbirri bussassero alla loro porta. Da come ne parlavano, sembrava che fino a quella notte non avessero mai preso in considerazione la questione.

Benóný viveva in una stanza in affitto, piuttosto spaziosa, non lontano da loro. Più ne parlavano, più s'innervosivano, come se si aspettassero da un momento all'altro un'irruzione della polizia. Alla fine radunarono la refurtiva e la portarono da Benóný. Ormai si stava facendo giorno, quando nascosero nella sua stanza tutto ciò che avevano prelevato dalla villa del medico, giradischi compreso.

I due amici si diedero tanta pena per nulla: nei giorni successivi, la polizia non andò a bussare alla loro porta, né a quella di qualunque loro conoscenza con precedenti per furto con scasso. Nemmeno i giornali e le radio parlarono di perquisizioni domiciliari. Anzi, non venne data neppure la notizia del furto.

Poi Mikki venne a sapere dalla sua amica che il medico, la moglie e i figli erano tornati dalla loro vacanza già da diversi giorni.

«E...» le chiese.

«E niente» rispose l'amica, che era al corrente di tutto. «So solo che sono a casa da un po'.»

«Ma come?» Mikki non ci capiva nulla. «Gli abbiamo lasciato la casa in condizioni pietose! Gli abbiamo portato via un sacco di roba! Avranno sporto denuncia, no? E sparso la voce, anche. Queste sono cose che finiscono subito sulle scrivanie della polizia. E pure delle redazioni dei giornali.»

Arrivò al punto di rivolgersi a un conoscente che aveva contatti presso le forze dell'ordine, pregandolo di sentire in giro se qualcuno parlava di un grosso svaligiamento commesso in città nelle ultime settimane. Ebbene, nessuno ne sapeva nulla. C'erano stati soltanto due o tre piccoli furti con scasso, i cui responsabili erano già stati arrestati. Questo, almeno, era ciò che il tizio era riuscito a ricavare dal suo contatto in polizia.

«Roba da non credersi!» esclamò Mikki, dopo aver appreso la notizia. «Non vogliono che si sappia che sono stati derubati. Ma perché?»

«Quindi possiamo cominciare a rivendere il bottino?» chiese Tommi.

Quella sera si ritrovarono da Benóný, dove ognuno prese la propria parte. Il giradischi venne assegnato a Mikki. Le corone islandesi vennero spartite come deciso, dopodiché Mikki aprì la busta marrone che conteneva dollari e sterline e li rovesciò sul letto. In mezzo alle banconote c'era una busta più piccola. Lì per lì pensarono che anch'essa contenesse valuta straniera, invece vi trovarono qualcosa di diverso. Non denaro, ma fotografie.

«Cos'è questa roba?» disse Mikki, raccogliendole e passandole in rassegna. Poi le porse a Tommi. «Pornografia straniera?»

Tommi esaminò rapidamente le piccole stampe, poi le tese a Benóný, il quale si affrettò a metterle da parte non appena vide cosa ritraevano.

«Potrebbero interessare a Seppi» disse Mikki, intascandosele. «Volevo parlargli di queste posate, del cannocchiale e anche – ops! – di questo» aggiunse, raccogliendo l'orologio da polso che gli era appena caduto in grembo. «Volete che gli porti qualcuna delle vostre cose, per vedere se ve le compra?»

Tommi e Benóný declinarono l'offerta. Quanto ai gioielli, insieme decisero di aspettare a venderli: sembravano di gran valore, dunque bisognava concedersi tutto il tempo per fissarne il prezzo. Mikki conosceva un orafo che forse poteva essere interessato ai diamanti, dai quali avrebbe ricavato nuovi monili. Si offrì di portargli tutti i gioielli: l'uomo era una persona fidata e non avrebbe mai fatto la spia alla polizia.

Mentre disquisivano sulla sorte della refurtiva, Tommi ammirò ancora una volta il giradischi e fece un ultimo tentativo per convincere Mikki a cederg021iDOT. Benóný espresse invece una certa perplessità riguardo alla faccenda, ma Mikki gli disse che non doveva preoccuparsi per quei «dannati riccastri», perché avevano «il culo al caldo» e si sarebbero abbondantemente rifatti grazie alle compagnie assicurative. «Non perdono neanche una corona, quelli. E trovo pazzesco che tu ti faccia scrupoli per loro» aggiunse, sdegnato.

«Non è per quello, è che mi hanno sconvolto le fotografie. Ma chi è che tiene in casa roba del genere?»

«È un pervertito, quel tizio» disse Mikki. «A maggior ragione, non vedo perché dovremmo sentirci in colpa per avergli svaligiato la casa.»

L'indomani sera, Mikki andò a parlare con l'uomo che aveva nominato durante la spartizione: Seppi. Si era rivolto a lui già altre volte per questioni analoghe. Proprio di recente l'aveva contattato per via di una ventina di litri di alcolici provenienti da una distilleria clandestina, sui quali era riuscito in qualche modo a mettere le mani ma che non sapeva a chi piazzare. Alla fine li aveva venduti a lui. Seppi era uno di quei ricettatori che acquistavano senza fare domande. Trattava merci rubate o di contrabbando, e aveva il vizio di tirare sul prezzo, ma non ti fregava. Il suo nome era Jósep, ma tutti lo chiamavano Seppi. Quel diminutivo non gli piaceva, perché di solito lo si usava per i cani, perciò Mikki badava bene a non pronunciarlo in sua presenza.

«Questa roba proviene da un'abitazione privata, vero?» chiese Seppi, osservando il cannocchiale, l'orologio da polso, le posate d'argento e le altre cose che Mikki gli aveva portato.

Mikki non vedeva ragione di mentirgli, anzi, andava fiero del furto che aveva commesso, perciò gli raccontò tutto.

Seppi disse che non aveva sentito parlare di ville svaligiate di recente e anche lui – come Mikki – trovava piuttosto sospetto il fatto che nessuno avesse sporto denuncia. «Il padrone di casa non si è neanche rivolto alla polizia?» chiese, incredulo.

«Non che io sappia» rispose Mikki.

«Quindi nessuno è al corrente del furto?»

«Be', qualcuno sì: le persone che avevano in casa tutta questa roba» disse Mikki ridendo. Poi fece il nome del medico.

«Ah, vi siete introdotti in casa sua?» disse Seppi. Dal tono, sembrava che sapesse benissimo chi era quell'uomo.

«Lo conosci?» gli chiese Mikki.

«No» si affrettò a rispondere Seppi. «Ma non c'erano anche dei gioielli? Ne avrete pur trovati, no?»

«Neanche uno.» Mikki non voleva rivelargli che gli aveva portato solo la parte meno preziosa del bottino e che i gioielli avrebbero avuto ben altra collocazione.

«Quanto vuoi per l'orologio?» chiese Seppi.

Cominciarono a contrattare. La prima offerta di Seppi fu piuttosto bassa. Discussero per un po', passando in rassegna i vari oggetti, finché non ne rimase soltanto uno: un portasigarette d'argento che conteneva ancora alcune Camel.

«E questo?» disse Seppi, rigirandoselo fra le mani. Sul coperchio erano incise le iniziali del proprietario. «Glielavranno regalato per un compleanno importante. Però, con questa incisione, non posso certo offrirti chissà quale cifra. Quanto vorresti?»

Mikki sparò un prezzo. Seppi lo ritenne troppo alto e rilanciò, ma l'altro rispose che una controproposta così bassa non si poteva neppure prendere in considerazione. La contrattazione proseguì per qualche minuto, finché Mikki provò a rendere più interessante la cosa. «Posso aggiungerci certe fotografie» disse, tirando fuori la busta.

Seppi lo scrutò, con quel suo viso magro dagli occhi scuri e indagatori. «Fotografie?»

Mikki gliele mostrò. «Pornografia straniera.»

Seppi le esaminò una per una. «Cosa ti fa pensare che siano straniere?» chiese, dopo un breve silenzio.

«Be', erano in una busta che conteneva valuta estera e così abbiamo pensato che... Perché, non ti sembrano straniere?»

«Sì...» disse Seppi, pensieroso. Poi accettò di pagare il prezzo fissato da Mikki per il portasigarette. «Quindi il furto non è stato denunciato?» mormorò, come parlando tra sé e sé e infilandosi in tasca le fotografie.

«Pare di no» confermò Mikki. «È come se non fosse nemmeno avvenuto.»

14

Elísa udì i colpi di martello che provenivano dal seminterrato, accompagnati dalla musica della radio americana. Evidentemente Benóný aveva cominciato il turno di lavoro. Dopo un po' lo vide uscire a fumare con Mikki. I due si stavano prendendo una pausa. Dalla finestra della cucina gli rivolse un cenno di saluto, che lui ricambiò con un sorriso. Più tardi Elísa scese con il caffè e un paio di dolcetti. Chiacchierarono per qualche minuto, infine lei chiese quanto mancava al completamento dei lavori. Le risposero che di lì a poco avrebbero chiuso il buco nel muro e provveduto alla tinteggiatura.

Elísa sperava che non si accorgessero di quanto era triste, depressa e malconcia. Dopo il pestaggio, aveva dolori dappertutto. Come sempre, si sforzò di nascondere il suo segreto dietro a sorrisi cordiali e chiacchiere.

Suo marito aveva impiegato ben poco tempo a riavere la meglio su di lei: aveva sostenuto di essere entrato nella cameretta solo perché aveva sentito dei rumori, come se la figlia stesse avendo un incubo e voleva controllare che stesse bene. Allora Elísa lo aveva accusato di altre cose, ma lui, che nel frattempo si era già ripreso dall'imbarazzo, aveva iniziato a minacciarla, dicendole che se fosse andata in giro a dire certe sciocchezze l'avrebbe picchiata ancora più forte. A quel punto, Elísa aveva detto alla figlia di vestirsi e di seguirla. Ma Stan le aveva ordinato di tornare a letto, dopodiché aveva spinto Elísa fuori dalla stanza e l'aveva scagliata con forza contro il muro. Aveva badato bene a non colpirla sul viso, ma le aveva dato un pugno violento al petto, poi un calcio, infine l'aveva gettata a terra dicendole che se avesse fatto storie – nella fattispecie, se avesse osato parlarne con qualcuno – avrebbe ucciso lei e la bambina. «Non ho fatto niente, io!» aveva ruggito. «Non ho fatto niente!»

La figlia aveva riaperto la porta della cameretta e, piangendo, l'aveva pregato di fermarsi, dicendo alla mamma che papà non le aveva fatto niente, ma lui le aveva urlato in faccia, l'aveva chiusa dentro e aveva ordinato a Elísa di tornarsene a letto, altrimenti l'avrebbe conciata anche peggio di così.

Quella notte, Elísa non aveva chiuso occhio. Al mattino aveva aspettato che Stan uscisse per andare al lavoro, dopodiché aveva messo in una valigia i vestiti della figlia e aveva fatto tre telefonate: la prima alla stazione delle autocorriere; la seconda a Vík, nel Mýrdalur, la remota località in cui abitava una sua cugina; la terza alla scuola, per avvertire la direttrice che sua figlia sarebbe rimasta assente a lungo per motivi di salute. Suoi, non della bambina.

Cercò di scoprire da quanto tempo avvenissero le visite notturne di Stan nella cameretta. Lóla rispose che già diverse volte si era svegliata sentendosi toccare. Quella notte no: la mamma era intervenuta prima.

Andarono di corsa alla stazione di Kalkofnsvegur. C'era una corriera per il Mýrdalur che partiva poco prima delle dieci. Elísa aveva frettolosamente deciso di mandare la figlia in campagna. La bambina aveva sempre trascorso le vacanze estive nella fattoria dei parenti di Vík, trovandosi così bene in mezzo alla natura e agli animali che non vedeva l'ora di tornarci l'anno successivo. Adesso era pieno inverno, perciò Elísa, al telefono con la cugina, aveva accampato la stessa scusa che aveva usato con la direttrice della scuola: si era inventata di essersi presa una malattia e aveva chiesto se la bambina potesse restare alla fattoria per un po' – fino a Pasqua più o meno – dato che non sapeva dove altro mandarla.

Alla stazione Elísa parlò con il conducente e gli spiegò che sua figlia doveva andare a Vík nel Mýrdalur, e che qualcuno dei parenti sarebbe venuto a prenderla alla fermata. L'uomo promise di assicurarsi che la bambina giungesse a destinazione.

Madre e figlia si salutarono sulla banchina, dopodiché la corriera partì ed Elísa rimase a guardarla allontanarsi lungo Kalkofnsvegur, in direzione sud, con a bordo sua figlia, da sola.

Aveva appena otto anni.

Quando Stan rincasò dal lavoro, Elísa lo aspettava in cucina. Gli disse che aveva mandato la figlia in campagna. Aveva pensato che fosse nel suo interesse. Stan andò a controllare la cameretta, vide che Lóla era davvero sparita e chiese a Elísa cosa le fosse saltato in testa. Ricominciò a coprirla d'insulti. «*I could... I could...*» sibilò nella sua lingua, e per un istante lei pensò che stesse per aggredirla. Invece si limitò a uscire sbattendo la porta.

Elísa, esausta, si lasciò cadere su una sedia. Tutte quelle minacce di morte la spaventavano. Ora più che mai temeva che Stan passasse dalle parole ai fatti, soprattutto considerando con quanta furia l'aveva picchiata ultimamente. Una volta, dopo averlo fatto arrabbiare – non aveva nemmeno capito per cosa –, gli aveva detto che doveva rivolgersi a uno specialista. Ma lui le aveva riso in faccia. «Un medico?» aveva gridato, in tono arrogante. Ormai era irrecuperabile. «Vacci tu dal dottore! Io non ho niente che non va. Qui, quella con le rotelle fuori posto sei tu.»

Quando l'aveva corteggiata non aveva mostrato questo lato di sé. E neppure nel periodo in cui avevano preso in affitto la loro prima casa a Reykjavík; tutt'al più, ogni tanto perdeva la pazienza e la rimproverava. Lei, all'epoca, aveva un lavoro a Keflavík, ed era proprio lì che l'aveva conosciuto: al circolo ufficiali della zona militare. Si era mostrato simpatico, divertente, e le aveva detto tante cose carine. Era amico di Benóný, che lei conosceva tramite una sua amica. Le aveva detto che si chiamava Stanley, Stan per gli amici. Veniva dalla Pennsylvania – precisamente dalla regione delle industrie siderurgiche – e amava la vita all'aria aperta: i suoi passatempi preferiti erano la caccia e la pesca, che praticava anche in Islanda. Elísa si era subito innamorata di quel suo carattere allegro, così fresco e… americano. In tutte le forze di occupazione, era uno dei pochi soldati che si fosse preso la briga d'imparare l'islandese, e quando l'aveva conosciuta era già abbastanza bravo a conversare nella sua lingua. Il fatto che si fossero sposati non aveva scandalizzato nessuno: né la famiglia di Elísa, né le amiche. Nondimeno, era diffuso un certo antiamericanismo, e con il tempo, a forza di affrontare pregiudizi e discriminazioni, Stan aveva preso in considerazione l'opportunità di un trasferimento negli Stati Uniti. Allora Elísa gli aveva chiesto notizie sui suoi parenti, ma la risposta era stata molto stringata: la madre era morta, c'era solo il padre, che lavorava in un'acciaieria. Questa evasività tradiva del rancore verso la sua famiglia, ma non c'era stato verso di capire a cosa fosse dovuto. Stan non aveva nominato altri parenti, e a quanto Elísa aveva modo di vedere non era neppure in contatto con altre persone negli Stati Uniti.

In quegli anni, Stan era sempre stato pronto a scusarsi per i suoi scatti d'ira, ma la cosa non era durata a lungo: con il passare del tempo era emersa in lui una crescente frustrazione, che a volte sfociava in rabbia verso Elísa, la quale non sapeva indovinarne la causa. Si mostrava intollerante verso le sue opinioni, perfino verso le cose che lei aveva sempre dato per scontate. Ogni volta che il comportamento di Elísa non gli andava a genio, la prendeva come un'offesa personale. Il primo ceffone era arrivato poco dopo la nascita della bambina. Quella volta, Stan aveva detto che non sapeva nemmeno lui cosa gli fosse passato per la testa, e le aveva giurato che non sarebbe mai più accaduto.

Pochi mesi dopo, però, una gomitata le aveva fatto sanguinare il naso. In quell'occasione Stan aveva detto di non averlo fatto apposta, di averla urtata inavvertitamente.

Le cose erano peggiorate via via. Dopo un po' Stan aveva smesso di scusarsi per i suoi accessi di collera e aveva cominciato, con maggiore insistenza, a scaricare la colpa su di lei: a suo dire, era il brutto carattere di Elísa a tirare fuori il peggio di lui. Un giorno lei gli aveva detto che non ce la faceva più e che intendeva andare a vivere da un'altra parte, insieme alla figlia. Stan, comprendendo che parlava sul serio, aveva giurato e spergiurato che sarebbe cambiato e che si sarebbe rivolto a uno specialista, purché lei non lo abbandonasse: la situazione non era poi così grave, il problema non era tanto serio. Le difficoltà esistevano in tutti i matrimoni, ma si potevano risolvere. Elísa gli aveva risposto che ormai non gli credeva più: già altre volte lui le aveva fatto quei discorsi, per poi ricominciare come prima, e adesso lei ne aveva piene le tasche. A quel punto, lui era montato su tutte le furie. Aveva iniziato a sbraitarle in faccia, a lanciare oggetti, a minacciarla. Non le avrebbe permesso di portargli via Lóla. Si sarebbe trasferito negli Stati Uniti, trascinando la figlia con sé, così lei non l'avrebbe mai più rivista. Non era disposto a concederle il divorzio. Se avesse tirato fuori l'argomento una seconda volta, se ne sarebbe pentita amaramente. Nel periodo successivo, la minaccia si era rivelata veritiera.

«Sta venendo benissimo! Vedrai, appena avremo finito» disse Benóný, sorridente, prendendo l'ultimo sorso di caffè e guardando i lavori nel seminterrato. Mikki concordò con lui, ed Elísa disse che non vedeva l'ora di cominciare a usare la nuova lavanderia. Ma in quelle parole non c'era alcuna convinzione, perciò Benóný la guardò negli occhi e le chiese: «Non va bene? Dobbiamo fare qualcos'altro?»

Elísa abbozzò un sorriso. Non sapeva di preciso cosa le impedisse di dire a Benóný la verità su Stan. Avrebbe dovuto trovare una soluzione prima che sua figlia tornasse a Reykjavík. Non avrebbero mai più potuto vivere sotto lo stesso tetto di quell'uomo. Aveva paura per Lóla. E anche per se stessa. Sentiva sempre nella testa l'eco delle minacce, ed era convinta che Stan fosse assolutamente capace di metterle in pratica.

15

La donna disse che aveva appena cominciato a prepararsi per la notte, quando aveva visto l'ambulanza fermarsi davanti alla casa. Era rimasta sorpresa, perché in quella strada non capitava spesso che arrivassero ambulanze a sirene spiegate e lampeggianti accesi. Ma il suo sbigottimento era aumentato quando era comparsa un'auto della polizia, e poi un'altra. Aveva visto i paramedici portar fuori il suo vicino, steso su una barella, con la moglie che li seguiva per salire a bordo insieme a lui. L'ambulanza era ripartita a gran velocità. Intanto erano comparsi alcuni uomini in tuta bianca, che indossavano una mascherina ed entravano nella casa. Le era parso che armeggiassero nel seminterrato: dalla finestra di sotto provenivano le luci di lampade alogene, che proiettavano ombre spettrali. Da quel momento la polizia aveva continuato a fare rilevamenti nell'abitazione, ed era lì ancora adesso.

Si chiamava Milla. Chiese a Eygló se desiderasse un altro po' di caffè. Entrambe lanciarono un'occhiata fuori dalla finestra: davanti alla villetta lì accanto c'era ancora un furgone della Scientifica. Milla sospettava che lo scheletro non fosse stato rimosso dal muro, però non aveva modo di saperlo per certo: non era andata a informarsi. Non aveva niente di meglio da fare che passare la giornata a spiare la casa e i movimenti della polizia.

Eygló le domandò se conoscesse i coniugi che vi abitavano. La donna rispose che non le erano mai stati presentati, e che di loro sapeva poco e niente. Li salutava quando li incrociava per strada – in coppia o separatamente – e a volte si fermava a scambiare due parole, ma la cosa finiva lì. Li trovava assai cordiali. Erano venuti a vivere qui poco tempo prima, un annetto suppergiù, ma non era un quartiere in cui ci fossero molti contatti fra vicini. Ci si salutava, certo, ma non c'era una vera e propria frequentazione. E a lei stava benissimo così.

Eyglò bevve un sorso di caffè.

«Ovviamente sono sconvolta» continuò Milla. «Quei poveretti... ritrovarsi in casa una cosa del genere... dentro il muro...»

Eyglò annuì.

«Ah, ma adesso mi viene in mente che c'è stata un'altra volta in cui è venuta un'ambulanza a prelevare una persona da quella casa» disse all'improvviso Milla. «Una donna. Si chiamava Hebba, ed era cardiopatica. La conoscevo bene. Si è accasciata sul pavimento del soggiorno ed è morta sul colpo. È stato diversi anni fa. Ha abitato lì per tanto tempo, ignara di avere un cadavere nel muro.»

Eyglò sorrise. Konráð non aveva voluto accompagnarla, e le dispiaceva di non averlo al suo fianco per interrogare Milla sulla notte in cui era stato trovato lo scheletro. In diverse occasioni era andata insieme a lui a parlare con qualche testimone, e ogni volta era rimasta sbalordita dall'abilità con cui ricavava informazioni dalle persone. Quasi un istinto di caccia. Cercava sempre una notizia insolita, particolare, e per trovarla sfoderava un grande ingegno.

Milla sapeva che Eygló aveva lavorato come sensitiva. Anzi, era stata la prima cosa che Eygló le aveva detto, al momento di presentarsi: le aveva raccontato che molti anni prima era andata in quella casa perché la donna che vi abitava sentiva un inspiegabile disagio, tanto che poco dopo non ce l'aveva più fatta e aveva traslocato. Milla non aveva alcun ricordo di quella donna, ma aveva ascoltato in religioso silenzio mentre Eyglò le descriveva la sua visita. Confessò di avere paura del buio, e aggiunse che nella sua famiglia c'erano diverse persone che credevano ai *revenant*. Così, prima ancora che Eyglò se ne rendesse conto, la chiacchierata sulla casa dei vicini si trasformò in una sorta d'interrogatorio su di lei.

«Diceva che adesso ha smesso di fare la medium?» chiese Milla, forse sperando in una sorta di seduta spiritica improvvisata, lì nel soggiorno di casa sua. Poco prima aveva raccontato di aver partecipato a tre serate medianiche, che per lei erano state una bella esperienza.

«Già» rispose Eyglò. «È da parecchi anni che ho interrotto. Decenni, anzi.»

«Perché?»

«Ho preso... altre strade» disse Eyglò.

«Per via di qualche avvenimento particolare?» chiese Milla, senza alcuna vergogna per la sua curiosità. In fin dei conti, non era stata lei a richiedere quell'incontro.

«No» disse Eyglò, che non aveva voglia di raccontare la storia della propria vita. «È successo e basta.»

«Però la facoltà di chiaroveggenza ce l'ha ancora, giusto?»

«Non saprei. Non l'ho mai vissuta come un dono. Più come un fastidio.»

«Ma in quella casa ha percepito qualcosa? Quando è andata lì in visita, dico.»

«Un malessere» ammise Eyglò.

«Ed è scesa nel seminterrato?»

«Sì.»

«Non dev'essere un ricordo piacevole. Cioè, sapendo quello che sappiamo adesso...»

«In effetti no.»

«Chissà come ci è rimasta, quando ha visto l'articolo.»

«Sì, mi ha fatto un certo effetto. Anzi, diciamo pure che mi ha sconvolta.» Arrivando, Eyglò si era soffermata per un istante davanti alla casa in questione e aveva ripensato a quella sera di tanti anni prima. Ma era stata a distanza, affinché nessuno la prendesse per una ficcanaso. Era rimasta lì, sotto la pioggerella, anche se non c'era poi granché da guardare. La finestra della lavanderia era già stata inchiodata, e tutt'intorno all'edificio erano stati tesi i nastri gialli della polizia. Quella visita, benché lontana nel tempo, era ancora ben impressa nella memoria: l'ostinazione con cui quella donna l'aveva convinta ad andare da lei... la sua infelicità...

Avevano parlato del fatto che le abitazioni avessero un'anima. Un'irradiazione positiva, luminosa, rassicurante. In quella casa, invece, la donna percepiva qualcosa di oscuro e opprimente. Non le piaceva vivere lì. Ed Eygló, appena aveva varcato la soglia, aveva avuto la stessa sensazione sgradevole. Era particolarmente forte nel seminterrato e nella stanza accanto alla scala, che la donna e il marito usavano come studio, ma che prima di allora era stata una cameretta.

Eygló si rese conto che Milla le stava parlando. Tornò con i piedi per terra. «Scusi, diceva?»

«Mah, niente, pensavo che magari potrebbe tenere una seduta spiritica e vedere cosa salta fuori. Sarebbe interessante.»

«Ah. No, non penso proprio» rispose Eygló, in tono deciso.

«Peccato» disse Milla, delusa. «Eppure, se ci riflette...»

«Su cosa?»

«Non ha neppure un briciolo di curiosità? Chi potrebbe fare una cosa del genere? Com'è stato possibile?»

Eygló non seppe risponderle. Le faceva ancora male la coscia, e se la massaggiò discretamente. Non capiva proprio come si fosse formato quel grosso livido. Come aveva potuto prendere una botta del genere senza neppure accorgersene? «In effetti è incomprensibile» disse.

«Perché sa, questo è un quartiere tranquillissimo...»

Milla guardò fuori dalla finestra. «Ma non è sempre stato così. Abbiamo avuto vicini tremendi. Sì, anche in quella casa. Me ne ricordo alcuni... Credevamo che fossero adoratori del diavolo, o qualcosa del genere. Le parlo di tanti anni fa, era l'epoca degli hippy, del satanismo... La mia amica Lauga – che è morta da tempo, riposi in pace – mi raccontava che in quella lavanderia aveva visto una croce capovolta, dipinta sulla parete. E i muri chiazzati di qualcosa che sembrava sangue. Si era messa in testa che facessero sacrifici di animali, cose così.»

«Chi, gli hippy?»

«Sì, o comunque gente di quel tipo. Tutti mascalzoni. Lo diceva anche Lauga. Gentaglia, proprio.»

16

Tutto era ancora come Konráð lo ricordava: le pantofole di feltro, il salvavita da polso, i piccoli passi con cui l'uomo si muoveva tra le stanze della casa. L'aria pesante dell'angusto appartamento. Già una volta Konráð era andato a domandargli di suo padre. Non era passato tanto tempo, eppure l'uomo impiegò un bel po' a ricordarsene. Quando finalmente capì chi aveva di fronte, pian piano gli tornò in mente il motivo di quella prima visita. A passi brevissimi, si addentrò nel soggiorno e invitò Konráð ad accomodarsi. Poi si avvicinò al morbido divano di velluto e si lasciò sprofondare, come se il tragitto compiuto per andare ad aprire la porta fosse stato un'impresa faticosissima.

Si chiamava Henning e, anche se a guardarlo ora non si sarebbe detto, in gioventù era stato un uomo vigoroso. Quando aveva fatto irruzione nel seminterrato del padre di Konráð minacciandolo, a causa delle sue sedute spiritiche fasulle, era ancora nel pieno delle forze. A quell'epoca, suo padre aveva messo in atto un trucchetto dozzinale per truffare una povera donna che credeva nell'aldilà. Henning e un amico – fratello della signora – erano venuti a pretendere il denaro ottenuto con il raggiro. Al momento di andarsene, avevano detto chiaro e tondo che la cosa non sarebbe finita lì.

Konráð aveva impiegato parecchio tempo a raccontare tutte queste cose all'uomo, fino a fargli comprendere il punto della questione, almeno per quanto consentivano l'età e la memoria. Il fratello della donna era morto diversi anni prima, ma Henning ricordava la visita all'appartamento nel seminterrato. Avevano parlato delle truffe messe in atto dal padre di Konráð e dal suo compare Engilbert: i due individuavano donne in lutto, addolorate dalla perdita del marito o di un'altra persona cara, e in cerca di conforto. Il padre di Konráð aveva il compito di trovare informazioni su di loro, dopodiché lui e il complice facevano leva sulle loro emozioni, ricorrendo anche a qualche trucchetto da baraccone. Se, per esempio, il defunto aveva avuto la passione per la musica, grazie a un congegno tascabile producevano una nota di pianoforte, che risuonava nella stanza senza che nessuno avesse sfiorato la tastiera dello strumento. Con questi e altri artifici rendevano credibili le «comunicazioni dall'aldilà» che il sensitivo Engilbert inscenava con grande trasporto. In seguito, la vittima consegnava una certa somma di denaro che, in teoria, non era destinata a loro, ma ad associazioni di beneficenza.

«Erano veramente due bastardi» disse Henning, ora che ci ripensava. Si grattò la pelle sotto il cinturino del salvavita. «Scusi, lo so che era pur sempre suo padre, ma...»

«È da un bel pezzo che ho smesso di offendermi a causa sua» rispose Konráð, e non era la prima volta che pronunciava quella frase. «L'uomo che era con lei quella sera, Haukur... Ecco, la volta scorsa lei mi ha riferito che Haukur aveva detto di avere una gran voglia di uccidere mio padre, proprio per via di quella faccenda. Cioè, se non avesse restituito i soldi. Mi ha raccontato che dopo la vostra visita nel seminterrato loro due si sono rivisti, e che in quell'occasione mio padre ha garantito che la sorella di Haukur avrebbe riavuto presto il suo denaro, giusto?»

«Giusto.»

«Perché mio padre stava aspettando d'incassare un credito, dico bene?»

«Sì. O almeno, questa è l'impressione che ha avuto Haukur.»

«Però Haukur non sapeva da dove sarebbero arrivati quei soldi?»

«No, non ne aveva idea. Ma lei deve tenere presente che, per come era fatto suo padre, magari era solo una balla. Forse non aveva nessuna intenzione di restituire il denaro e si è inventato che qualcuno avesse un debito con lui o gli dovesse un favore, qualcosa del genere.»

«E questo è accaduto circa un anno prima della morte di mio padre?»

«Sì.»

«Il presunto debitore... secondo Haukur era un medico, o comunque lavorava nel settore sanitario? Mi pare di ricordare che lei mi abbia detto questo, l'altra volta.»

«Sì. Però, adesso che ci penso, non si trattava esattamente di un credito da incassare: Haukur ha avuto la sensazione che suo padre sapesse qualcosa su quell'uomo... qualcosa di compromettente. Sì, insomma, che lo stesse ricattando.»

«Qualcosa di compromettente?»

«Sì» confermò Henning.

«Però poi non se n'è fatto niente.»

«Non saprei» disse Henning. «So solo che Haukur non ha mai visto un centesimo. Sua sorella era stata truffata, quei due le avevano portato via un mucchio di soldi e non le hanno ridato neppure una corona.»

Konráð non voleva stancarlo troppo. Tirò fuori una spilla che aveva comprato in un negozietto per turisti, di quelli nei quali si vendevano cianfrusaglie di ogni genere, tra cui *bag pins* provenienti da tutto il mondo. La porse a Henning e gli chiese se riconosceva il simbolo.

Henning portava al collo due paia di occhiali con catenina. Ne inforcò uno e cercò di osservare la spilla, ma si rese conto di aver preso quello sbagliato. «Non ci azzecco mai» spiegò. Il primo paio serviva per guardare la televisione, l'altro per leggere. Prese gli occhiali da lettura ed esaminò at-

tentamente la spilla, dopodiché la restituì a Konráð. «Cosa sarebbe?»
«Non lo sa?» gli chiese Konráð.
«No, non ne ho proprio idea.»
«È il simbolo della massoneria» spiegò Konráð. «Lei è mai stato massone, Henning?»
«No, mai.»
«Ne è sicuro?»
«Certamente!»
«E Haukur?»
«No, non era massone.»
«Non lo è mai stato?»
Henning ci rifletté. Sembrava quasi incerto sulla risposta. «La massoneria... Mah, adesso che ci penso...» disse, esitante, aggrottando le sopracciglia come nello sforzo di scavare più a fondo nella memoria, alla ricerca di ricordi perduti nel tempo. «Sa che forse per un certo periodo l'ha frequentata? Però non ci metterei la mano sul fuoco. Provi a chiedere alla sua famiglia.»
«Le sembra verosimile che la frequentasse agli inizi degli anni Sessanta?»
«Non mi ricordo. Chieda alla famiglia» ripeté Henning.
«Lei sa se nel suo giro ci fosse qualche massone? Un amico? Un parente? Un conoscente?»
«Nessuno» rispose Henning a bruciapelo, ormai infastidito da quella raffica di domande su un amico morto da tempo. «Perché? Lei pensa che Haukur abbia fatto del male a suo padre?»
«Non saprei» disse Konráð. «Lei crede di sì?»
«Io? Sta cercando di mettermi in bocca cose che non ho detto?»
«No, tutt'altro, sto...»
«Forse dovrebbe smetterla di fare insinuazioni su cose di cui non sa nulla.»

«Non era mia intenzione» rispose con garbo Konráð. «Cerco solo informazioni. E non ne trovo.»

«Be', temo di non poterla aiutare.»

Dato che non cavava un ragno dal buco, Konráð si alzò e si accinse a prendere commiato.

All'improvviso, l'uomo gli chiese: «Come si chiamava?»

«Chi?»

«Suo padre. Jakob o qualcosa del genere?»

«Jósep» disse Konráð. «Jósep P. Grímsson.»

«Ah, giusto, adesso mi ricordo. Però aveva un soprannome... un nome da cane. Snati?»

«Seppi» lo corresse Konráð. «Lo chiamavano Seppi.»

17

Attendevano al cantiere navale Daníelsslippur. Sopra di loro torreggiava una lugubre nave di Grindavík che era stata portata nel bacino di carenaggio per lavori di manutenzione. Mikki e Benóný si erano piazzati sotto l'elica, nel tentativo di ripararsi dalla pioggia per fumare in santa pace, ma le alghe rimaste attaccate allo scafo gli facevano gocciolare addosso parecchia acqua. A monte, sulla strada, passava di tanto in tanto qualche automobile. Pedoni, pochissimi. Era una tarda notte di febbraio, faceva freddo e quell'attesa si stava protraendo un po' troppo.

«Non arriva più» si lagnò Benóný, alzando lo sguardo sull'elica e stringendosi nel giaccone. «Ma non aveva detto stasera?»

«Sta' buono» gli disse Mikki, gettando a terra il mozzicone e calpestandolo. «Sì, stasera. Arriverà, prima o poi. Quando ho parlato con lui, l'ho sentito abbastanza interessato.»

Sotto l'enorme mole della nave, mentre scrutavano nell'oscurità, per ammazzare il tempo si misero a parlare di calcio e di cinema. Dopo un po', rimasero in silenzio. Mikki aveva detto che lui e Tommi avevano già rivenduto la loro parte del bottino – tranne i gioielli – ed erano contenti della cifra che avevano ricavato. Benóný, invece, conservava ancora la sua parte e non l'aveva mostrata a nessuno. Preferiva aspettare. Mikki si era offerto di occuparsi personalmente della ricettazione, ovviamente dietro compenso. Pensava solo ai soldi, quello.

Benóný gli scroccò una seconda sigaretta. Aveva passato l'intera giornata a lavorare nel seminterrato. Tutt'a un tratto gli venne in mente Elísa. Quella mattina, quando era scesa a portargli il caffè, gli era sembrata giù di morale.

A volte era in pensiero per lei, perché la vedeva distratta, come se avesse la testa da tutt'altra parte. Quando l'aveva conosciuta era una donna allegra e vivace. Ora appariva riservata, chiusa, come se dovesse stare attenta a tutto ciò che diceva e faceva. Sembrava guardinga, soprattutto quando c'era in giro il marito, tanto che a volte Benóný si chiedeva se in qualche modo la ragione del mutamento fosse proprio Stan: sapeva bene quanto poteva essere prepotente ed egoista, quell'uomo. Sotto questo aspetto Benóný era diversissimo, nonostante non potesse certo considerarsi un cittadino modello. Aveva cominciato a porsi qualche domanda sulla vita coniugale di Elísa. Forse era difficile essere la moglie di uno come Stan. Gli sarebbe piaciuto chiederglielo, ma non se l'era mai sentita. Fino a quel giorno. Nel pomeriggio lei era uscita a fare la spesa. Più tardi Benóný, mentre stava tornando a casa, l'aveva incrociata sul marciapiede, con il pane, il latte e poche altre cose, e ancora una volta l'aveva vista molto avvilita. A quel punto si era sentito in dovere di chiederle se ci fossero problemi.

«Non lo so neanch'io» aveva risposto lei. «Ieri ho mandato Lóla in campagna, ma adesso sento la sua mancanza.»

«In campagna?»

«Sì, perché Stanley... Stan...»

Benóný aveva atteso che riprendesse il discorso. Era evidente che voleva dirgli qualcosa, ma si tratteneva. Lei aveva cercato di fare un sorriso, che però somigliava più a una smorfia di dolore, e lui le aveva posato una mano su un braccio. «Elísa... cosa c'è che non va?»

«Niente» aveva risposto lei, a voce così bassa che quasi non si era capito cos'avesse detto. Dopodiché aveva ripreso ad avanzare verso casa, con il pane, il latte e il resto. «Ci vediamo domani mattina.»

Ma lui le si era parato davanti. «È per lui? È per Stan?»

Si erano guardati negli occhi per un istante, poi lei era passata oltre, senza rispondere. Era evidente che Benóný aveva colto nel segno.

Spense la sigaretta. Cominciava a spazientirsi, ma proprio in quel momento udì un rumore di passi e vide una figura emergere dalle tenebre. Era un uomo fra i trenta e i quarant'anni, paffuto, con un bell'anello d'oro all'anulare. Guardò Benóný con sospetto. «E questo chi è?» chiese a Mikki. «Pensavo di trovarti da solo.»

«È un mio amico, si chiama Benóný» rispose Mikki. «Anche lui ha preso parte a questa faccenda, perciò ha insistito per esserci.»

Era una bugia: Benóný non aveva espresso alcun interesse a partecipare a quell'incontro. Era stato Mikki a trascinarcelo, senza dargli ulteriori spiegazioni.

«E va bene. Cos'è che volevi mostrarmi?» chiese l'uomo, scontroso, guardandosi intorno come per assicurarsi che non ci fosse nessuno a spiarli.

Mikki tirò fuori la sacchetta che aveva portato con sé. Era quella in cui conservava i gioielli prelevati dalla casa del medico. Pescò due anelli di diamanti, che porse al nuovo arrivato.

«Dove li avete presi?» chiese l'uomo.

«In un'abitazione privata» rispose Mikki. Non aveva motivo di nasconderlo.

L'uomo esaminò attentamente gli anelli. «Non ho sentito voci di furti del genere, negli ultimi tempi.»

«Be', ma che differenza fa?» disse Mikki.

«Nessuna. Era così, tanto per dire.»

«Forse il padrone di casa non vuole che si sappia.»

«E perché mai?»

Mikki si strinse nelle spalle, come un predicatore in procinto di dire che le vie del Signore sono imperscrutabili. Dopodiché gli porse due collane: una d'argento e una d'oro con uno zaffiro blu.

L'uomo le prese e le studiò con cura, sforzandosi di non dare troppo a vedere quanto fosse interessato. «Proprietà?»

«Nostra» disse Mikki.

«Proprietà *legittima*, dico.»

«Non vedo cosa c'entri.»

L'uomo lo guardò e sorrise. «D'accordo, quanto vuoi per tutto il malloppo?»

Mikki aveva già pensato a una cifra – sparata a caso, per la verità – ma ora, intuendo un interesse da parte del potenziale acquirente, decise di gonfiarla considerevolmente.

L'uomo esitò. «No, è troppo» disse con una certa risolutezza, ma non tanta da convincere Mikki di aver davvero fissato un prezzo eccessivo.

«Non sei l'unico interessato a comprare.»

Benóný, che osservava la scena in silenzio, sapeva che Mikki aveva mentito, e che non era in contatto con nessun altro ricettatore. Gli era toccato deglutire nel sentire l'amico sparare una cifra tanto alta.

«Ah, no?» disse l'uomo. «Chi altro c'è?»

«Un tizio che conosco» disse Mikki, senza battere ciglio.

«Un tizio che conosci?»

«Sì.»

Benóný badò bene a restare perfettamente impassibile. Mikki era un bugiardo incallito. L'uomo li guardò – prima l'uno, poi l'altro – rigirandosi l'anello al dito. Di lui, Benóný sapeva solo ciò che gli aveva raccontato l'amico, ossia che faceva l'orafo e il gioielliere, e che già altre volte aveva fatto affari con lui. Non gli aveva detto neppure come si chiamasse.

«Dicevi che il furto non è stato segnalato alla polizia?» chiese l'uomo. «Siete sicuri?»

Mikki sorrise. «Nessuna denuncia, a quanto ne sappiamo.»
«E l'avete commesso voi?»
«No» rispose Mikki, senza esitazioni.
«Chi, allora?»
«Non ha importanza.»
«Be', se non ha importanza, non c'è motivo di nasconderlo.»
«Ma tu, a saperlo, non ci guadagneresti niente» ribatté Mikki. «Comunque non ho idea di chi sia stato. Allora, compri?»
«Da chi hai avuto questa roba?»
«Senti, t'interessa o no?» chiese Mikki.
Benóný ebbe l'impressione che l'amico stesse perdendo la pazienza. Mikki aveva la miccia corta.
«Mi serve un po' di tempo per rifletterci» disse l'uomo, spostando lo sguardo da uno all'altro. «E anche per trovare i soldi, qualora decidessi di comprare. La cifra è un po' più alta di quanto... Potremmo rivederci dopodomani, ed eventualmente concludere l'affare, che ne dite? Però nel frattempo non parlatene in giro. Garantitemelo. Non dite niente a nessuno, finché non vi ricontatto io.»
Mikki lanciò a Benóný un'occhiata interrogativa, come se per lui l'opinione dell'amico avesse avuto importanza, dopodiché annuì. «D'accordo, ci rivediamo fra due giorni. Se non concludiamo, ci rivolgiamo altrove.»

18

Elísa sentì che Stan si era addormentato e rimase immobile, con lo sguardo fisso nel buio, facendo un inventario mentale dei coltelli che c'erano in casa. Oltre a quelli da tavola, c'erano quelli da cucina, ben affilati, con la lama lunga e il manico robusto. Gliene venne in mente uno in particolare, uno sfilettatore, così tagliente che c'era quasi da aver paura a maneggiarlo.

D'estate Stan andava a pescare in campagna, e al ritorno cucinava personalmente i pesci che aveva preso: li decapitava, li spellava, li sventrava e li mandava ad affumicare, oppure li portava alla Ghiacciaia Svedese, dove aveva preso a noleggio un congelatore. A volte il pescato era molto abbondante, ma lui usava quel coltello con grande abilità, dopodiché lo lavava, lo affilava e lo riponeva in un cassetto, dove c'erano anche due falcette da macellaio, un paio di forbici e un robusto trinciapollo che usava per aprire il petto degli uccelli. Sì, anche la caccia era una sua passione. Ogni autunno portava a casa oche e pernici, che preparava per poi conservarne le carni nel congelatore. Certe volte, quando tornava da una delle sue battute di caccia, la cucina assumeva l'aspetto di un mattatoio. Uno dei motivi per cui stava facendo allargare la lavanderia era proprio questo: voleva ricavarne uno spazio in cui collocare un tavolo più ampio, un acquaio e un impianto d'illuminazione a soffitto che l'avrebbe agevolato nel suo lavoro da macellaio.

Aveva ben due fucili – uno a canna liscia e uno a canna

rigata – che teneva in un armadio nel seminterrato. Ma Elísa non sapeva nulla di armi da fuoco. Non aveva idea di come caricarle, togliere la sicura e usarle senza farsi male. Non lo accompagnava mai a caccia, anche perché non nutriva alcun interesse per quel genere di attività. Perciò Stan ci andava sempre con qualche collega, oppure da solo. Quest'ultima opzione gli era ancora più gradita, perché era un solitario per natura e non amava molto la compagnia.

Elísa decise che lo sfilettatore era lo strumento che faceva al caso suo. Non appena ebbe l'impressione di potersi alzare dal letto senza che Stan la sentisse, andò in corridoio e in punta di piedi scese al pianterreno. Cercò di fare meno rumore possibile, fermandosi più volte per tendere l'orecchio nell'oscurità e assicurarsi che lui non si stesse svegliando. Raggiunta la cucina, aprì il cassetto, tirò fuori le forbici e il trinciapollo e li posò sul tavolo. A tentoni nel buio, impiegò un po' di tempo a trovare lo sfilettatore. Impugnò delicatamente il manico e sollevò la lama verso la poca luce che entrava dalla finestra per verificare di aver preso il coltello giusto. Rimise a posto le forbici e il trinciapollo, richiuse piano il cassetto e cominciò a salire le scale. All'improvviso le parve di sentirlo muoversi in camera da letto. S'irrigidì.

Quella sera lui l'aveva coperta d'insulti – *Scrofa maledetta!* – e per l'ennesima volta aveva minacciato di ucciderla. Prima o poi sarebbe passato dalle parole ai fatti, gliel'aveva detto chiaro e tondo. Voleva prendere il fucile, quello a canna liscia, e ammazzarla nel sonno, come un cane. E lei non avrebbe avuto il tempo di accorgersi di niente, un po' come quando le aveva premuto il cuscino sulla faccia. «Magari lo faccio stanotte» aveva aggiunto. «O forse fra tre giorni, una settimana o un mese.» Stavolta non le aveva messo le mani addosso, si era soltanto divertito a minacciarla e a insultarla, per poi ordinarle di mettersi a letto. Era come alterato, al punto che lei non aveva avuto il coraggio di rispondergli: gli aveva obbedito senza nemmeno pensarci, come una macchina. Poco dopo, lui era salito in camera gemendo, borbottando e tossendo. Aveva passato tutta la serata a bere, perciò si era addormentato all'istante. Elísa, invece, non riusciva a chiudere occhio.

Le era parso che ormai Stan avesse accettato il fatto che lei aveva mandato in campagna la figlia, e dunque aveva sperato che fosse possibile riprendere il discorso sull'intraprendere una terapia. Dopo il primo accesso di rabbia, si era placato, si era addolcito, e addirittura aveva ammesso certe sue colpe, ma non era andato oltre. Anzi, aveva aggiunto che non gli era piaciuto sentirsi privato della sua autorità di capofamiglia, e aveva negato di aver mai avuto comportamenti sconvenienti con la figlia. Nonostante questo, lei aveva avuto l'impressione che fosse bendisposto a parlare di cambiamenti, magari anche a mettere in conto una separazione. Avrebbero divorziato e lei sarebbe andata ad abitare altrove con Lóla. In ogni caso, non si poteva vivere in quel modo. Aveva cautamente sollevato l'argomento e lui non aveva dato una vera e propria risposta, ma non si era neppure mostrato contrario all'idea.

Quella sera Elísa aveva provato ad accennare fugacemente alla questione, sempre con la massima prudenza, dicendogli che era arrivato il momento di discutere – con civiltà, da adulti ragionevoli – della loro situazione e del futuro.

Ma stavolta lui aveva assunto tutt'altro tono. Aveva ricominciato a parlare di quanto gli sarebbe piaciuto andare via dall'Islanda, ritrasferirsi in Pennsylvania. Ne aveva già fatto cenno ai colleghi, al lavoro. Non era la prima volta che manifestava quel desiderio. Sbarazzarsi di lei, trovare una donna migliore e tornare nel suo paese. Via, lontano da quella terra miserabile. «Quale 'situazione', poi?» le aveva chiesto. Parlava in inglese, come sempre, quand'era in casa.

«Quella che stiamo sopportando noi. Io e nostra figlia.»
«Voi?»

«Non si può più andare avanti» aveva detto lei. «È da troppo tempo che viviamo così. Devi pur rendertene conto. Devi smetterla. Questa violenza deve finire.»

«Ah, ecco che ricomincia col divorzio! Io Lóla non l'ho toccata! Vuoi mettertelo in testa, una buona volta? Non l'ho toccata!»

«No, va bene» aveva detto lei, per placarlo. «Intanto mi sono consultata con il prete. Gli ho parlato del nostro rapporto. Delle cose che succedono in questa casa, quando perdi la pazienza.»

Stan l'aveva guardata.

«Preferirei non rivolgermi alla polizia» aveva continuato Elísa. «Ma forse sarò costretta a farlo. Se va avanti così...»

«Adesso ti metti pure a minacciarmi?»

«No. È solo che non voglio più subire queste violenze. E nemmeno Lóla. Voglio porre fine a tutto.»

«Non l'ho toccata!» aveva sbraitato lui, avvicinandosi con aria minacciosa. «Brutta stronza!»

Rimase immobile per un po', con le orecchie tese, poi riprese a salire le scale, dirigendosi verso la camera matrimoniale. Forse aveva sentito male. Abbandonando lungo il fianco la mano che reggeva il coltello, entrò nella stanza, ma invece di tornare a letto si fermò dal lato di Stan, che se ne stava disteso supino, profondamente addormentato. Guardò suo marito, poi la lama. Sollevò il coltello, che luccicò nel buio della notte.

19

Il ristorante era al completo. Molti degli avventori erano turisti. Il menu comprendeva soltanto minestre e insalate, ma riscuoteva successo perché erano piatti genuini, buoni e non troppo costosi. Da quando Konráð era andato in pensione, lui e suo figlio Húgó s'incontravano ogni sei mesi per pranzare in uno dei numerosi ristoranti aperti a Reykjavík in seguito alla grande esplosione del turismo. Stavolta Húgó gli aveva mandato un messaggio per chiedergli di anticipare il loro incontro e Konráð aveva accettato di buon grado.

Húgó faceva il medico – come sua madre – e lavorava all'Ospedale Nazionale, a Fossvogur. Inoltre aveva un suo ambulatorio e Konráð sapeva che da parecchio tempo guadagnava bene. Non che ne avessero mai parlato apertamente, ma non era difficile desumerlo, vista la frequenza con cui Húgó e la moglie si concedevano vacanze all'estero. A queste si aggiungevano i numerosi viaggi di lavoro, in occasione di convegni. A volte, quando loro partivano, lasciavano i figli a Konráð. I bambini – due vispi gemelli – erano affezionatissimi a quel nonno che li viziava; anche troppo, secondo i genitori. Tutto ciò che in casa loro era proibito – i dolci, il fast food, i videogiochi o i film dell'orrore – con Konráð diventava lecito. E a volte tutte queste cose si facevano durante un solo fine settimana.

Húgó era sempre stato legatissimo alla madre, perciò aveva preso molto male la sua morte. Ora che non c'era più Erna, cercava di trascorrere del tempo con suo padre, come per tenere vivo il ricordo della mamma e del periodo in cui avevano vissuto tutti insieme ad Árbær. Di solito, tra padre e figlio c'era un buon dialogo; di tanto in tanto capitava qualche divergenza d'opinioni, che però non era mai tale da rovinare il loro rapporto.

Stavolta, però, Konráð notò che suo figlio si comportava in modo diverso dal solito: scrutava questo o quel punto del ristorante, come per evitare di guardare in faccia suo padre. A un certo punto, addirittura, nei suoi occhi gli parve di ravvisare un lampo di rabbia. Pensando che avesse litigato con la moglie, si guardò bene dal fargli domande in proposito; oltretutto, magari quel sospetto gli era venuto soltanto per un'antipatia nei confronti della nuora.

Parlarono del più e del meno, mangiando la minestra e rimpinzandosi d'insalata di barbabietole accompagnata con pane appena sfornato. A tratti origliavano i dialoghi dei vicini di tavolo. Qualcuno stava parlando dello scheletro rinvenuto in quel seminterrato. Húgó gli chiese se ci fossero novità e Konráð ammise di non avere quasi nessuna informazione al riguardo, perché non c'era verso di cavare di bocca a Marta la minima indiscrezione. Aveva provato a rivolgersi ad altri – quelli che consultava periodicamente per soddisfare la sua curiosità – ma non si fidavano a parlare, per via di un problema di fuga d'informazioni dal corpo di polizia. La gente aveva paura di lasciarsi sfuggire qualcosa di riservato. Nelle indagini più importanti, Marta temeva che la stampa cominciasse a contattare i sospettati prima ancora che gli inquirenti avessero il tempo d'interrogarli. Perciò si era deciso di dare un giro di vite e risolvere il problema una volta per tutte.

Poi passarono a parlare dell'indagine personale che Konráð stava conducendo. Húgó conosceva la storia di suo nonno e sapeva che da qualche tempo suo padre stava facendo ricerche su di lui, perciò a intervalli regolari gli chiedeva se ci fossero novità. Konráð lo metteva al corrente delle sue scoperte, quando ce n'erano, ma stavolta dovette confessare che le ultime ricerche erano state poco fruttuose: sull'identità dell'assassino di nonno Jósep non aveva più informazioni di quante non ne avesse avute nel 1963. Certo, aveva avuto conferma del fatto che suo padre non si fosse mai lasciato sfuggire la minima occasione per farsi dei nemici, ma questa era una cosa che sapeva già.

«Ed è una caratteristica che temo di avere ereditato» concluse, allontanando da sé il piatto della minestra.

«Be', dev'essere stato difficile crescere con un padre del genere» disse Húgó, fissando un punto imprecisato della sala.

«Vero, però questo non giustifica certi comportamenti.»

«No, infatti. E tu lo sai bene. Sai, ieri sera ho ricevuto una strana telefonata» disse all'improvviso Húgó, in tono brusco.

«Ah, sì?»

«*Molto* strana. È stata un'esperienza quantomeno... come dire? Insolita. Ho avuto l'impressione che la donna avesse alzato un po' il gomito. Però aveva un tono molto amabile. Ha detto che mi stava chiamando per il tuo bene. Il nostro, anzi.» Húgó prese un sorso d'acqua e si asciugò le labbra con il tovagliolo.

«Per il nostro bene?» chiese Konráð. «Ma chi era?»

«Una collega della mamma. Svanhildur.»

Konráð tacque.

«Una sua amica!» sibilò Húgó.

«Húgó...»

«Da non credersi. Con che coraggio hai potuto farle questo?»

«Io...» cominciò Konráð, ma gli mancarono le parole.

«Dico, cos'hai nella testa?»

«Lasciami spieg...»

«E alla mamma non l'hai mai detto. Ma è vero quello che dice Svanhildur?»

«Húgó... Io non sono...»

«Con Svanhildur?!» sibilò nuovamente Húgó.

«Ma cosa ti ha raccontato?»

«Lo sai benissimo cosa mi ha raccontato. Vuoi che te lo dica? Che v'incontravate a casa sua! E in albergo!»

«Non ho mai avuto intenzione di ferire la mamma» disse Konráð. «Non l'avrei mai voluto.»

«No? Da un lato, tutto il daffare che ti sei dato per tradirla; dall'altro, la tua 'intenzione di non ferirla'. Come si conciliano le due cose? Non so, dimmelo tu! Sentiamo!»

«E infatti mi sento molto in colpa, Húgó. Credimi» rispose Konráð. «Ho commesso un errore e adesso devo farci i conti. Non voglio...»

«Cosa ti fa pensare che la mamma non sapesse niente?» lo interruppe suo figlio. «Non era mica scema, sai? Credi davvero che non avesse sospetti? Be', sta' pur sicuro che ce li aveva. Non ti chiedeva mai dove avessi passato la sera o da dove venisse quell'odore che avevi addosso? Da dove stessi arrivando? Magari aspettava solo una tua confessione. Che cazzo ne sai, tu?»

«Questa è appunto una delle cose con cui devo fare i conti» disse Konráð.

Calò un lungo silenzio.

«Ce ne sono state altre?» chiese Húgó.

Konráð non rispose.

«Ce ne sono state altre?!»

«Erano solo storie così, non contavano niente» disse Konráð.

«Oddio...» gemette Húgó.

«L'eccezione è Svanhildur. Con lei sì, c'è stato qualcosa di serio. E il peggio è che non ho mai avuto il coraggio di parlarne con tua madre. In questo hai ragione: avrei dovuto essere sincero con lei, e invece non lo sono stato. Quando finalmente mi sono deciso a confessare, era tardi: stava troppo male, e io non ho più avuto la forza di dirle niente. O perlomeno, questa è la scusa che ho sempre raccontato a me stesso.» Vedendo che quelle parole avevano ben poco effetto su suo figlio, Konráð proseguì: «Non passa giorno senza che io non pensi a tua madre. Nella mia vita, ho voluto più bene a lei che a chiunque altro, e sono convinto che lo sapesse».

«Eppure l'hai tradita.»

«Già.»

«Perché mai dovrei crederti?»

«A cosa credere o meno, lo decidi tu. Sta di fatto che le cose stanno così.»

«Non ti ha frenato neppure il fatto che Svanhildur fosse una sua amica. Non te ne importava niente.»

«Io... è difficile spiegare» disse Konráð.

«È una cosa incomprensibile. O, almeno, io non me ne capacito» disse Húgó.

«Avrei voluto...» cominciò Konráð, ma gli mancarono le parole.

«Per quanto tempo è andata avanti?»

«Qualche anno. Finché tua madre non si è ammalata.»

«Qualche anno? Ma è incredibile. Anzi, *tu* sei incredibile! Come hai potuto farle questo?»

«A volte me lo chiedo anch'io. In quel periodo lavoravamo tanto, tutti e due...»

«Chi erano le altre? Quante ce ne sono state?»

«Poche. Erano incontri occasionali. Nei locali. Mentre ero ubriaco.»

«Quindi la tradivi pubblicamente. La gente sapeva che razza d'uomo eri.»

«Non credo...» Finora Konráð aveva cercato di non prendere in considerazione l'aspetto relativo alla sua reputazione.

«Avevi questa nomea? La fama di fedifrago?»

«Nessuno sapeva di me e di Svanhildur» disse Konráð. «E le altre cose... be', non erano certo sulla bocca di tutti. Almeno penso. Ma d'altronde uno è sempre l'ultimo a sapere cosa si dice in giro di lui.»

«Torno a ripetere: sei sicuro che la mamma non abbia mai saputo di questi tradimenti?»

«Sì.»

«Allora pensi davvero che fosse scema» disse Húgó. «L'hai presa in giro e basta.»

«No, l'intenzione non era questa.»

«Ah, no? E qual era l'intenzione? *Quale cazzo era la tua intenzione?*» La rabbia di Húgó cresceva man mano che il dialogo proseguiva, e Konráð non aveva idea di come placarla. «Com'è finita, poi?» gli chiese suo figlio. «Sempre che sia finita.»

Konráð non fu abbastanza veloce a rispondergli.

«La frequenti ancora?» chiese Húgó, provando a interpretare l'esitazione di suo padre.

«È finita da un pezzo» disse Konráð. «Però non sono in grado di prevedere il futuro, se proprio devo essere sincero. Sono andato a trovarla, poco tempo fa, ma lei non è stata affatto contenta della mia visita. Probabilmente è proprio per questo che ti ha telefonato. Non mi sono comportato bene nemmeno con Svanhildur. In tutta questa faccenda non mi sono comportato bene con nessuno. Nemmeno con te, per inciso.»

«Su questo non c'è dubbio.» Húgo si alzò da tavola.

«Húgo, io...» Konráð scosse la testa.

«Come hai potuto fare questo a mia madre?» ripeté Húgó. Poi se ne andò.

Konráð rimase seduto, senza sapere cosa fare. Le ore passavano, la clientela si diradava, il brusio calava, e alla fine nel ristorante c'erano solo lui e pochi altri. Per tanto tempo aveva temuto la reazione di suo figlio nel momento in cui la cosa fosse venuta alla luce, e adesso era successo. Non aveva scuse. Comprendeva bene il turbamento e la rabbia di Húgó. Magari, lasciandogli il tempo di calmarsi, avrebbe potuto riprendere il discorso. Quando? Chissà.

Si alzò, pagò il conto e tornò all'auto, ma rimase a lungo seduto nell'abitacolo, a motore spento. Quando finalmente partì, girò senza meta per tutta Reykjavík, infine raggiunse la punta della penisola di Seltjarnarnes e risalì il pendio che portava al circolo del golf. Lì si fermò a guardare il mare dalle mille tonalità di grigio. Nella gelida mattina in cui era andato lì con Erna, aveva creduto di avere più tempo. Quel giorno c'era stata un'eclissi lunare, e loro avevano osservato l'ombra della Terra passare sulla superficie del suo satellite. Lei si era commossa, e prima di rientrare ad Árbær aveva detto addio all'esistenza terrena, e a tutto ciò che rimaneva sottaciuto fra lei e suo marito.

20

Konráð si sentiva a disagio, era ancora turbato dallo scontro con Húgó, perciò aveva deciso di non andare a trovare il vecchio ex collega Leó. Dopo essere entrato in possesso di quel gemello da polso, aveva pensato a lui, ma aveva indugiato a interpellarlo. In passato erano stati amici, ma ora non più, anzi da tempo Konráð evitava ogni contatto con lui. Tuttavia, ripensandoci, dato che non aveva altri programmi, tanto valeva togliersi anche quell'incomodo. Guardò l'orologio. Aveva una vaga idea di dove avrebbe potuto trovare Leó. Oltretutto, era improbabile che potesse rovinargli la giornata più di così. Anche se, a ben vedere, non si poteva mai dire.

Konráð sapeva che tra i passatempi di Leó c'era il bowling. Quello sport, importato dal Nordamerica, aveva preso piede nelle regioni artiche perché, svolgendosi al chiuso, poteva essere praticato tutto l'anno. Non telefonò per avvertirlo, anche perché non aveva ancora deciso se fosse davvero il caso di rivolgersi a lui, oppure se fosse meglio tentare prima altre strade. Al momento, la sua autostima non era esattamente alle stelle. Alla fine, stanco di avere sempre dubbi su qualunque cosa, entrò a passo sicuro nella sala da bowling del centro polifunzionale Egilshöll e vide Leó alla prima pista, insieme a un gruppo di amici. Rimase a distanza e guardò i giocatori far cadere i birilli, trovando che se la cavassero ancora abbastanza bene. Li conosceva quasi tutti.

Erano poliziotti di età diverse, ma buona parte di quelli che coltivavano la passione per il bowling era già in pensione. Si ritrovavano regolarmente in quella sala, e talvolta gareggiavano in qualche concorso. Per un certo periodo anche Konráð aveva fatto parte del gruppo, poi aveva perso interesse e aveva smesso di presentarsi agli incontri. Gli altri avevano provato diverse volte a convincerlo a ricominciare, ma solo perché avevano un posto vacante in squadra. Lui era stato inamovibile.

Leó era l'anima della compagnia: parlava a voce alta, buttava giù birilli, beveva birra, raccontava barzellette. Era stato tra i fondatori del primo circolo di bowling d'Islanda, ma soprattutto era l'unico conoscente di Konráð che avesse avuto a che fare con la massoneria.

Solo dopo parecchi minuti uno dei poliziotti si accorse di lui e agitò una mano nella sua direzione. Konráð, fingendo di essere entrato in sala proprio in quel momento, si avvicinò, rivolse al gruppo un saluto generale e fece un cenno con la testa verso Leó. Gli chiesero se fosse venuto a giocare con loro e lui rispose di no: passava per caso da quelle parti e aveva pensato di fare un salto, perché si annoiava e non aveva niente di meglio da fare. Tutti risero. Avevano sempre apprezzato il suo umorismo beffardo.

Konráð notò che Leó se ne stava sulle sue e non gli rivolgeva la parola. Addirittura, a un certo punto lo vide defilarsi verso il bancone del bar. Dopo aver fatto qualche altra battuta sugli ex colleghi e sulle loro doti a bowling, Konráð disse che sarebbe andato a prendersi qualcosa da bere e raggiunse Leó, seduto davanti a una birra.

«Perché sei qui?» gli chiese Leó in tono tutt'altro che affabile, vedendolo avvicinarsi.

«Cercavo te, in effetti» rispose Konráð.

«Ma io non ho niente da dirti.»

«Se volessi entrare in massoneria, cosa dovrei fare?» chiese Konráð.

«Smettere di fare lo stronzo» rispose Leó.

«E allora com'è che tu ci sei entrato?» Konráð fece segno al barista di servirgli quello che aveva preso Leó.

Avevano imparato a giocare a bowling alla base militare statunitense, all'epoca in cui erano ancora amici. A quei tempi, però, erano un terzetto: c'era anche Ríkharður, detto Rikki. Erano sempre insieme. Giocavano con i soldati, bevevano birra americana e si ubriacavano. Leó aveva un giro di conoscenze presso la base, perciò i tre amici nel tempo libero frequentavano il circolo ufficiali, dove c'era sempre un gruppo di Keflavík che suonava. E poi, a volte, giocavano per l'appunto a bowling. Rikki aveva imparato proprio da loro, diventando molto bravo. In seguito era diventato bravo anche in anche altre attività, che avevano portato alla sua espulsione dalla polizia.

«Ma da me cosa vuoi?» chiese Leó.

«Mi serve l'elenco degli iscritti alla massoneria islandese fino al 1963» rispose Konráð.

«Il '63?» mormorò Leó. «Non è l'anno in cui è stato ammazzato Seppi?»

«Già» disse Konráð.

«E cosa c'entra la massoneria?»

«Poco e niente, credo. Più che altro sto cercando di escluderla. Sai com'è, quando si hanno certi grilli per la testa…»

«Pensi che a ucciderlo sia stato un massone?» chiese Leó.

«Ma che ne so.» Konráð prese la birra che il barista gli porgeva e pagò con la carta. «Sto seguendo una pista e ho bisogno di sapere chi era iscritto alla massoneria all'epoca. Così ho pensato di chiedere a te.»

«Hai provato a parlare con i massoni?»

«Mi hanno sbattuto fuori senza tanti complimenti» disse Konráð, che aveva già considerato la possibilità di consultare l'elenco dei «fratelli».

«Però io non ho ancora capito come mai ti è venuta in mente la massoneria.»

«In questa fase non me la sento di pronunciarmi» disse Konráð. «Potrei dirti qualcosa di più se avessi le informazioni che mi servono.»

«Be', sono dati ai quali non ho accesso» disse Leó.

«Non ci sono proprio speranze?»

«No, Konni, neanche una.»

«Non conosci nessuno che possa fornirti qualche nominativo?»

«Se ci fosse, non glielo chiederei mai. O perlomeno, non per te. Per qualcun altro, magari, potrei anche provarci. Ma per te no.»

Konráð sogghignò. «Com'è la birra?»

Era stata una giornata lunga e spiacevole. Era passato molto tempo da quando lui e Leó andavano d'amore e d'accordo, così come le rispettive mogli, Erna e Dóra. Viaggiavano per tutta l'Islanda, facendo le cose che si fanno normalmente quando si è amici.

«Ognuno ha i suoi demoni da affrontare» disse Leó. «Anche tu, posso immaginare.»

«Le ultime notizie che ho avuto di te ti davano in procinto di entrare in una comunità di recupero» disse Konráð. «O di uscirne. Non so, ormai non riesco a starti dietro... Ci costa parecchio, questa birra. Voglio dire, a noi come società. Mi ricordi quant'è la retta di una clinica di disintossicazione?»

«E tu mi ricordi cos'è successo sull'orlo della scarpata, Konni?» chiese Leó, sorseggiando la sua birra in tutta calma.

«Scarpata?»

«Hai buttato in acqua quel tizio... Lúkas, giusto?» Leó si voltò verso di lui. «L'hai spinto giù. Non hai fatto fatica, con quel braccio monco?»

«È una cosa che ti tiene sveglio la notte?» chiese Konráð, colto alla sprovvista. Nessuno gli aveva più nominato Lúkas, dopo quella brutta storia.

«Quell'uomo ti ha fatto passare per scemo per trent'anni» disse Leó. «L'avrei buttato in acqua anch'io, al posto tuo. Ed è ciò che hai fatto, dico bene?»

Konráð impiegò pochi istanti a riprendersi dalla sorpresa. «Sì, probabilmente è così» disse. Ne aveva abbastanza di quella conversazione. Capì che era stato un errore andare lì.

«È così... che cosa?» chiese Leó.

«Che l'avresti buttato in acqua.»

E la giornata non era ancora finita.

Poco dopo, Konráð stava bussando alla porta di Svanhildur. Aveva provato a suonare il campanello, che però non funzionava. O perlomeno, dall'interno dell'abitazione non proveniva alcuno squillo.

La porta si dischiuse, e nello spiraglio comparve Svanhildur. Lo guardò per qualche istante, visibilmente addolorata.

«C'era proprio bisogno di dirglielo?» le chiese Konráð.

Lei non gli rispose. Richiuse piano l'uscio, che al contatto con il montante produsse un leggerissimo scatto.

Per un momento Konráð rimase in silenzio davanti alla porta, poi scese i gradini e tornò da dove era venuto.

21

Benóný stava lavorando da solo nel seminterrato. Mikki gli aveva comunicato che aveva altro da fare, ma non era entrato nello specifico. Di Tommi non si sapeva nulla. I due amici ipotizzavano che fosse da qualche parte a ubriacarsi. Capitava che sparisse per lunghi periodi, in compagnia di altri alcolizzati, con i quali talvolta si tratteneva «sotto la lamiera», come si usava dire all'epoca, quando i senzatetto si radunavano ai piedi della recinzione metallica della Ghiacciaia Svedese. Non riusciva proprio a smettere di bere. Ingurgitava quantità sempre maggiori di alcol e finiva ogni volta per stare male, perché il suo fisico non era abbastanza robusto da reggerle. Benóný non capiva perché l'amico fosse incapace di regolarsi con l'acquavite, ma ipotizzava che dipendesse dal fatto di aver avuto un'infanzia difficile, passata quasi interamente in un orfanotrofio lontano dalla città. Tommi non parlava mai di quel periodo. Né di se stesso, in generale.

Benóný stava gettando detriti, preparandosi a riempire il buco nel muro, quando tutt'a un tratto si sentì osservato. Si voltò e vide Elísa, che era scesa e si era fermata sulla soglia della lavanderia. Da quanto tempo era lì a guardarlo?

«Ah, sei tu» le disse. «Non ti avevo vista.»

Lei cercò di sorridere ma non ci riuscì. «Scusa, non volevo spaventarti.»

Ancora una volta Benóný ebbe l'impressione che stesse soffrendo. Guardandola meglio, vide che aveva gli occhi lucidi. Esitò per un istante, poi le chiese: «Cosa c'è che non va? Hai pianto? C'è qualche problema?»

Lei non gli rispose. Rimase immobile sulla soglia, abbassò lo sguardo sul pavimento e prese a tormentare un bottone del cardigan che indossava sopra un vecchio vestito.

Benóný le si avvicinò e le chiese nuovamente cosa fosse successo.

«Stanotte ho... cercato di accoltellarlo» singhiozzò lei. «Sono scesa in cucina, ho preso il coltello, l'ho portato di sopra e ho...» Scoppiò a piangere.

«Sei andata a prendere un coltello?»

Elísa annuì. «Volevo ucciderlo. Oddio! Volevo davvero farlo e c'è mancato poco che...» Non sapeva neanche lei cosa l'avesse trattenuta. Si era fermata accanto al marito addormentato, con lo sfilettatore in mano, ed era pronta a colpirlo, quando una voce le aveva detto di posare il coltello. Che la soluzione non era quella, e che sarebbe stata pazza a credere che lo fosse. Così si era allontanata dal letto, a passo incerto l'aveva aggirato e aveva nascosto lo sfilettatore sotto il materasso. Dopodiché si era sdraiata dalla propria parte, pensando con orrore che per un soffio non aveva ucciso suo marito, addormentato e indifeso.

«Ma Elísa... cosa dici? Avevi intenzione di uccidere Stan?»

«È un mostro» disse lei, parlando sottovoce, come per timore che nel seminterrato ci fosse qualcun altro. «È un uomo spaventoso.»

«Perché? Cos'ha combinato?»

«È un uomo orribile. Le cose che mi ha fatto...» mormorò Elísa. «Mi sento prigioniera, messa all'angolo, murata viva... non riesco neppure a respirare...»

«Ma adesso dov'è? Non è qui, vero?»

«Stamattina è andato al lavoro ed è solo per questo che non... Se io avessi...» Elísa scoppiò di nuovo a piangere e

Benóný cercò di confortarla. Rimasero così, nella lavanderia, Elísa aggrappata a lui come a un'ancora di salvezza, mentre piangeva, scossa da singhiozzi violenti.

Benóný non aveva capito cosa l'avesse sconvolta a tal punto, sapeva solo che la colpa era del suo amico e che lei aveva cercato di accoltellarlo. In un primo momento lei non volle raccontargli altro, e a più riprese lo scongiurò di non dire a suo marito che avevano parlato. Era evidente che Stan le incuteva un terrore assoluto.

Benóný cercò di rassicurarla, dicendo che l'avrebbe aiutata, dopodiché la esortò a sfogarsi con lui. Così Elísa gli confidò che di lì a pochi giorni avrebbe lasciato Stan, perché era un uomo violento. Disse che ormai era decisa a separarsi, prima che le cose prendessero la brutta piega della notte scorsa, e ripeté più volte che avrebbe portato con sé la figlia. Spiegò che tutto era cominciato da piccoli maltrattamenti, ma che poi le violenze si erano intensificate, e che ultimamente erano diventate tali da renderle insopportabile abitare con Stan, e da farle temere per la propria vita. Da troppo tempo stringeva i denti, ma ora non era più disposta a permettere che le cose continuassero così, anche perché sua figlia aveva dovuto assistere a certe scene e... oh, povera piccola... ora anche lei era vittima...

Benóný provò una gran pena per lei. Pensava di conoscere Stan abbastanza bene e, anche se da qualche tempo era evidente che nel loro matrimonio c'erano dei problemi, non avrebbe mai sospettato che il suo amico picchiasse la moglie. Al tempo stesso, però, non aveva motivo di dubitare di ciò che gli aveva appena raccontato Elísa. Pur non avendone mai fatto parola, negli ultimi anni aveva notato un cambiamento in lei, e solo ora capiva il motivo. Per quanto Elísa si sforzasse di comportarsi come se nulla fosse, Benóný aveva notato che spesso era abbattuta, avvilita, o aveva la mente altrove. Ora ripensò a tutte le volte in cui, per coprire i segni delle botte, aveva raccontato di essere caduta da una scala, di avere sbattuto contro una sedia o di essersi chiusa le dita nell'anta di un armadio. Qualche giorno prima, quando si erano incrociati davanti alla casa, Benóný aveva notato che Elísa zoppicava e le aveva chiesto se si fosse fatta male, ma lei aveva cambiato discorso. Chissà da quanto tempo andava avanti quella storia.

«Prima hai detto che anche Lóla è una vittima» le chiese ora. «Cosa intendevi? Che se la prende anche con lei?»

«Una notte l'ho sorpreso nella sua cameretta... E lei mi ha detto che non era la prima volta. Era andato da lei, di nascosto... Si stava tirando su i pantaloni.»

Benóný la fissò. «Come?»

«Va a molestarla di notte.»

«Stan?»

«Sì.»

«È per questo che l'hai mandata in campagna?»

Elísa annuì.

«Che pezzo di merda» gemette Benóný. «Ma come si fa... Ne sei sicura?»

«È un mostro» ripeté Elísa. «E stanotte c'è mancato poco che... Non voglio vivere così. Non voglio andare avanti in questo modo. Non ce la faccio. Non ce la faccio più.»

22

Aveva appena finito di pronunciare quelle parole quando udirono i passi di qualcuno che scendeva a gran velocità la scala del seminterrato. Impauriti, si girarono, aspettandosi di vedere Stan comparire sulla soglia. Elísa si affrettò a scostarsi da Benóný, ma ormai era troppo tardi per risalire al piano di sopra.

Dopo un istante, sulla porta apparve Mikki, che chiese come stessero andando le cose. Entrambi tirarono un sospiro di sollievo. Lui, intuendo di aver interrotto qualcosa, rivolse loro un'occhiata interrogativa – prima all'uno, poi all'altra –, finché Elísa non disse che doveva tornare in cucina. Sorrise a Mikki, a mo' di saluto, e salì in tutta fretta la scala.

«Vi ho disturbati?» chiese Mikki.

«No» disse Benóný, cercando d'inventarsi una risposta. «Per niente, stavamo solo parlando dei lavori che restano da fare... Qui, questo buco nel muro... Stavamo discutendo sul modo migliore per tapparlo.»

«Ah, capito» disse Mikki, lasciando intendere di non essere affatto persuaso. «Dunque non stai combinando niente con questa qui sopra» aggiunse, puntando un dito verso il soffitto.

«Con Elísa?» disse Benóný, fingendosi scandalizzato. «Ti ha dato di volta il cervello?»

«Chissà come sarebbe contento l'americano!» Mikki rise. «Però, in fin dei conti, non è mai a casa. Tu, in compenso, sei sempre qui e lei è sola...»

«Dài, piantala di dire stronzate.»
«Ma guarda che scherzavo!»
«Da me, non ha proprio niente da temere» disse Benóný. Poi, per cambiare argomento, chiese: «Tu cosa ci fai qui? Mi avevi detto che oggi non saresti venuto».
«Non ci sono ancora notizie di Tommi?»
«No. Volevo chiedergli di venire a darmi una mano con i lavori, ma non so che fine abbia fatto.»
«Si starà bevendo tutti i soldi, quella testa di cazzo» disse Mikki. «Non lo vedo da un po'. Spero solo che non se ne stia andando in giro a gridare ai quattro venti quello che abbiamo fatto. Lo sai che qualcuno si è introdotto in casa nostra?»
«Eh?»
«Roba da pazzi, vero?»
«Introdotto... ma come?»
«Una cosa inconcepibile!» disse Mikki, poi raccontò che la sera prima, rincasando, aveva trovato la porta spalancata. Qualcuno era entrato nell'appartamento che condivideva con Tommi, l'aveva messo a soqquadro e aveva prelevato quel poco che possedevano, compreso il giradischi appena rubato, al quale Tommi teneva tanto. «Tu hai parlato con qualcuno del nostro svaligiamento?»

Benóný negò con decisione, dicendo di non aver mai raccontato niente a nessuno, anche perché – a essere sincero – non gli piaceva rivangare ciò che avevano fatto. Di certo non ne andava fiero.

Mikki rispose che nemmeno lui ne aveva parlato in giro. E neppure la sua amica.

«Veramente l'hai detto al gioielliere» gli fece notare Benóný.

«Sì, ma lui non farebbe mai una cosa del genere» garantì Mikki. «Lo conosco. Oltretutto, è quello a cui abbiamo offerto la refurtiva di maggior valore, quindi è l'ultimo al mondo che avrebbe motivo di derubarci.»

A quel punto, i sospetti si concentrarono su Tommi. Se era fuori a ubriacarsi, chissà cosa si era lasciato sfuggire di bocca! Non lo vedevano da due giorni e non avevano idea di dove fosse.

«Dobbiamo trovarlo» disse Mikki. «Se non altro per dirgli di tenere il becco chiuso.»

«Ma cosa ti fa pensare che questo furto sia legato al nostro svaligiamento?» gli chiese Benóný, che però aveva ancora la mente rivolta a Elísa, a tutte le cose che lei gli aveva raccontato di Stan e di come la trattava. Si sentiva in dovere di parlare con lui, ma non sapeva bene come muoversi.

«Secondo me può essere stato soltanto qualcuno che pensa che siamo seduti su una montagna d'oro» disse Mikki. «Certo, spero di sbagliarmi. I gioielli sono a casa tua, no? Io ho appuntamento con il gioielliere stasera.»

«No, non ce li ho più» disse Benóný.

«E dove li tieni?» chiese Mikki.

Benóný esitò.

«Dove li tieni, Benni?»

Benóný indicò il buco nel muro.

«Li hai portati qui?» esclamò Mikki, sconcertato, avvicinandosi all'apertura. «Ma perché?»

«È il nascondiglio migliore che ho trovato» sussurrò Benóný, facendogli segno di abbassare la voce. «Di tutto il resto mi sono già sbarazzato. Non volevo tenere tutti quei gioielli in casa mia, così li ho messi qui. Ma non lo sa nessuno.» Si avvicinò al muro, pescò la sacchetta e la porse all'amico.

Mikki la prese, controllò il contenuto, poi disse che l'appuntamento di quella sera non era a Reykjavík, ma giù a Nautholsvík. Il gioielliere aveva insistito per un incontro a tu per tu, perciò ognuno dei due si sarebbe presentato da solo. Non voleva altra gente intorno, per non rischiare che si sapesse in giro che faceva affari con i ladri. E infatti era alquanto infastidito che Mikki si fosse fatto accompagnare da Benóný al Daníelsslippur. Pretendeva una «contrattazione a due», e aveva detto chiaro e tondo che quella era l'ultima volta che si lasciava coinvolgere in una transazione del genere.

«Pensi che ci saranno problemi?» chiese Benóný.

«Ho già fatto affari con lui» disse Mikki, infilandosi la sacchetta sotto i vestiti. «Parla solo per dare aria alla bocca. È sempre teso e dice fesserie, ma andrà tutto bene. Ci penso io, non preoccuparti. È quasi fatta.»

23

Poche ore dopo, Mikki si piazzò a ridosso di uno dei capanni Nissen di Nauthólsvík, per ripararsi dal vento del Nord. Cercava di non dare nell'occhio. Si accese una sigaretta e scrutò nel buio. Quei capanni erano un residuato bellico: li aveva costruiti l'aviazione militare britannica al culmine della Seconda guerra mondiale. Girava voce che, in uno di essi, Winston Churchill si fosse seduto davanti a un caminetto a fumare sigari. Capanni come quelli erano stati eretti a centinaia in tutta l'area della capitale, e Mikki li conosceva bene: ci aveva passato l'infanzia, essendo cresciuto in una delle zone militari abbandonate, a Laugarnes, non lontano dal punto in cui una volta c'era stato il lebbrosario. Dopo la fine della guerra, quei prefabbricati semicilindrici erano stati occupati dalla povera gente. Lì sua madre e il suo patrigno avevano passato lunghi inverni a tremare dal freddo, con cinque figli piccoli. Le pareti in lamiera ondulata non isolavano dall'acqua, né dal vento, e i pavimenti in terra battuta erano gelidi. In più, non c'era mai carbone da gettare nella stufa, perché il patrigno, nei rari periodi in cui aveva un lavoro, sperperava l'intero stipendio bevendo con gli amici.

Mikki si accese un'altra sigaretta e scrutò la strada, sperando di scorgere i fanali di un'auto, ma non vide nulla e cominciò a pensare che fosse ora di andarsene.

Per venire a Nauthólsvík aveva rubato una bicicletta da un cortile di Þingholt. Ora l'aveva appoggiata per terra, nell'erba. Non aveva ancora deciso se riportarla indietro oppure no. Aveva freddo e si sentiva anche un po' a disagio, in quella terra di nessuno. Si pentiva di non essersi fatto accompagnare da uno dei suoi amici. Da Benóný, o Tommi, ma chissà dov'era... Sicuramente da qualche parte ubriaco marcio.

Diede un calcio alla sella. A ben guardare, la bicicletta sembrava nuovissima. Forse era il caso di venderla? Mikki era immerso in quei pensieri, quando sentì il rumore di un motore. Guardò dietro l'angolo del capanno Nissen e vide due fanali che si avvicinavano lentissimi lungo la stretta strada sterrata. L'auto si fermò a una certa distanza, come se il guidatore avesse avuto un ripensamento. Poi ripartì e, a passo d'uomo, si avvicinò al capanno. Il motore si spense e con esso anche i fanali.

Mikki gettò via la sigaretta e tastò la sacchetta che portava sotto i vestiti. Sperava che la transazione si svolgesse in tempi brevi, che il gioielliere non facesse il difficile e non si mettesse a tirare sul prezzo. Non gli andava di contrattare. Aveva fissato una cifra, che considerava non trattabile.

Dall'angolo sbucò il gioielliere. Con lui c'erano altri due uomini. Mikki non li conosceva e non si aspettava che il ricettatore arrivasse accompagnato. Uno dei due aveva una leggera zoppia. L'altro, più giovane e dalla corporatura possente, fissava Mikki con l'aria di chi non vedeva l'ora di batterlo come un tamburo.

D'istinto, Mikki arretrò fino a premere la schiena contro il capanno. «Non dovevi venire da solo?»

«Ho pensato di portare un paio di amici» rispose il gioielliere. «Sai, nell'eventualità che tu ti mettessi a fare storie.»

«E bravo, ma magari le fai tu...»

«Tranquillo.»

«Io direi di concludere subito, così ci togliamo il pensiero.» Mikki guardò a turno i tre uomini. «Hai portato i soldi?»

«Eh, ma il fatto è proprio questo: me li sono dimenticati» rispose il gioielliere.

Mikki lo fissò, poi lanciò un'occhiata agli altri due e capì di essere nei guai. I tre si erano disposti a semicerchio e si stavano avvicinando sempre di più. E lui aveva già la schiena al muro. «Allora non abbiamo più niente da fare, qui. Non resta che tornarcene tutti a casa.»

Il ricettatore sorrise. «Prima dammi i gioielli. Me li consegni, e poi ci dimentichiamo che tutto ciò sia mai successo, che ne dici?»

Sorrise anche Mikki. «È per questo che ti sei fatto accompagnare da questi due?»

L'uomo rise. «Semplicemente, trovo che sia la soluzione migliore. Sei stato tu a svaligiare quella casa, no? Si dà il caso che io sappia chi è il legittimo proprietario di quei gioielli, e non solo perché alcuni provengono dal mio laboratorio, ma anche perché lo frequento regolarmente, al di là del rapporto d'affari. Luther, qui, è un suo buon amico ed è venuto a farti qualche domanda sul furto. Vuole sapere chi, oltre a te, si è introdotto nella villa. E anche dov'è la refurtiva. Quest'altro tizio, invece, non ho idea di chi sia. Luther mi ha detto che è uno a cui piace menare le mani. Mi rincresce che le cose debbano andare in questo modo. Non ho nulla contro di te, Mikki, e mi auguro che il nostro rapporto non ne risenta. Su di me potrai sempre contare. Per me non cambia nulla. È solo che mi sono sentito in dovere di parlare di te al mio cliente, il quale si è mostrato piuttosto comprensivo per quello che gli hai combinato. I ladri esistono, che ci vuoi fare. Lui vuole soltanto riavere la sua roba. Perciò ti suggerisco di collaborare. E adesso ti lascio con questi signori. Mi è venuto freddo, aspetto in macchina mentre parlate.»

Il più giovane continuava a guardare Mikki con occhi torvi. L'altro – Luther – aveva un ghigno fisso sulle labbra.

Il gioielliere tese una mano verso Mikki, come per invitarlo a consegnargli la refurtiva.

Mikki esitò, stringendo a sé la sacchetta. «Come mai non si è sparsa la voce del furto? È come se non fosse mai avvenuto.»

«Il mio conoscente preferisce risolvere la questione con discrezione» rispose il gioielliere. «Non vuole clamore. Non ti sta dando la caccia e non pensa che sia necessario coinvolgere la polizia. Vuole solo riavere quello che gli hai rubato.»

«Lo abbiamo già venduto» rispose Mikki. «Non è rimasto più niente.»

«In tal caso, riferisci a questi due signori chi lo ha acquistato. Come dicevo, se collabori non hai nulla di cui preoccuparti.» La mano del gioielliere era ancora tesa verso di lui.

«Che gran figlio di...» cominciò Mikki.

«Ecco, questo non è l'atteggiamento che...»

«Sei uno stronzo!»

«Così ti tiri la zappa sui piedi» disse il gioielliere. «E comunque, non sei un santo nemmeno tu.»

«Mi basta non essere una merda come te!»

Mikki continuava a stringere a sé la sacchetta, ma sapeva di non avere scampo: anche se fosse riuscito a cavarsela e a fuggire, loro avrebbero potuto rintracciarlo in qualunque momento. Perciò, pur con riluttanza, alla fine estrasse la sacchetta da sotto la giacca e la porse al gioielliere. «Tieni, prendi questa roba» ringhiò.

L'uomo prese la sacchetta, ne ispezionò frettolosamente il contenuto e, senza dire una parola, la portò via con sé.

«Non vuole riavere proprio tutto» disse Luther, sempre con quel ghigno.

«Chi?»

«L'uomo che hai derubato. Non rivuole tutto quanto. La roba che hai preso, tienila pure. A lui basta riavere i soldi. E nemmeno tutti: solo la valuta estera. Sai, è una persona molto accomodante.»

«La valuta estera?»

«Era in una busta. Ecco, lui vuole quella. La busta.»

Mikki ci rifletté. Aveva spartito quei soldi con Tommi e Benóný, e aveva già speso la propria quota. Tommi, probabilmente, era da qualche parte a scolarsi gli ultimi spiccioli che gli rimanevano. Se c'era qualcuno che aveva conservato i dollari e le sterline era Benóný. «Sei stato tu a introdurti in casa mia?» chiese.

Luther annuì.

«Per cercare quella busta?»

«Il dottore ci tiene moltissimo a riaverla. Il resto non gli interessa. Che ne dici, andiamo a casa tua a prenderla? Sai, per chiudere la questione una volta per tutte.»

«Be', no, non è possibile» rispose Mikki.

«E perché?»

«Perché i soldi non ci sono più. La mia parte l'ho già cambiata in corone. I miei amici, non so. Comunque non c'è più modo di recuperare tutte le banconote. Sono andate.»

Luther scambiò un'occhiata con il compare. «E la busta?»

«In che senso?»

«L'hai conservata?»

«La *busta*?» Mikki non capiva. «Ma va', l'abbiamo buttata via. Cosa te ne frega di una busta?» Tuttavia, non appena ebbe formulato la domanda, si ricordò che insieme ai soldi c'era una *seconda* busta, che non conteneva banconote, ma fotografie. Prima ancora di rendersi conto del pericolo a cui si stava esponendo, chiese: «Ah, ma intendi quella con le foto pornografiche?»

«Ce l'hai tu?»

«Ti riferisci alle fotografie della ragazzina? Cavolo, che schifo! Pornografia straniera, giusto? Sono quelle, a interessarti?»

«Cosa ne avete fatto?» chiese Luther.
«Le abbiamo buttate via» rispose Mikki, senza pensarci. «Le foto e anche la busta. Tanto non saremmo riusciti a venderle. Chi vuoi che la compri, quella porcheria?»
Luther lo scrutò a lungo. Ora non sogghignava più.
Mikki si sforzò di restare impassibile, per non dare a vedere che si stava rendendo conto che quelle immagini non erano affatto pornografia straniera. Se quel sospetto era fondato, con ogni probabilità erano gli oggetti di maggior valore sottratti al medico.
«Sei sicuro di averle buttate?» chiese Luther. Nella sua mano lampeggiò la lama di un coltello.
«Erano davvero schifose, non ti aspetterai che le abbia tenute» disse Mikki. «Cosa fai con quel coltello?»
Luther non rispose.
«Non c'è bisogno di arrivare a tanto...» continuò Mikki, indicando la lama.
Luther lo guardava fisso, in silenzio. La mano che reggeva il coltello penzolava lungo il fianco. Nel frattempo, l'altro uomo aveva seguito la conversazione senza partecipare. Con un'espressione animalesca, fissava intensamente Mikki. Non vedeva l'ora di mettergli le mani addosso.
«Io credo che tu mi stia raccontando balle» disse Luther.
«A me, di quel che credi tu, non me ne frega un cazzo» ribatté Mikki.
Non ebbe neppure il tempo di vedere arrivare il pugno diretto contro di lui.

24

Konráð era solo nella sua casa di Árbær. Aveva sparso sul pavimento le carte appartenute a suo padre, si era macchiato di vino e aveva fatto l'ennesima bruciatura sulla moquette mentre cercava di capire quale fosse il momento preciso in cui le cose avevano cominciato a deragliare: papà, Leó, Erna, la perdita dei contatti con i vecchi colleghi in polizia, la prolungata relazione extraconiugale e, ciliegina sulla torta, la lite con Húgó. Tutto questo gli vorticava in testa, formando un unico grande groviglio, fatto di accuse, rabbia e rimpianti. Per quanto cercasse di respingere quei pensieri in un angolo oscuro della mente, il groviglio si faceva sempre più grande: Rikki, Lúkas sul ciglio della scarpata dell'Ölfusá, la madre durante il loro ultimo incontro, le domande che non erano mai state espresse...

Aveva ancora nelle orecchie la voce di sua sorella Beta, quando gli aveva telefonato per dirle che la mamma era stata ricoverata all'Ospedale Nazionale ed era in pericolo di vita. Era pieno inverno, e Sigurlaug si era messa a spalare la neve dai gradini d'ingresso di casa sua – sui Fiordi Orientali – quando aveva sentito una fitta al petto e si era accasciata. Aveva avuto un infarto. Un passante, vedendola, aveva chiamato i soccorsi. In un primo momento era stata ricoverata all'ospedale di Egilsstaðir, poi, data la gravità della situazione, i medici avevano deciso di farla trasferire a Reykjavík, dove avrebbero potuto sottoporla all'intervento chirurgico di cui aveva bisogno. Tuttavia non nutrivano molte speranze: non era detto che uscisse viva dalla sala operatoria. Anzi, c'era la possibilità che non sopravvivesse neppure al trasferimento.

Era malconcia, quando Konráð era andato a farle visita dopo l'intervento. Era sola in quella stanza d'ospedale. Dormiva, e sul suo volto si era soffusa una strana pace. Una volta gli aveva detto che nella vita aveva un solo rimpianto: quello di non averlo portato con sé quando aveva piantato papà ed era andata a vivere altrove insieme a Beta. Era stato Seppi a non volere a nessun costo che Konráð andasse a stare con la madre. E Sigurlaug, dal canto suo, doveva assolutamente tenere Beta lontana da quell'uomo. Le aveva provate tutte, pur di convincerlo a lasciarle prendere anche il figlio, ma era stato come parlare al muro. Più volte era venuta a Reykjavík per negoziare la tutela di Konráð, ma non c'era stato niente da fare. Per Seppi era stato un modo per vendicarsi di lei. Sigurlaug ne aveva parlato con Konráð solo molto tempo dopo – perché certi argomenti la mettevano a disagio – ma gli aveva detto chiaro e tondo che papà godeva nel vederla soffrire.

Konráð si era seduto al suo capezzale e le aveva tenuto la mano. Nel corridoio c'era silenzio. Fuori nevicava da tutta la mattina, tanto che il traffico era congestionato in tutte le strade della città.

Dopo un po', sua madre si era svegliata e aveva sorriso nel vederlo. «Tesoro, come stai?» gli aveva chiesto, come faceva ogni volta che lo incontrava. Non era una domanda di rito: le interessava davvero sapere come stava suo figlio, e se poteva fare qualcosa per lui.

«Benone» aveva risposto Konráð, in tono allegro.

«E il piccolo Húgó?»

«Scatenatissimo. Ti saluta Erna. Più tardi passerà a trovarti anche lei.»

«Quanto fastidio vi sto causando...»

«Sono cose che succedono. Ma non c'era stata nessuna avvisaglia? Non avevi avuto malori, in precedenza?»

«Un po' di stanchezza» aveva risposto la madre. «Parecchia, anzi. Soprattutto dopo che è morto Raggi.» Era il suo secondo marito. Sigurlaug l'aveva conosciuto quando era andata ad abitare sui Fiordi Orientali per cominciare una nuova vita. Konráð sapeva soltanto che era un brav'uomo e che l'aveva aiutata moltissimo a riprendersi dal rapporto violento che aveva avuto con Seppi. Era morto l'anno precedente.

«Però anche tu, metterti a spalare la neve...» aveva detto Konráð.

«Qualcuno deve pur farlo.»

A quel ricordo, Konráð sorrise. Sua madre era talmente caparbia che sarebbe stata capace di sfidare anche le forze della natura. Una volta gli aveva detto che era contentissima che lui fosse entrato in polizia e facesse l'investigatore: significava che era diventato un buon cittadino. In quell'occasione, l'aveva esortato a portare lo stesso rispetto a tutte le persone che avrebbe incrociato nel suo lavoro, per diverse che fossero: un deragliamento poteva capitare a chiunque. E lo diceva proprio lei, che aveva vissuto con Seppi! All'inizio non si era resa conto di che razza d'uomo fosse. Se non altro, aveva questa scusante. L'aveva capito solo quando Konráð era già nato e Beta stava per nascere.

«Mi dispiace di non avere molti ricordi con te» aveva mormorato Sigurlaug, come se gli avesse letto nel pensiero. «Soprattutto mi dispiace che le cose siano finite in questo modo.»

«Non avresti potuto fare diversamente» le aveva risposto Konráð.

«Riuscirai mai a perdonarmi?»

«Non c'è niente da perdonare. Non potevi fare altro che andartene, e io l'ho capito.»

Lei aveva chiuso di nuovo gli occhi.

Konráð aveva cercato di non stancarla troppo.

«Ricordati di trattare bene Erna» gli aveva mormorato.

«Faccio del mio meglio.»

«Lo so, tesoro. Lo so che fai del tuo meglio. Da sempre.» Sigurlaug aveva riaperto gli occhi e l'aveva guardato. Era chiaro che voleva digli qualcos'altro. Stava per riprendere a parlare, ma all'ultimo momento aveva richiuso la bocca.

«Che c'è?» l'aveva incoraggiata Konráð.

«L'indagine su tuo padre è stata chiusa, vero?» gli aveva chiesto lei.

«Archiviata» aveva risposto lui, con una certa perplessità. «Da un bel pezzo.»

Prima di allora, Sigurlaug non aveva mai voluto parlare dell'omicidio di Seppi. Le poche volte in cui Konráð aveva provato a sollevare l'argomento, si era affrettata a cambiare discorso. Konráð capiva che fosse un tasto delicato, anche perché neppure Beta – cioè la persona che le era più vicina di tutte – era mai riuscita a farle dire qualcosa di più di un semplice: «Se l'è cercata».

«È una faccenda in cui non dovresti immischiarti» gli aveva detto.

«Non ho nessuna intenzione di farlo.»

«Bravo» aveva detto sua madre. «Non voglio che tu ci rimugini sopra. Era un uomo abominevole, e non è giusto che tu ti faccia il sangue amaro per lui. Promesso?»

«Promesso» aveva risposto Konráð.

«Rimpiango solo di non aver creato tanti ricordi nostri» aveva ripetuto lei, stringendogli forte la mano. «Penso spesso al periodo in cui ero con te, qui in città. Quando ti mettevi a letto, ti leggevo una storia e tu mi davi il bacio della buonanotte. Eri sempre tanto affettuoso...»

«Metti da parte questi pensieri» le aveva detto Konráð. «Intanto guarisci, e dopo riparleremo di queste cose.»

«Dobbiamo» aveva ribattuto sua madre. «È necessario

discuterne. Non ne abbiamo mai parlato, e mi rincresce molto. Io e te non abbiamo mai fatto un vero e proprio discorso su tutto quello che è successo.»

«Infatti» aveva detto Konráð.

«Dobbiamo parlarne...» aveva ripetuto lei, a mezza voce, guardando fuori dalla finestra. Poi si era addormentata, interrompendo la frase a metà. Appena prima di sprofondare nel sonno, aveva mormorato: «Che bella, questa nevicata».

In un'occasione, Sigurlaug aveva espresso la preoccupazione che gli inquirenti tentassero d'incentrare l'indagine su Konráð.

«Potrebbero cercare d'incastrarti» gli aveva detto pochi giorni dopo l'omicidio, mentre si salutavano alla stazione delle corriere. Stava ripartendo per i Fiordi Orientali, dopo essere stata interrogata dalla polizia. Ancora una volta gli aveva chiesto se davvero era fuori con gli amici, la notte in cui Seppi era stato ucciso. Sembrava quasi che non gli credesse. E anche quella volta Konráð le aveva dato la stessa risposta. In seguito gli si era insinuato il sospetto – nemmeno lui avrebbe saputo dire da dove gli venisse l'idea – che sua madre continuasse a ripetergli quella domanda per distogliere l'attenzione da se stessa. Ma certi pensieri non gli piacevano, perciò li aveva scacciati dalla mente. Ciononostante non era mai riuscito a liberarsene del tutto. Dopo di allora, fra loro si era instaurato un tacito accordo: lei aveva smesso di interrogarlo sui suoi movimenti di quella sera e lui non le aveva più chiesto se davvero, all'ora dell'accoltellamento, si trovasse a casa della sorella.

Quando Beta era venuta in ospedale a dargli il cambio lui era tornato a casa, ma aveva avuto appena il tempo di varcare la soglia, che già sua sorella gli aveva telefonato per dirgli che la mamma era morta. Il cuore aveva ceduto, e ogni tentativo di rianimazione era stato inutile. Konráð aveva preso la notizia con molta calma. Quella sera, Beta era andata a trovarlo ed era rimasta sveglia fino a tarda notte, con lui ed Erna, a parlare dei ricordi che avevano di Sigurlaug, sforzandosi di non contaminarli con l'immagine di Seppi. Beta aveva molte cose da raccontare sul periodo in cui aveva vissuto con Sigurlaug sui Fiordi Orientali, e Konráð aveva provato sollievo nel sentire che la mamma, dopo essersi rifugiata laggiù, era riuscita a costruirsi una nuova vita. Con una certa esitazione, Beta aveva poi spiegato che il grande dolore di Sigurlaug era stato quello di non essere riuscita a portare con sé Konráð. Sentiva di aver perso l'occasione per creare un legame con lui e con il passare degli anni si era convinta che il figlio non avesse molto interesse a riprendere i contatti. Beta aveva dovuto prometterle di non parlarne mai con suo fratello.

Dieci giorni dopo, al funerale, Konráð aveva incontrato la zia materna. Dopo la cerimonia, al rinfresco, lei si era messa in disparte con una Camel. Era sempre stata una fumatrice accanita. Aveva il viso grigio e avvizzito, e il fisico scheletrico di chi soffre di anoressia. Konráð si era avvicinato e lei l'aveva abbracciato – come già aveva fatto in chiesa – chiedendogli per la seconda volta come stava. Lui aveva risposto che non aveva motivo di lamentarsi. Allora lei gli aveva raccontato di quanto Sigurlaug fosse stata felice di quello che lui aveva fatto nella sua vita, e di tutti i successi che stava riscuotendo con il suo lavoro nella polizia investigativa.

Konráð aveva sorriso. Si erano messi a parlare del funerale, del celebrante, dei canti eseguiti dal piccolo coro parrocchiale. Era stata una bella cerimonia, con un'omelia commovente. Nessuno dei due aveva mai visto quel prete. «L'ha contattato Beta» aveva spiegato Konráð.

Zia Addý si era accesa un'altra Camel. Aveva le ossa sporgenti e la voce arrochita dal fumo.

Approfittando del fatto che non ci fosse nessuno nei paraggi, Konráð aveva pian piano portato il discorso sull'omicidio di suo padre. Nella fattispecie, su ciò che aveva fatto sua madre quella sera. «Quando veniva a Reykjavík era sempre vostra ospite» aveva detto, con l'aria di chi non avrebbe saputo di cos'altro parlare. Non aveva molta confidenza con gli zii, proprio a causa di suo padre.

«Sì, poverina» aveva detto zia Addý.

«E anche quella volta.»

«Certo.»

«Ed è rimasta con voi tutta la sera?»

La zia aveva preso una boccata di fumo e l'aveva scrutato. «È una domanda?»

«Ti ricordi come siete venuti a saperlo? Chi vi ha dato la notizia?»

«Ma caro ragazzo, non ti sembra un po' inopportuno chiedermi certe cose ora? Non mi pare il momento, né il luogo. Mi spiace dirtelo, ma tuo padre era una canaglia. Un vero mascalzone.»

«Lo so, è solo che... a volte mi metto a pensare alla fine che ha fatto...»

«Sono venuti da noi due poliziotti. Fra l'altro, mi pare di ricordare che fossi stato tu a dir loro che tua madre era nostra ospite. Quando ci hanno detto cos'era successo, per poco non ci veniva un colpo!»

«Immagino.»

«Ma come mai tiri fuori queste cose proprio adesso?» aveva chiesto zia Addý. «Ormai è passato tanto tempo...»

«Sì, infatti.»

«Sai, io per la tua mamma avrei fatto qualunque cosa.»

A quel punto, Konráð aveva avuto un'esitazione. «Fatto qualunque cosa? Non capisco...»

«Quel che devi capire, tesoro caro, è una cosa sola: che la tua mamma – riposi in pace – era un angelo. Un angelo purissimo. Ne ha subite tante, ma non sarebbe stata capace di far del male a una mosca.» La zia aveva spento la Camel e troncato il discorso.

Da quel momento, Konráð non aveva mai più provato a parlare con lei della sera in cui Seppi era stato accoltellato a morte.

Ora Konráð, con lo sguardo fisso sulla nuova bruciatura che aveva fatto alla moquette, pensò a sua madre e alle ragioni per cui, dopo essere entrato nella polizia investigativa, non si era mai immischiato in quell'indagine. Provò a telefonare a Húgó, che però non gli rispose. Aveva una gran voglia di chiamare Svanhildur, ma decise che era meglio di no. Alla fine si trascinò in camera da letto, dove lo attendeva una lunga notte insonne.

25

Il contabile lo riconobbe all'istante. Konráð lo capì subito, nel vedere la sua espressione mentre sollevava lo sguardo dal computer. Tuttavia, l'iniziale lampo di sorpresa fu di breve durata e lasciò il posto a un'ombra di esasperazione, che passò sul suo viso paffuto dalle labbra carnose. Già una volta Konráð l'aveva indispettito, quando era andato da lui insieme a Eygló per parlare delle truffe di Engilbert e Seppi ai danni di Stella, la zia dell'uomo. Il contabile non aveva affatto gradito quella visita e si era mostrato piuttosto restio a parlare di come sua zia, psicologicamente provata dalla morte del marito e del figlio, era stata raggirata da quei due. Seppi si era procurato delle informazioni, e con un trucchetto da quattro soldi aveva fatto sì che la povera vedova credesse a ogni parola che Engilbert diceva su di loro, durante le sue «visioni medianiche».

Con Stella, Seppi aveva tirato fuori il peggio di sé. Quanto più era fragile la vittima, tanto più crudele era il modo in cui lui la truffava. Quell'episodio era di grande imbarazzo per la famiglia della donna, perché ruotava intorno alla sua ingenuità e alle sue credenze sull'aldilà, perciò non avevano mai sporto una querela; anzi, si era sempre evitato di parlarne perfino in casa. Tutti si erano comportati come se l'imbroglio non fosse mai avvenuto.

Il fratello di Stella, Haukur, si era presentato a casa di Seppi per tentare di recuperare almeno una parte del denaro che lei si era lasciata spillare, ma era tornato a mani vuote.

Ora il contabile, che era il figlio di Haukur, era tutt'altro che lieto di quella nuova visita di Konráð nel suo ufficio, e non fece nulla per nasconderlo. «Cosa vuole?» disse in tono brusco. «Sono occupato, non ho tempo per parlare con lei.»

«Devo solo farle una domanda veloce su suo padre, e poi me ne vado» rispose Konráð.

«Una domanda veloce?»

«Haukur aveva qualche contatto con la massoneria?»

«Come?»

«È possibile che fosse massone?»

«Ma che dice!» rispose il contabile. «Questi non sono affari suoi. Non sono tenuto a risponderle. E adesso la prego di lasciarmi in pace. Non ho neanche un minuto da dedicarle. Sto aspettando un cliente, che sarà qui a momenti.»

«Però questa informazione mi sarebbe davvero utile» insisté Konráð. «Henning, l'amico di suo padre, non ha smentito che Haukur facesse parte della massoneria nei primi anni Sessanta. A lei sembra verosimile?»

Il contabile si alzò e si accinse a metterlo alla porta. Mandava avanti il suo studio per conto proprio e sembrava avere un gran daffare: sulla scrivania aveva ben due computer, e l'ufficio era invaso da pile di faldoni e carte. Nell'aria c'era un vago odore di sudore che il dopobarba non riusciva a coprire. Senza rispondere alla domanda, l'uomo rimase in piedi davanti a Konráð scrutandolo con un'espressione severa, in attesa che uscisse.

Ma Konráð non aveva nessuna intenzione di darsi per vinto e provò a cambiare approccio. «Non sarei mai venuto a disturbarla, se non fosse per il fatto che mio padre e il suo erano tutt'altro che amici. Si sono incontrati almeno due volte, che io sappia, e sempre per via di quella faccenda di sua zia Stella. Mio padre è stato ucciso poco tempo dopo. Ora, io non credo che suo padre fosse minimamente implicato nell'omicidio, però c'è la possibilità che sapesse qualcosa su mio padre. Qualcosa che finora non è mai emerso. Per esempio, un credito da riscuotere. Magari mio padre stava ricattando qualcuno e aspettava di ricevere una somma di denaro, con la quale avrebbe potuto restituire i soldi a Stella. Lei ha qualche informazione in proposito?»

Il contabile continuò a fissarlo con aria di sfida.

«L'individuo ricattato potrebbe essere stato un medico» disse Konráð. «E pare che Haukur l'avesse saputo da mio padre. O almeno, questo è quanto afferma Henning.»

«Io non ne so niente» rispose finalmente il contabile. «Non capisco neanche di cosa stia parlando. E adesso se ne vada, una buona volta. Non vorrei essere costretto a chiamare la polizia.»

«Lo so, non è piacevole sentire certi discorsi e posso ben capire che Haukur, come lei stesso mi ha detto, non volesse parlare di queste cose. Tuttavia, aveva detto – testuali parole – che voleva 'sgozzare mio padre come un cane idrofobo'. E io non posso fare a meno di tenerne conto.»

«Gliele ha raccontate Henning, queste cose?» chiese il contabile.

«Sì, ho parlato con lui. E con altri.»

«Henning gliel'ha detto, che è massone anche lui?»

«No, non lo è» rispose Konráð. «Gliel'ho chiesto esplicitamente.»

«Ah, be', allora...» disse il contabile, in tono beffardo. «Se lo dice lui, sarà senz'altro vero.»

«È massone?»

«È entrato in massoneria insieme a mio padre. Chissà quali altre balle le ha raccontato... Io, se fossi in lei, prenderei con le molle tutto quello che dice. Papà e Henning avevano... La loro amicizia era piuttosto burrascosa, diciamo, e poi si è rotta dopo l'incidente.»

«Quale incidente?»

«Io non me lo ricordo, perché all'epoca ero troppo piccolo, quindi non so di preciso come siano andate le cose, però Henning dava la colpa a mio padre. A quanto ho capito, aveva riportato una grave ustione.»

Nell'anticamera dell'ufficio si sentì un movimento. Poco dopo, comparve sulla soglia un uomo che aveva tutta l'aria di avere una certa dimestichezza con quel luogo.

«Buongiorno! Prego, si accomodi» gli disse il contabile.

«Disturbo?» chiese l'uomo. «Mi aveva detto di venire alle due...» aggiunse, guardando l'orologio che portava al polso.

«Non si preoccupi, abbiamo finito» rispose il contabile, fissando Konráð e accigliandosi. «L'incontro è concluso.»

All'improvviso le venne un senso di soffocamento. Faticava a riempire i polmoni. Boccheggiò, nello sforzo di risucchiare ossigeno, ma non ottenne altro che acuire le difficoltà respiratorie. La vista cominciò ad annebbiarsi. Affondò le dita nelle lenzuola. Sollevò le mani e artigliò l'aria, senza trovare nulla a cui aggrapparsi. Provò ad alzare la testa, a gridare. Cercò con tutte le sue forze di inspirare, ma non ci riuscì. Cominciò a dibattersi, agitando le gambe e il collo, ma si rese conto di lottare contro qualcosa di molto più forte di lei. Più si sforzava, più soffocava. Il senso di asfissia era terrificante. Era come se qualcosa le stesse premendo con forza il naso e la bocca, impedendole di respirare, di muovere la testa e di emettere il minimo suono. Non poteva neppure chiamare aiuto.

Sentiva che la vita cominciava ad abbandonarla...

Con un balzo improvviso, Eygló si alzò dal letto, cercando ossigeno con avidità insaziabile. Aveva il fiato corto e la pelle madida di sudore. Continuò a riempire i polmoni finché non si calmò. Solo allora fu in grado di respirare normalmente.

Dopodiché tornò a letto e dormì profondamente fino al mattino.

26

Stava calando il buio, quando Benóný salì in silenzio la scala e trovò Elísa seduta in cucina, da sola. La radio a basso volume trasmetteva il programma musicale del tardo pomeriggio. Lei, nel vederlo, si sforzò di sorridere e gli chiese se per quel giorno avesse finito il lavoro. Sembrava esausta. Quella mattina avevano parlato a lungo, in cerca di una soluzione, ma alla fine lei l'aveva pregato di fare finta di niente davanti a Stan, almeno finché lei non avesse deciso come muoversi.

Benóný non aveva potuto fare a meno di notare la paura che Elísa aveva del marito e si era reso conto che Stan era gradualmente riuscito a privarla di ogni fiducia in sé, di tutta la sua volontà. Un'altra cosa che non gli era sfuggita era il terrore di Elísa all'idea di uno scandalo: non voleva a nessun costo che si venisse a sapere che in casa c'erano problemi. Era come se si fosse messa in mente che la colpa di quella situazione non fosse solo del marito, ma anche sua. Benóný non riusciva a capacitarsi di questo: a quanto ne sapeva, Elísa non si era mai preoccupata della propria «reputazione» nel momento in cui era andata a vivere insieme a un soldato della base statunitense. Gli era venuto il sospetto che in realtà questi scrupoli ci fossero sempre stati, ma che fossero rimasti latenti e ora contribuissero a renderla tanto insicura. Tuttavia, anche ammettendo che le cose stessero così, gli pareva inconcepibile che Elísa si sentisse responsabile del naufragio del suo matrimonio.

Benóný si era sforzato di escogitare le soluzioni più disparate, ma lei le aveva scartate tutte perché la spaventavano. Quando lui le aveva suggerito di rivolgersi alla polizia, offrendosi di accompagnarla per sostenerla, lei era scoppiata in lacrime e gli aveva risposto che non aveva il coraggio di confessare il suo problema a nessuno, men che meno alle forze dell'ordine. Come avrebbe potuto raccontare che si era fermata accanto al letto in cui dormiva suo marito, impugnando un coltello, pronta a ucciderlo? Come si faceva a confessare una cosa del genere? Aveva già provato a rivolgersi al prete, parlandogli della sua situazione, ma il colloquio si era concluso con una molestia. Allora Benóný l'aveva esortata ad andare via di casa, offrendosi di ospitarla nella stanza che aveva preso in affitto, ma Elísa aveva rifiutato.

Ora, entrando in cucina, Benóný le chiese se ci fosse qualcosa che poteva fare per lei. Per esempio, restare lì fin quando fosse rincasato Stan.

Ma lei scosse la testa. «Ti ringrazio, ma penso che proverò a parlargli di nuovo, per fargli capire che non possiamo più andare avanti così. Deve guardare in faccia la realtà. Deve rendersi conto che bisogna mettere un punto a tutta questa storia, porre fine al matrimonio e proseguire ognuno per la propria strada. Dovrà accettarlo. Dovrà farsene una ragione.»

«Io preferirei che tu venissi via con me» disse Benóný. «Così poi gli parlerò io. Gli dirò che è finita.»

«No, non voglio che... Non avrei dovuto coinvolgerti. Non voglio che litighiate per causa mia, è l'ultima cosa che desidero.»

«Non pensare a questo» insisté Benóný.

«No, riprovo a parlargli io» ripeté Elísa. «La volta scorsa mi ha ascoltata e ho avuto l'impressione che fosse davvero disposto a risolvere il problema. Sono sicura che capirà che la soluzione migliore è la separazione. Prima di ogni altra cosa, voglio tentare nuovamente di discuterne con lui. Poi, semmai, vedremo.»

Lo ripeté più volte e Benóný cercò di rassicurarla. Nel salutarla le disse di non esitare a chiamarlo, qualora avesse avuto bisogno di lui. Tornò in lavanderia a recuperare le sue cose ma, anziché rincasare come al solito, si appostò fuori in attesa di Stan. Era buio pesto e si piazzò a ridosso del muro della casa, dove nessuno poteva vederlo. Finalmente udì l'auto dell'amico svoltare l'angolo e fermarsi davanti all'ingresso.

«Sei ancora qui?» disse Stan, vedendolo sbucare sul marciapiede. «Ah, per caso usi la mia macchina a mia insaputa?» gli chiese, chiudendo la portiera.

«Ma no» rispose Benóný. «Come ti vengono certe idee?»

«È che tutt'a un tratto beve come una petroliera. E non è Elísa a usarla, non sa guidare.»

«Forse dovrebbe prendere la patente.»

Stan sbuffò. «Non mi pare proprio il caso.»

«Perché? Se l'hai presa tu, perché non dovrebbe prenderla anche lei?»

All'amico non sfuggì il tono irritato. «Va tutto bene, Ben? C'è qualcosa che ti infastidisce?»

«Sto a meraviglia. Nessun problema. Tu, piuttosto, hai qualcosa che non va?» chiese a sua volta Benóný. «Visto quello che combini...»

«In che senso?»

«Elísa mi ha raccontato come ti comporti» disse Benóný. «Se ne sta seduta in cucina a piangere, e a momenti non ha il coraggio neppure di respirare, per causa tua. Ti sembra giusto?»

«Ma che...?»

«Ripeto: ti sembra giusto?»

«Ehi, amico...»

«Non parliamo poi di tua figlia!» sibilò Benóný, cercando di non farsi sentire da tutto il quartiere. «Sì, tua *figlia*! Ti sembra giusto anche questo?»

Stan lo fissò. «Ti ha dato di volta il cervello? Cosa ti ha detto, quella stronza?»

«Mi ha raccontato che razza d'uomo sei, e come la tratti.»

«Che razza d'uomo sono? Ma ti senti? L'uomo che sono non è affar tuo!»

«Non puoi trattarla così! Né lei, né Lóla!»

«Ben, non ti pare di aver passato il segno? Mi sa che è ora che tu...»

Benóný gli afferrò un braccio. «Lascia in pace Elísa! Se le capita qualcosa, vado di persona a denunciarti alla polizia.»

Stan si divincolò e lo scrutò. «Mi viene quasi da pensare che ti porti a letto mia moglie.»

Benóný fu colto alla sprovvista.

«È per questo che fai tante scene?» continuò Stan, in tono minaccioso. «È per questo che ti lasci intortare dalle sue balle? Hai una storia con lei? Siete qui da soli tutto il giorno...»

«Se la tocchi un'altra volta... Se fai qualcosa a lei o alla bambina, verrò a saperlo!»

«Io direi che sei *tu* a dover lasciare in pace mia moglie» sibilò Stan. «Vattene, e non farti più vedere. Hai chiuso con i lavori nel seminterrato. Sparisci e non rimettere più piede in questa casa! Intesi? Non voglio più rivedere il tuo brutto muso!»

«Ti tengo d'occhio» disse Benóný. «Se le torci un capello...»

«Chiudi il becco. Non devo certo rendere conto a te.»

Si fronteggiarono finché Stanley non lo respinse con disprezzo, per poi salire i gradini ed entrare. Benóný rimase fuori, senza sapere bene cosa fare. Tese l'orecchio verso la casa, ma non udì rumori, neppure un colpo di tosse. Si augurava che Stan riflettesse sulle sue parole e lasciasse in pace

Elísa. Ora non era più sola a reggere il peso di quel segreto. Benóný sperava che quella discussione bastasse a trattenere Stan dal metterle le mani addosso, almeno per il tempo necessario per farlo ragionare e convincerlo a concederle il divorzio.

27

Quando Mikki riuscì finalmente a rimettersi in piedi, gli uomini che l'avevano aggredito erano spariti. Aveva un gran dolore alla testa, per via dei due pugni più violenti, e anche alla schiena e allo stomaco, dove aveva preso diversi calci. Prima di soccombere, era riuscito a restituire un paio di colpi: uno ai denti di Luther, uno alla faccia dell'altro, il quale si era ritrovato con il naso sanguinante. Ancora più furioso per via di quell'ultimo pugno, l'uomo si era buttato di nuovo su di lui, e sicuramente l'avrebbe ucciso, se Luther non fosse intervenuto per strapparglielo di dosso. I due si erano lanciati in una rumorosa discussione, al termine della quale Luther aveva spinto via l'uomo, si era inginocchiato accanto a Mikki e, guardando il suo viso coperto di sangue, gli aveva detto: «Ci rivedremo presto. Vogliamo quella busta. Parla con i tuoi amici. Trovala. Magari ci ricavi anche qualche soldo. Siamo disposti a pagare, se le cose si svolgono rapidamente e senza intoppi. Mi ascolti?»

«Ma stai zitto...» aveva gemuto Mikki.

«Oh, testa di cazzo, guarda che facciamo sul serio! Vogliamo le foto. Prima ce le porti, meglio sarà. Per tutti quanti. Hai capito?» Poi Luther si era alzato, si era guardato intorno e, vedendo la bicicletta rubata adagiata nell'erba, l'aveva sollevata e schiantata addosso a Mikki, il quale – investito dal telaio metallico – aveva lanciato un urlo di dolore. Il secondo uomo, che aveva osservato la scena da una certa distanza, nel sentire il grido di Mikki era scoppiato a ridere, dopodiché si era messo a rifargli il verso, finché Luther non l'aveva raggiunto e spinto avanti a sé oltre l'angolo del capanno Nissen.

Mikki non sapeva quanto tempo aveva impiegato a rimettersi in piedi, tumefatto e dolorante. Reggendosi alla parete del capanno, sfilò a fatica una sigaretta dal pacchetto, l'accese e soffiò una colonna di fumo. Gli bruciavano le labbra. Aveva un occhio talmente gonfio che a malapena ci vedeva. Dal naso era sgorgato un fiotto di sangue, e vicino all'orecchio aveva una brutta lacerazione. Rimase in quella posizione per parecchio tempo, in attesa di riprendersi. Non gli pareva di aver riportato fratture. Le braccia e le gambe si muovevano a dovere, anche se gli facevano male, e le ferite non sembravano profonde.

Fumò una seconda sigaretta, poi si chinò sulla bici e la rimise in piedi, per controllare che non si fosse rotta. Con molte difficoltà riuscì a montare in sella e, puntellandosi sui piedi, raggiunse la strada. Lì, una volta ripreso l'equilibrio, cominciò a pedalare lentamente verso il centro città.

Farsi visitare era fuori questione. Appena arrivò a casa, si medicò da sé: lavò le ferite e mise cerotti o fasciature in base alla necessità. Poi, con cautela, si stese a letto.

Anche quel giorno non c'erano notizie di Tommi, e Mikki cominciò a domandarsi dove diamine si fosse cacciato. Poi rifletté sull'aggressione subita, e sulla violenza con cui quei due uomini l'avevano picchiato. Non li aveva mai visti in vita sua. Conosceva tutta la piccola criminalità di Reykjavík, ed era abbastanza sicuro che loro non ne facessero parte.

Infine pensò a quelle fotografie in bianco e nero. Le aveva giudicate una porcheria priva di ogni valore, ecco perché le aveva regalate a Seppi. Ma il legittimo proprietario – cioè il medico che loro avevano rapinato – ora le rivoleva, ed era disposto a tutto pur di riaverle. Mikki le aveva degnate appena di un'occhiata, e ne era rimasto disgustato, tanto quanto i suoi amici. Ricordava solo di aver avuto l'impressione che fossero state scattate in un ambulatorio, ma non nel corso di una visita. La ragazzina dimostrava suppergiù dodici anni. In uno degli scatti appariva in modo indistinto metà del volto di un uomo adulto, e in un altro il suo corpo nudo di fronte a quello di lei, adagiato su un lettino medico. Nel resto delle foto non compariva nessun altro, e ciò pareva indicare che a scattarle fosse stato lui stesso. Le immagini erano molto nitide, e l'angolazione lasciava supporre che l'uomo avesse potuto agevolmente reggere in mano la macchina fotografica mentre faceva – per così dire – quello che voleva.

« Che bastardo » mormorò Mikki. Il movimento delle labbra gli procurò un gran dolore al viso. « Bastardo maledetto… »

Solo l'indomani Mikki si sentì abbastanza in forze per avventurarsi nello Skuggahverfi, dove abitava Seppi. L'uomo non era in casa, ma Mikki rimase ad aspettarlo, accovacciato a ridosso di un muro. Dopo diverse sigarette, lo vide comparire nella via e lo chiamò. Seppi alzò lo sguardo e rimase un po' sorpreso. Rallentò, e per un istante parve sul punto di voltarsi e cambiare strada, ma alla fine riprese ad avanzare di buon passo verso di lui. Lo salutò e gli chiese – non troppo affabilmente, per la verità – cosa ci facesse lì. Mikki gli disse di rilassarsi e spiegò che aveva bisogno di parlargli di una cosa, un argomento di cui era meglio non discutere in un luogo pubblico.

« Ma che cazzo ti è successo? » gli chiese Seppi, guardando l'occhio tumefatto, le labbra spaccate e il taglio accanto all'orecchio. « Ti ha investito una macchina? »

« Ho avuto una piccola noia » rispose Mikki. « Niente di grave. Vedessi com'è conciato l'altro! » Cercò di sorridere, ma la contrazione dei muscoli facciali gli provocò dolore.

Dopo molti « se » e « ma », Seppi si lasciò finalmente convincere a invitarlo nel suo appartamento nel seminterrato, aggiungendo però che non aveva molto tempo perché di lì a poco sarebbe dovuto uscire di nuovo.

«Hai ancora le fotografie che ti ho dato?» gli chiese Mikki, mentre entravano. «Quelle che ho trovato nella casa svaligiata?»

Seppi lo fissò senza capire. «Quali fotografie?» disse, come se le avesse sentite nominare per la prima volta.

«Quelle della ragazzina» chiarì Mikki. «Quelle che ti ho regalato! Ma sì, dai, quelle del tizio insieme alla ragazzina...» Poi, dato che Seppi non dava segno di capire di cosa stesse parlando, cominciò a spazientirsi. «La ragazzina *nuda*! Credevo che fossero pornografia straniera. Non te le ricordi?»

«Ah, quelle» disse Seppi con indifferenza.

«Ce le hai ancora?»

«No.»

«E dove sono finite?»

«Le ho buttate» disse Seppi, senza troppe cerimonie.

«Ma come? Le hai buttate... dove?»

«Nell'immondizia! Dove altro vuoi che le abbia buttate? Ormai saranno in discarica» disse Seppi.

«Non ci credo» disse Mikki. Anche lui, davanti a quei due energumeni, aveva dichiarato di aver buttato via le fotografie.

«Mi stai dando del bugiardo?»

«Che motivo avresti avuto di buttarle?»

«Erano roba di nessun valore, l'hai detto tu stesso. E la roba che non ha valore si butta.»

«Cazzo!» sbottò Mikki.

«Ma perché vieni a chiedermi delle foto?» gli domandò Seppi. «È per via di quelle che sei conciato così?»

«Tu conosci uno che si chiama Luther?» chiese Mikki.

Seppi ci rifletté.

«Mezzo zoppo...» aggiunse. «Con lui c'era un altro tizio, uno a cui piace menare le mani. Non so come si chiami.»

«Un Luther zoppo?»

«A quanto pare conosce il proprietario della casa che abbiamo svaligiato» disse Mikki. «E questo tizio – il dottore, insomma – non vuole denunciare il furto. È disposto a lasciare che la cosa passi sotto silenzio, a patto che gli restituiamo quelle dannatissime fotografie. Tutto il resto della refurtiva non gli interessa, possiamo anche tenercelo. Questo Luther si è introdotto nell'appartamento che condivido con Tommi, sperando di trovare le foto. Me l'ha detto lui stesso.»

«Quindi non c'è di mezzo la polizia?» chiese Seppi.

«No. È lui a non volerla. Il dottore, dico. E secondo me è proprio per via di quelle fotografie. Non vuole che vengano scoperte.»

«Dicevi che quei due si sono introdotti in casa tua?»

«Sì. Fanno sul serio. Ma tu sei sicuro di averle buttate?»

«Subito dopo che te ne sei andato.» Seppi assunse un'espressione preoccupata. «Non gli avrai detto che ce le avevo io.»

«Ma no, ho detto che le avevo buttate nell'immondizia. Però mi sa che non mi hanno creduto. O almeno, non Luther. L'altro è troppo stupido. Torneranno alla carica, ma stavolta mi troveranno pronto. Gliela faccio vedere io, a quelle teste di...»

La porta dell'appartamento nel seminterrato si aprì. Entrò un ragazzo, che guardò prima l'ospite e poi Seppi, senza salutare. Aveva in mano un sacchetto della latteria, e cominciò a riporne il contenuto nel frigorifero: latte, *skyr* e altro.

«Adesso devo andare» disse Mikki. «Che la cosa non esca da queste quattro mura, eh?»

«Figurati» disse Seppi. «Se rivedi quei due, avvisami.» Poi si rivolse al ragazzo. «Ehi, Konni, dove sei stato tutto il giorno?»

«Non mi avevi mandato a comprare lo *skyr*?» disse il ragazzo, senza rispondere alla domanda. Per la seconda volta scrutò Mikki, poi s'infilò nella cameretta adiacente alla cucina e sbatté la porta.

28

Al mattino, svegliandosi, Konráð non si sentì affatto a suo agio. Frammenti di un incubo che aveva avuto lo tormentavano anche da sveglio. Si alzò. Aveva ancora davanti agli occhi l'immagine di se stesso sul ciglio della scarpata sull'Ölfusá, e nelle orecchie il grido di angoscia di quell'uomo che – come aveva detto Leó – l'aveva «fatto passare per scemo per trent'anni». Quelle parole gli riecheggiavano nella mente. Avevano destato un ricordo spiacevole, che si era fatto strada nei suoi sogni. Per un istante temette di essere sul punto di vomitare, perciò rimase immobile e fece diversi respiri profondi per far passare la nausea. Della bruciatura sulla moquette si era già dimenticato, ma era ancora lì, e lui la ritrovò mentre andava verso la cucina. Per un lungo momento rimase a fissarla senza capire da cosa fosse stata provocata, poi scosse la testa e con la macchinetta si preparò un caffè molto carico.

Quel disagio lo tormentava da mesi. Più precisamente, dal giorno in cui aveva risolto un caso di omicidio di decenni prima. La conclusione dell'indagine l'aveva portato a Selfoss, dove aveva commesso l'errore di sedersi insieme al colpevole in cima a una scarpata sul fiume Ölfusá. Non aveva previsto il pericolo, perché l'uomo – che si chiamava Lúkas – si stava mostrando collaborativo, e aveva scelto lui stesso di mettersi in quello splendido punto panoramico con l'idea di confessare il suo crimine. Dopo aver parlato si erano alzati, e Konráð aveva pensato di prenderlo in custodia, però l'uomo aveva messo un piede in fallo sull'orlo della scarpata e si era sbracciato in cerca di qualcosa a cui aggrapparsi. Konráð gli aveva teso un braccio: quello menomato. Eppure sapeva che così non avrebbe potuto aiutarlo. Se n'era pentito nell'istante stesso, e ancora di più nei mesi successivi. Si sentiva la coscienza sporca, e il rimorso poteva riemergere in qualunque momento, sia nel sonno, sia nella veglia.

In un punto imprecisato della casa, il suo cellulare squillò. Konráð balzò in piedi e corse in soggiorno, sperando che fosse Húgó, ma non vide il telefono da nessuna parte, e la suoneria cessò prima che avesse il tempo di trovarlo. Quando finalmente lo trovò, scoprì che la chiamata persa era di Eygló. Le ritelefonò e, appena lei rispose, le chiese: «Mi cercavi?»

«Sì, ma… è un momento inopportuno? Stai bene?»

A quella domanda, Konráð capì di avere ancora la lingua impastata. «Sto bene, grazie.»

«Sicuro?»

«Sì, Eygló. Non è niente, davvero. È solo che ieri sera ho esagerato un po' con il vino. E con i *cigarillos*. Ah, già che ci sentiamo, avrei una cosa da chiederti» disse Konráð, ansioso di cambiare argomento. «Per caso tuo padre aveva a che fare con la massoneria? Hai qualche ricordo in proposito?»

Silenzio. Da un po' di tempo Konráð meditava di porle questa domanda, ma finora se n'era sempre dimenticato, oppure aveva rimandato per non rischiare un nuovo scontro con lei. Già una volta l'aveva offesa insinuando che Engilbert fosse implicato nell'omicidio di Seppi, sulla sola base del fatto che si fossero messi in combutta per raggirare dei creduloni e che Engilbert fosse andato in giro a parlare male del compare. Aveva quindi preso in considerazione l'ipotesi che il rapporto fra i due si fosse incrinato, e che Engilbert avesse tirato fuori un coltello. Davanti a quelle congetture, Eygló si era arrabbiata: suo padre non era privo di difetti, ma lei gli voleva bene.

«Hai bevuto? Ma perché, cè qualcosa che ti preoccupa?»

Konráð esitò. Una delle cose che più gli piacevano di Eygló era il suo modo di essere così diretta. I loro padri avevano stretto un sodalizio che ora veniva alla luce in tutte le sue sfaccettature, un legame strano, sinistro e insidioso, che sarebbe dovuto cadere nel dimenticatoio con la morte di Seppi davanti alla Cooperativa di Macellazione del Suðurland, e che invece emergeva sempre più vivido da quando Konráð aveva cominciato a indagare. «Questioni sentimentali» rispose, dopo una breve riflessione. «Un amore di gioventù. E anche una morte di tanto tempo fa, se proprio devo essere sincero.»

«Quale morte?»

«Lúkas.»

«Quello che è caduto nel fiume?»

«Lui. E altri. Ma non mi va di parlarne. E comunque non ce ne sarebbe bisogno.»

«Io, invece, penso che ti farebbe bene» disse Eygló. «Com'è successa, quella cosa del fiume?» Già altre volte gli aveva posto quella domanda, intuendo che quel brutto episodio lo tormentava ancora. Lui però aveva sempre svicolato e lei non aveva voluto insistere, ma la questione continuava a ronzarle in testa.

«È scivolato» disse Konráð.

«E tu hai fatto tutto quello che potevi.»

«Cerco *sempre* di fare tutto quello che posso.» Con una risposta del genere, Konráð sperava che lei capisse che era meglio chiudere l'argomento.

«Come mai ti è venuta in mente la massoneria?»

«Engilbert aveva qualche rapporto con i massoni?»

«Stai ancora cercando d'insinuare che sia stato lui a uccidere tuo padre?» chiese Eygló.

«Sto cercando di prendere in considerazione tutte le possibili vie di fuga dell'assassino» spiegò Konráð. «Mi sono ritrovato in mano qualcosa che potrebbe essere un indizio.

Con ogni probabilità è una pista che non porta a niente, ma al momento non ne ho altre da seguire. Affumicatoi e gemelli. Tutto qui.»

«Gemelli?»

«Sì, da polso» precisò Konráð. «Mi sa che sto diventando pazzo.»

Le raccontò dell'emblema massonico trovato nel ripiano inferiore dell'affumicatoio della Cooperativa di Macellazione del Suðurland molto tempo dopo l'omicidio in Skúlagata e le espose la sua congettura sulla fuga dell'assassino, che forse si era nascosto in uno degli affumicatoi, dato che quella notte non erano accesi tutti e tre. Certo, era una teoria campata in aria, e lui stesso se ne rendeva conto. Era altamente improbabile che quel gemello da polso avesse qualcosa a che vedere con il delitto.

«Non capisco dove tu voglia andare a parare» disse Eygló. «Mio padre non è mai stato massone, penso di poterlo affermare con certezza. E non sarebbe mai stato capace di ammazzare qualcuno. È fuori discussione, te l'ho già detto, e preferirei non ritrovarmi a parlarne di nuovo.»

«Fatto sta che quel gemello, in un modo o nell'altro, è finito sul ripiano dell'affumicatoio.» Konráð cominciò a cercare i suoi *cigarillos*, ma poi si ricordò che li aveva finiti la sera prima. «Era lì, in mezzo al carbone, alla paglia bruciata, alla torba, alla cenere e alla fuliggine. E di sicuro non era il suo posto.»

«E le questioni sentimentali?» chiese Eygló. «Hai problemi di donne?»

«Non è una cosa che...» Konráð non seppe trovare le parole giuste. Stava per dirle che non era affar suo, ma sarebbe stata una scortesia che Eygló non meritava.

«... che mi riguardi?» concluse lei.

«Sono alle prese con una faccenda. Magari una volta o l'altra te ne parlerò.»

«Come ti pare. Non è che io muoia dalla voglia di farmi gli affari tuoi» disse Eygló. «Ah, cambiando argomento… tu hai qualche competenza in fatto di apnee notturne?»

La domanda lo colse alla sprovvista. «Hai problemi respiratori durante il sonno?»

«Non saprei neanch'io spiegarlo. Una notte ho avuto un attacco e ho impiegato parecchio tempo a riprendere a respirare normalmente, ma poi al mattino stavo benissimo. È solo che una cosa del genere non mi era mai capitata. Soffocavo e avevo la forte sensazione di dovermi dibattere, se volevo salvarmi. Come se qualcuno stesse tappandomi il naso e la bocca. Però al tempo stesso era come se questa cosa non stesse capitando a me.»

«In che senso?»

«Non so spiegarlo. Era un'impressione stranissima, e anche molto vivida.»

«Quale impressione?»

«Quella di non essere io a soffocare, ma un'altra persona» disse Eygló.

29

Konráð non si era ancora ripreso del tutto dai postumi della sbronza, quando verso mezzogiorno andò a trovare Henning. Quella mattina l'anziano, prima ancora di finire di vestirsi, aveva avuto un attacco di vertigini mentre era in bagno. Cadendo, aveva battuto la testa contro il bordo del lavandino e riportato una brutta ferita. Prima di perdere i sensi aveva avuto il tempo di premere il pulsante del cinturino salvavita che aveva al polso, e in breve tempo erano arrivati i soccorsi. Un'ambulanza l'aveva portato d'urgenza all'Ospedale Nazionale per gli accertamenti del caso. Konráð ne fu informato da una vicina dell'uomo, che stava uscendo di casa con un bambino in carrozzina. La donna, vedendolo suonare alla porta dell'anziano, gli raccontò l'accaduto. Specificò che Henning, nel momento in cui era stato portato giù dai gradini d'ingresso e a bordo dell'ambulanza, aveva già ripreso i sensi, ma aveva una fasciatura intorno alla testa.

Più tardi, quando Konráð andò a trovarlo in ospedale, il vecchio non nascose la sua sorpresa nel vederlo. Gli spiegò che stava aspettando il medico e che non sapeva quando sarebbe stato dimesso. Sembrava molto lucido, e Konráð ebbe l'impressione che la sua visita non fosse del tutto gradita. Forse l'uomo si sentiva a disagio, o in imbarazzo, a parlare con lui da un letto d'ospedale. O magari, semplicemente, si era stancato di rispondere a domande su avvenimenti di decenni prima, che oltretutto non ricordava neanche bene. Le infermiere gli avevano tolto i vestiti e messo un camice. Ora se ne stava lì, sotto la coperta.

«Temo che non potrò più aiutarla in questa sua indagine» disse in tono stanco. «Anzi, non voglio proprio altre visite. Non mi sembra nemmeno corretto, da parte sua, venire qui. È come se lei non riuscisse proprio a lasciarmi in pace.»

«La capisco benissimo» disse Konráð. Si scusò per il continuo disturbo che gli arrecava, ma spiegò che in quei giorni si stava arrovellando su una questione e sperava che lui sapesse chiarirgliela. Non aveva nessun altro a cui rivolgersi. Gli promise che quella sarebbe stata la sua ultima visita e lo ringraziò per la disponibilità. Dopodiché, ritenendo che non fosse il caso di trattenersi nella stanza d'ospedale più del dovuto, venne al punto. Non era più tanto convinto di aver fatto bene: chi l'avesse visto avrebbe potuto pensare che stesse perseguitando Henning e che il caso di Seppi – ignorato per tanti anni – stesse cominciando a dargli alla testa. «Saprebbe dirmi qualcosa in più su quel medico che, a quanto diceva Haukur, aveva un debito con mio padre?»

«Ma dobbiamo proprio parlarne adesso?» disse Henning, senza celare l'esasperazione.

«Se io potessi risalire al nome o a qualche informazione su di lui...»

«Non ho idea di chi fosse! Mi pareva di averglielo detto chiaro e tondo. Non sono neppure sicuro che fosse un medico. Era Haukur ad averlo dedotto da qualcosa che aveva detto o fatto Seppi. Ma io, di quell'uomo, non so nulla. E credo che non sapesse niente nemmeno Haukur.»

«Okay. Allora le chiedo un'ultima cosa sulla faccenda della massoneria, e poi me ne vado» disse Konráð. «Ho parlato con il figlio di Haukur. Mi ha riferito che in quegli anni frequentavate entrambi una loggia. Ma io gliene avevo già parlato e mi aveva detto di non essere massone. Perciò... be', evidentemente c'è stato un malinteso.»

«Il figlio di Haukur? Ma che ne vuole sapere, lui?»

«L'ha affermato con molta sicurezza» disse Konráð.

«I casi sono due: o l'ha presa in giro, o ha perso il lume della ragione» ribatté Henning.

«Ne è sicuro? Eppure sembrava convinto.»

«Certo che ne sono sicuro! Ma che domande sono? Mi lasci in pace. Non sono in grado di aiutarla più di così. E adesso ho bisogno di riposare, mi dispiace.»

«Sì, capisco» disse Konráð. «Un'ultima cosa: mi ha raccontato anche che lei e Haukur avete smesso di parlarvi dopo un incidente. Sì, insomma, che avete troncato i rapporti.»

«Incidente?»

«Mi ha detto che lei ha riportato un'ustione grave. E che incolpava Haukur.»

Henning lo fissò con un'espressione sorpresa, che però ben presto si fece rabbiosa. «Lei è andato dal figlio di Haukur per parlare di *me*? Le ha dato di volta il cervello?»

«In questa faccenda c'è qualcosa che non quadra» continuò Konráð, nel tono più gentile di cui era capace. «E io vorrei capire se sia possibile sbrogliare questo groviglio. Dopodiché me ne andrò, e lei non mi rivedrà mai più.»

«È meglio che se ne vada *subito*» disse Henning. «Ho bisogno di riposare.»

«Quindi lei non ha segni di ustioni?»

«Non è affar suo.»

«Le spiace se verifico?»

«Non si azzardi!»

Konráð afferrò la coperta e la sollevò quel tanto che bastava a vedergli le gambe. Entrambi i piedi avevano vistose cicatrici che risalivano fino alle caviglie, chiaramente causate da una bruciatura. Risistemò subito la coperta. Gli erano bastati pochi secondi.

«Se ne vada!» gridò Henning.

«Come è successo?» gli chiese Konráð.

«Fuori di qui!»

«Come ha fatto a ustionarsi in quel modo? Cosa le è capitato?»

Henning brancolò in cerca del pulsante per chiamare un'infermiera. Quando lo trovò, lo premette più volte, fulminando Konráð con lo sguardo.

«È successo alla Cooperativa di Macellazione del Suðurland?»

«Stia zitto!»

«È entrato in uno degli affumicatoi?» insisté Konráð. «Una scintilla le ha incendiato i pantaloni?»

«Come osa trattarmi così?» gemette Henning, martellando con il dito sul campanello. «E io che cercavo di aiutarla... Mi sono prestato a rispondere a tutte le sue domande...»

«Però credo che non mi abbia detto la verità» disse Konráð. «Secondo me...»

Sulla soglia comparve un'infermiera, che chiese a Henning cosa potesse fare per lui. L'anziano, agitatissimo, disse che Konráð lo stava disturbando e pretese che venisse messo alla porta. La donna, stupita, scrutò Konráð. Non capitava spesso che un paziente avanzasse una richiesta del genere.

«Questioni di famiglia» disse lui, a titolo di spiegazione. Si scusò con Henning, gli rivolse un cenno di saluto, si affrettò a uscire dalla stanza e, una volta nel corridoio, corse via come un ladro.

30

Benóný e Stan cercavano di non alzare la voce, mentre litigavano davanti alla porta di casa, ma Elísa li udì ugualmente. Credeva che Benóný se ne fosse andato da un pezzo, perciò fu sorpresa di sentire che era ancora lì. Si avvicinò di soppiatto alla finestra della cucina per spiarli, badando bene a non farsi vedere, tuttavia non riuscì a capire cosa si stessero dicendo. Benóný era visibilmente arrabbiato, ma al tempo stesso abbattuto. Stan, che non si aspettava di trovarlo ancora lì, men che meno in quello stato, non sapeva che pesci pigliare, ma dopo un po' lo spinse via ed entrò in casa sbattendo la porta. Elísa udì nell'ingresso imprecazioni a mezza bocca, e dopo un istante si trovò faccia a faccia con lui, accanto alla scala. La porta della cameretta era aperta e si vedeva il letto vuoto. Elísa, che aveva passato la giornata in uno stato di prostrazione e sconforto, ora chiamò a raccolta tutto il proprio coraggio per affrontare l'uomo che da troppo tempo le rovinava la vita. Non sapeva bene cosa aspettarsi da lui, perciò in pochi istanti si ritrovò con il fiato corto, quasi tremante, ma si sforzò di dissimulare: non voleva che Stan capisse quanto era spaventata. Tuttavia, era molto difficile nascondere il turbamento.

«Quella testa di cazzo!» esclamò lui.

«Chi, Benóný?» chiese lei, cercando di respirare normalmente. «Ho visto che parlavate, qui fuori.»

«Cosa state combinando, voi due?» disse Stan. «Chi si crede di essere quello, per impicciarsi degli affari tuoi? Anzi, degli affari *nostri*! Con quale diritto? E tu, che razza di balle vai a raccontargli?»

«Gli ho detto che sono arrivata a tanto così dall'accoltellarti mentre dormivi» confessò Elísa. Faceva sempre più fatica a mantenere la calma. «Gli ho raccontato che nel cuore della notte sono scesa in cucina a prendere dal cassetto il tuo coltello, e poi sono tornata di sopra e mi sono avvicinata al letto... con una gran voglia di piantarti la lama nel petto. Gliene ho parlato perché sentivo il bisogno di sfogarmi, e non potevo confidarmi con nessun altro. Gli ho detto che non voglio più vivere così. Gli ho raccontato di Lóla e gli ho spiegato che non voglio più farla stare sotto il tuo stesso tetto. Gli ho detto che ho provato a parlarti, ma che non è servito a niente. Gli ho descritto il modo in cui mi tratti. Le botte. I toni che usi con me, ormai da anni. Gli ho detto che non ce la faccio più. Che sono arrivata al punto da pensare di ricorrere a soluzioni estreme, anzi, non so neanch'io perché non l'ho già fatto.»

Per qualche strana ragione, nel sentire la propria voce confessare che la disperazione l'aveva portata ad aprire il cassetto dei coltelli, Elísa si calmò. Fece un respiro profondo. Aveva l'impressione che quel lungo discorso avesse fatto effetto: lui l'aveva ascoltata. L'aveva lasciata parlare fino alla fine. Certo, si era accigliato quando lei gli aveva rivelato di essere stata a un passo dall'accoltellarlo nel sonno. Ma proprio quella reazione le faceva capire di non essere del tutto indifesa. Non più. Per quanto fosse rimasta turbata dal solo fatto di aver *pensato* di compiere un gesto simile, per quanto ciò fosse lontano dalla sua natura, ora provava uno strano senso di libertà nel rendersi conto di essere finalmente pronta a ripagare Stan con la stessa moneta.

Stan tornò ad accigliarsi e sollevò una mano, come per darle uno schiaffo. Stavolta, però, anziché indietreggiare, Elísa rimase immobile. Scrutò il viso di suo marito, i denti lasciati scoperti dalla smorfia di rabbia, le occhiaie che nei momenti di maggior collera lo facevano assomigliare a un animale feroce. A una iena.

«Chissà» gli disse in tutta tranquillità. «Magari, la prossima volta che mi ritroverò con un coltello in mano accanto al letto, mentre tu dormi, non saprò resistere alla tentazione.»

Non ebbe neppure il tempo di accorgersi del pugno che stava arrivando. Colpita alla tempia, andò a sbattere contro il corrimano della scala e cadde a terra. Stan le diede un calcio, l'afferrò per i capelli e risollevò il pugno, ma lei continuò a guardarlo negli occhi. Non aveva più paura di lui. Al contrario, sembrava che lo stesse sfidando a continuare, che intendesse lasciarsi picchiare, perché tanto sapeva che prima o poi sarebbe venuto il suo turno. Ed ecco che il pugno calò, stavolta in pieno viso. La testa batté contro il pavimento. Stan la prese di nuovo per i capelli, ma lei non smise di guardarlo negli occhi, senza alcuna paura. Per un istante, lui parve sul punto di colpirla ancora, ma poi il pugno si sciolse e l'altra mano lasciò andare i capelli. Stan si rialzò e torreggiò su di lei. Mentre Elísa cercava di rimettersi in piedi, lui le diede un altro calcio, facendola ricadere a terra. «Tu non mi parli con quel tono, hai capito?»

Per qualche secondo lei rimase immobile, stesa sul pavimento. Dopodiché si alzò e lo fronteggiò, calmissima. Aveva il viso dolorante, ma si sentiva più forte che mai. Ora sì, che opponeva resistenza, invece di abbassare lo sguardo e lasciarsi intimidire. In bocca sentiva il sapore del sangue, e si accorse che le piaceva.

«Se fossi in te, stanotte andrei a dormire altrove» gli disse, con un mormorio a malapena udibile, mentre si passava un dito sulle labbra spaccate.

«Cos'hai detto?»

«Che io, se fossi in te, stanotte andrei a dormire altrove» ripeté a voce più alta.

«Adesso mi minacci? Cos'è, un'intimidazione?»
«Un consiglio. Per il tuo bene» rispose lei. «Di sopra, sotto il materasso, dalla mia parte, c'è un coltello. Vai a controllare, se non mi credi. Mi sento più sicura, a tenerlo lì. Però ce ne sono altri, nei cassetti della cucina. E anche nel seminterrato. Chissà, potrei averne nascosti in vari punti della casa.»

Suo marito la scrutò in silenzio, poi salì al piano superiore e andò in camera da letto. Pochi istanti dopo ricomparve in cima alla scala, con lo sfilettatore in mano. Elísa lo aspettò lì, nell'ingresso. Ormai aveva smesso di fuggire.

Lui ridiscese. «Questo è un gioco che si può fare in due» disse, esaminando il filo della lama. Stava cercando di ostentare sicurezza, ma era turbato.

«E allora uccidimi» disse Elísa. «Di sicuro non potrà essere peggio di quello che devo sopportare in questa casa tutti i giorni.»

Stan si avvicinò e le puntò il coltello alla gola.

Lei sentì un bruciore: la lama stava tracciando un sottilissimo taglio nella pelle.

«Non sarebbe poi così difficile» disse lui.

Si guardarono negli occhi. Elísa, invece di ritrarsi, premette il collo contro la lama. «E allora fallo.»

Circa mezz'ora dopo la porta di casa si aprì, Stan uscì e la richiuse. Reggeva in mano una grossa valigia e sotto il braccio due paia di scarpe. Scese i gradini e raggiunse l'automobile. Con la chiave aprì il bagagliaio, vi ripose la valigia e le scarpe. Per un istante si voltò indietro a guardare la casa, poi salì a bordo e partì.

La porta si socchiuse lentamente e nello spiraglio comparve Elísa. Osservò l'auto che spariva in fondo alla via, poi si guardò intorno per vedere se qualcuno avesse assistito alla scena. Ma non c'era nessuno, né in strada, né alle finestre.

Tutto era tranquillo, come se nulla fosse accaduto. Elísa si ravviò i capelli, si lisciò la camicetta e notò due macchioline sul petto: era il sangue colato dalle ferite che lui le aveva procurato. Dopo un'ultima occhiata alla via, come per assicurarsi che se ne fosse andato per davvero, in silenzio rientrò in casa.

31

Mikki si era infilato in un vicolo, cercando di non dare nell'occhio. I passanti non facevano caso a lui, erano troppo indaffarati ad andare per negozi. Di tanto in tanto faceva capolino per guardare in direzione della gioielleria, a qualche civico di distanza. Lì c'era meno viavai: le persone che si fermavano ed entravano erano appena una o due, le altre si limitavano a rallentare il passo per dare un'occhiata alla vetrina. Era una bottega orafa di piccole dimensioni, ma con un gran luccichio di ori, diamanti e argenteria, collane, orecchini e orologi da polso dai prezzi astronomici. Mikki ci era stato, ed era rimasto strabiliato davanti a tutti quei gioielli custoditi in teche di vetro dall'illuminazione curatissima, adagiati su morbida ovatta, perché tanto non esisteva materiale abbastanza prezioso per accoglierli.

Gli era parso di notare che il gioielliere stesse lavorando da solo. Era in camice grigio: aveva il laboratorio nel retrobottega e vi trascorreva buona parte del tempo. Solo quando sentiva entrare un cliente si metteva al bancone e inforcava gli occhiali, provvisti di una lente d'ingrandimento che gli permetteva di curare nei dettagli le sue minuziosissime opere.

La prima volta che Mikki era entrato in quel negozio, aveva portato con sé un anello rubato in un locale notturno. La vittima del furto era un uomo che, per certi versi, se l'era cercata: aveva passato tutta la serata a ciondolare, per poi uscire all'aperto e crollare, ubriaco marcio, su una panchina in un angolo appartato. Mikki, che lo teneva d'occhio da un po', senza farsi notare gli aveva sottratto il portafogli e sfilato dal dito lo *chevalier* d'oro con una pietra nera quadrata. Contava di ricavarne una bella somma, e aveva deciso di mostrarlo a vari orafi di Reykjavík finché non ne avesse trovato uno disposto ad acquistarlo. E quello era il primo negozio in cui era entrato.

Aveva dato l'anello al gioielliere, il quale l'aveva portato nel laboratorio per esaminarlo attraverso gli occhiali con la lente d'ingrandimento. Con quel camice, sembrava uno scienziato. Aveva chiesto a Mikki come mai volesse venderlo e in che modo ne fosse entrato in possesso, e lui aveva raccontato la balla che si era preparato in precedenza, ossia che l'aveva ereditato dal padre.

Il gioielliere gli aveva detto che la caratura dell'oro era piuttosto bassa, ma che la pietra nera era interessante. «Ah, condoglianze» aveva aggiunto all'improvviso, sfilandosi gli occhiali.

«Grazie.»

«È mancato di recente?»

Mikki aveva annuito, senza però capire come mai quell'uomo si stesse dilungando sul suo «lutto». Aveva sperato di concludere l'affare in quattro e quattr'otto.

«Gli avete fatto un bel regalo. Lei, o la famiglia.»

Mikki non sapeva di cosa stesse parlando, ma aveva annuito di nuovo.

L'uomo, notando la sua perplessità, aveva spiegato: «Ho visto l'incisione».

Mikki era rimasto in silenzio.

A quel punto, il gioielliere gli aveva mostrato il lato interno dell'anello. Recava una scritta, che a Mikki era sfuggita. *A papà, 50.*

«Sì, giusto» aveva detto Mikki, con una gran faccia di bronzo. «Aveva cinquant'anni, quando...»

«Quest'anello non è suo, vero?» gli aveva detto il gioielliere.
Mikki non aveva risposto.
«L'ha rubato?»
Lui era rimasto in silenzio ed era arrossito.
«Questo non significa che la trattativa s'interrompa qui» aveva detto l'orafo.
Mikki ci aveva messo un po' a capire che quell'uomo era disposto a fargli da ricettatore. Perciò aveva cambiato versione: aveva detto di aver trovato l'anello per strada. Un'altra bugia, ma più plausibile. Il gioielliere aveva finto di prenderla per buona, ma era chiaro che non gli aveva creduto. Comunque, gli aveva detto che non importava in che modo fosse entrato in possesso di quel gioiello: aveva già in mente di fargli un'offerta e gli aveva proposto una cifra. A Mikki sembrava adeguata, ma aveva ugualmente chiesto cinquanta corone in più, perché tentar non nuoce. L'uomo aveva accettato e siglato l'accordo con una stretta di mano, poi, con un sorriso, gli aveva raccomandato di rivolgersi a lui anche in futuro, qualora «trovasse per terra» altri gioielli. Sarebbe stato lieto di fare affari con lui.

Dopo di allora, Mikki si era rivolto a quel gioielliere ogni volta che aveva avuto per le mani dei preziosi. Non che accadesse spesso. Di tanto in tanto, andando per locali, gli era capitato di riprendere il vizio, e l'orafo lo aveva sempre accolto di buon grado, senza fare domande e fissando prezzi onesti. Ecco perché, quando Mikki aveva svaligiato la villa del medico, al momento di cercare un ricettatore a cui vendere i gioielli aveva subito pensato a lui.

Ora, appostato nel vicolo, cominciava ad annoiarsi. Appena ebbe l'impressione che il viavai stesse cominciando a calare, raggiunse di corsa il marciapiede opposto e sgusciò nella gioielleria. L'orafo era nel laboratorio. La porta era coperta da una tenda che impediva di vedere dentro, ma il campanello fissato allo stipite dell'ingresso tintinnava ogni volta che qualcuno entrava in negozio. Mikki chiuse la porta, girò la targhetta con scritto CHIUSO sul lato della strada e si piazzò davanti al bancone, finché l'uomo non sbucò da dietro la tenda.

L'orafo lo riconobbe all'istante, aggrottò le sopracciglia e tornò nel retrobottega.

Mikki lo seguì e lo spintonò fino a farlo sedere di peso sulla sedia accanto al banco da lavoro. «Non credevi che sarei venuto a farti visita, eh?» gli disse, con grande calma. «Pensavi che dopo il nostro incontro a Nauthólsvík la questione fosse chiusa? Credevi di essertela cavata?»

«Cosa vuoi da me? Cosa ci fai qui?»

«Volevo vedere come stavi» disse Mikki. «E se per caso ti fossi preso anche tu un paio di botte in testa, com'è capitato a me.»

I segni del pestaggio a opera di Luther e del suo compare erano ancora visibili, e il gioielliere capì all'istante che quei due si erano rivelati fin troppo zelanti nello svolgere il loro compito. «Sono stati loro a conciarti così?» gli chiese.

«Mah, non so, secondo te?»

«Non immaginavo che sarebbero arrivati a tanto. Avevano detto che dovevano solo parlarti! Credevo che si sarebbero limitati a darti un avvertimento.»

«A proposito, chi sono?»

«Ma che ne so io? Me li sono trovati in negozio dopo aver parlato con il proprietario della villa che avete svaligiato. Mi hanno detto che avevano bisogno di dirti due paroline e mi hanno chiesto di portarli da te, così io... Mi hanno minacciato: dicevano che volevano essere sicuri che tu riconsegnassi tutti i gioielli.»

«Uno si chiama Luther. E l'altro?»

«Non ne ho idea. Non li conosco, non li avevo mai visti in vita mia. Te l'assicuro, non so proprio chi siano.»

«Però non erano interessati ai gioielli» disse Mikki.

«No? A me li hanno portati via tutti» disse il gioielliere. «Tutti, dal primo all'ultimo. Erano in macchina. Sono venuti a prendermi qui e al ritorno mi hanno riportato a casa. Si sono presi tutto, senza dire 'grazie' né 'arrivederci'. Anzi, non hanno proprio aperto bocca, né lungo il tragitto per Nauthólsvík, né durante il viaggio di ritorno. Non sono amici miei, te lo giuro.»

«E il medico? Hai notizie di lui?»

Il gioielliere aveva perso tutta la baldanza mostrata durante l'incontro a Nauthólsvík. Aveva paura, vedeva chiaramente che Mikki era venuto per vendicarsi, perciò cercava con ogni mezzo di scaricare la colpa su qualcun altro. «Mi ha... mi ha offerto un compenso. Tutto qui. Sai, è un ottimo cliente, e io mi sentivo in dovere di trattarlo con un certo riguardo. Quando ho capito da dove provenivano tutti quei gioielli... avrei dovuto tenere il becco chiuso e ricettare tutto il malloppo. Adesso sì, che me ne rendo conto. Dovevo farmi gli affari miei.»

«Ripeto: hanno detto che a loro, dei gioielli, non gliene fregava niente! Volevano solo le fotografie che abbiamo trovato nella villa del medico» disse Mikki. «Hanno fatto parecchie domande in proposito. Tu ne sai qualcosa?»

«Fotografie?»

«Il tuo amico – anzi, scusa, il tuo 'ottimo cliente' – è un pervertito. Stiamo parlando di pedopornografia. Le immagini ritraevano senza dubbi una minorenne.»

«Io non ne so niente.»

«All'inizio avevamo pensato che fosse roba straniera...» Mikki adocchiò uno splendido anello sul banco da lavoro. Era d'oro, con un piccolo diamante. Lo prese, l'osservò, poi se lo intascò. «Decidi tu se vuoi denunciarne il furto. Così, quando la polizia m'interroga, mi metto a parlare dei nostri affari.»

Il gioielliere si accigliò. «Era proprio necessario?»

«Dicevo, in un primo momento abbiamo creduto che quelle fotografie provenissero dall'estero» riprese Mikki, come se nel frattempo non fosse accaduto nulla. «A giudicare dalla busta non pensavamo che fosse roba islandese. Ma Luther ne ha parlato con troppa insistenza, ed è arrivato al punto di picchiarmi pur di riaverle, e questo mi ha fatto capire che il luogo in cui sono state scattate è più vicino di quanto avessimo pensato. Quella povera ragazzina... e quel lurido porco, ritratto insieme a lei nell'ambulatorio!»

«Io non so niente di nessuna fotografia!» ripeté il gioielliere. «Non so neanche di cosa tu stia parlando.»

«I tuoi amici non ti hanno messo al corrente? Non ti hanno detto niente sulla ragazzina?»

«Non sono miei amici!» ribadì l'orafo. «Non mi hanno raccontato niente, e non ho in programma di rivederli. Questa è una faccenda di cui non intendo più impicciarmi. Maledetto il giorno in cui ho parlato con quello stronzo...»

A Mikki prudevano le mani. Aveva una gran voglia di picchiarlo: l'orafo aveva condotto quei due a Nauthólsvík, e sapeva benissimo che non erano animati da buone intenzioni, ma ora che intuiva la vera natura della questione cercava di dargli a bere che era stato del tutto all'oscuro di ciò che volevano fare, sostenendo di non conoscerli nemmeno, e dunque di non essere responsabile del pestaggio.

«L'unica cosa che ho sentito... o meglio, che *mi è parso* di sentire...» balbettò il gioielliere. «Sai, in macchina ero sul sedile posteriore, e loro erano seduti davanti, quindi non capivo proprio tutto, però a un certo punto ho avuto l'impressione che stessero parlando di un capanno Nissen.»

«Un capanno Nissen?»

«Ripeto, *mi è parso* di sentire questo.»

«Ma quale capanno?»

«Boh? Che ne so? Magari ho capito male.»

«E cos'avrebbero fatto, in questo capanno?»

«Più di questo non so. E oltretutto, ripeto, non sono nemmeno sicuro che stessero parlando proprio di quello.»

Poco dopo, con un nuovo tintinnio del campanello, Mikki uscì dalla gioielleria e richiuse bene la porta dietro di sé. Si allontanò dalla strada massaggiandosi la mano destra, come se gli facesse male.

32

Konráð stava uscendo di buon passo dall'ospedale, quando tutt'a un tratto gli telefonò Pálmi, dicendogli che era in città e proponendogli di vedersi per un caffè. Ne rimase molto sorpreso: non capitava spesso che l'ex collega lo contattasse di propria iniziativa per fare quattro chiacchiere. Pálmi suggerì un bar del centro, che entrambi conoscevano bene. Dopo una breve riflessione, Konráð rispose che l'avrebbe raggiunto lì in una ventina di minuti.

Decise di lasciare l'auto nei pressi dell'ospedale e andare in centro a piedi, tanto era una giornata serena e un po' di movimento non nuoceva di certo. Era sempre stato magro, ma adesso aveva preso qualche chiletto. Non che la cosa lo preoccupasse. Non faceva attività fisica e non aveva mai messo piede in una palestra in vita sua. Però gli piaceva camminare, e infatti ad Árbær – dove abitava – si concedeva frequenti passeggiate, soprattutto fra le Elliðaár, in cui l'ambiente naturale era particolarmente bello. Quello era l'unico esercizio che faceva. A volte ascoltava il programma radiofonico *Ginnastica mattutina*, ma restava seduto per tutto il tempo della trasmissione. Non era mai stato un salutista. Anzi, non aveva mai fatto proprio nulla per mantenersi in forma. La sua alimentazione era piena di cibi con troppi zuccheri o grassi, e a questo si aggiungeva il fumo dei *cigarillos*. Malgrado ciò, godeva di buona salute. Si ammalava raramente e anche in quei casi impiegava pochissimo a rimettersi.

Lungo il tragitto riprovò a telefonare a Húgó, che non

gli rispose neanche stavolta. Per quanto tempo gli avrebbe tenuto il broncio? Konráð capiva le sue ragioni, comprendeva la sua collera e la sua ostilità, perché erano emozioni che conosceva bene: le aveva provate anche lui, nei confronti di suo padre. Eppure era diverso: Konráð aveva sempre fatto di tutto per mantenere un rapporto stretto con suo figlio, qualunque cosa succedesse, e non si era mai lasciato sfuggire una sola parola di biasimo nei suoi confronti. Seppi, invece, era stato un padre spietato. Lo aveva sempre ricoperto d'insulti e non si era mai fatto scrupoli nello sfogare la propria rabbia su di lui, anche a suon di pugni. Quelle violenze erano cessate solo quando Konráð era diventato abbastanza grande da difendersi. Aveva sedici anni la prima volta in cui aveva reagito, e la cosa aveva sorpreso tanto Seppi quanto lui stesso. L'origine di quella lite era stata un sospetto di furto.

Seppi lo aveva mandato a recuperare un credito: il pagamento di un barilotto da venticinque litri d'acquavite che aveva venduto sottobanco a un ristoratore. Konráð era andato a prendere il denaro e l'aveva portato a suo padre, il quale però gli aveva detto che ne mancava una parte e l'aveva accusato di essersela intascata.

«Tutto qui quello che mi porti, ladruncolo?» gli aveva gridato in faccia, sventagliandogli le banconote davanti agli occhi.

Konráð gli aveva detto di prendersela con il cliente che gli aveva comprato l'acquavite in nero. Lui aveva solo intascato i soldi, senza contarli.

Seppi aveva passato la notte a bere e giocare a carte con gli amici, e il ragazzo, nella sua angusta cameretta, non era riuscito a chiudere occhio. Perciò, a un certo punto, era andato da lui e gliene aveva dette di tutti i colori. Di punto in bianco, Seppi gli aveva dato un pugno in pieno petto. A quel primo colpo ne era seguito un secondo, in faccia. Stava per arrivarne un terzo, quando Konráð aveva deciso che ne aveva abbastanza: aveva parato il pugno di suo padre e gli aveva dato un violento spintone. Seppi, colto alla sprovvista, era caduto a terra. Konráð, perdendo il controllo, l'aveva preso a calci, poi l'aveva afferrato per il collo e gli aveva sbattuto più volte la testa contro il pavimento, interrompendosi soltanto per prenderlo a schiaffi, urlando: «Non ho tenuto neanche una corona, io!»

A quel punto aveva visto sotto il tavolo la cassetta degli attrezzi di suo padre. L'aveva aperta e aveva preso una chiave giratubi – la stessa che aveva usato una volta, da bambino, per difendersi dai prepotenti che lo tormentavano a scuola –, dopodiché si era riavvicinato a Seppi, che era ancora steso sul pavimento. Aveva sollevato in alto la chiave, pronto a colpirlo. Ma in quel momento suo padre l'aveva guardato con aria supplichevole, implorando pietà. Erano passati alcuni secondi, durante i quali Konráð aveva tenuto in alto l'attrezzo, con mano tremante, per poi lasciarlo cadere a terra.

Quando Seppi era riuscito a rimettersi in piedi, assai malconcio e con una ferita sanguinante sulla nuca, Konráð era già sparito.

Da quella volta non era quasi più capitato che Seppi gli mettesse le mani addosso. Certo, quando era di pessimo umore lo ricopriva d'insulti, con tutta l'ostilità e la ferocia di cui era capace, ma quell'episodio aveva segnato un punto di svolta nel loro burrascoso rapporto, e non c'erano più state liti violente. Almeno fino al giorno in cui Konráð, seduto a un tavolino con sua madre, era venuto a conoscenza del motivo per cui lei era scappata con Beta nei Fiordi Orientali, il più lontano possibile dallo Skuggahverfi.

Ora, in quel caffè del centro, Konráð scoprì che era proprio di questo che Pálmi voleva parlargli. Arrivò in leggero ritardo, ed entrando trovò il vecchio collega intento a mangiare una fetta di torta. Pálmi, nel vederlo arrivare, gli fece segno di sedersi. Konráð rifletté per qualche istante su cosa ordinare, poi chiese una birra. Si misero a chiacchierare del più e del meno: parlarono del tempo, dell'invasione di turisti nel centro di Reykjavík, dello scheletro nel muro e del velo di riserbo che la polizia era riuscita a calare sull'intera faccenda.

Dopo un po', Pálmi ritenne che fosse giunto il momento di venire al punto. «Stavo riflettendo sulla discussione che hai avuto con tuo padre il giorno in cui è stato accoltellato.»

Konráð tacque. Non si aspettava che Pálmi tirasse fuori quell'argomento e non capiva dove volesse andare a parare: i vicini avevano raccontato alla polizia di aver udito una lite violenta fra padre e figlio, ma lui non lo aveva mai confermato.

Pálmi, davanti al suo silenzio, disse: «Ho ridato un'occhiata al caso e mi sono tornate in mente parecchie cose. E tutto per causa tua, se devo essere sincero. Con le tue visite degli ultimi mesi, e con tutte le domande che mi fai, hai riacceso il mio interesse per quell'indagine. Chi l'avrebbe mai detto?»

«Se è così, ti chiedo scusa. Non credevo che ti avrei dato tutti questi pensieri» disse Konráð.

Pálmi si guardò intorno. «Mi pareva di ricordare che l'incontro con tua madre, prima dell'omicidio di Seppi, fosse avvenuto proprio in questo locale. Così sono andato a controllare il dossier.»

Konráð sorrise. Sì, il luogo era quello, ma non era più lo stesso locale: all'epoca era un caffè di letterati, artisti e giornalisti reykjavicensi, mentre adesso era un bar per turisti, senza più traccia del retaggio storico che l'aveva reso famoso ai tempi d'oro. La sua vecchia anima culturale era sparita da un bel pezzo, perché nessuno si era dato pena di mantenerla viva dopo il cambio di gestione. «Sì, è vero» rispose, prendendo un sorso di birra. Al mattino si era ripromesso di non toccare neppure un goccio in tutta la giornata, ma ecco che quel proposito era andato a farsi benedire.

«Dopo quell'incontro sei tornato a casa e hai visto tuo padre per l'ultima volta, giusto?»

«Sì» confermò Konráð.

«È stato allora che i vicini hanno sentito i rumori di una colluttazione? Hai sempre negato...»

«Pálmi, queste sono cose che tu sai già. Dove vuoi arrivare?»

«Tua madre ci ha parlato di Seppi e di tua sorella Elísabet. Ci ha raccontato che aveva piantato tuo padre nel momento stesso in cui era venuta a sapere che lui abusava della ragazzina. Queste dichiarazioni sono state messe agli atti. Ha fatto molta fatica a confessarle, come potrai senz'altro immaginare. Non credo che le avesse raccontate a molti, prima di venire da noi alla centrale.»

«Per lei è stato un brutto colpo» disse Konráð. «Il comportamento di papà, dico.»

«Tanto brutto da spingerla a vendicarsi?»

«Aveva un alibi.»

«Sì, però sai... La sorella e il cognato...»

«E non abitava più con lui, già da diversi anni.»

«Già, ma certe cose ti restano dentro...»

«Il responsabile dell'indagine eri tu» disse Konráð. «Dunque dovresti sapere queste cose meglio di me. Sei stato *tu* a interrogarla. Sei stato *tu* a tempestarla di domande. C'eri *tu* seduto davanti a lei. Io ho solo una fotocopia del verbale, e non sono in grado di ricavarne niente di più di quello che c'è scritto.»

«Non credo che quelle fotocopie possano dirti qualcosa di nuovo» disse Pálmi. «Durante i tuoi interrogatori, hai ammesso che tu e Seppi litigavate *di tanto in tanto*, ma quel giorno no.»

«Pálmi, te l'ho già spiegato molte volte. Il nostro rapporto era teso. Di lui ne avevo piene le tasche, e infatti praticamente vivevo da un'altra parte.»

Pálmi lo scrutò in silenzio. «Qual era di preciso il motivo dei vostri litigi? Cosa li scatenava?»

«Di solito tutto partiva da una sua accusa infondata» rispose Konráð. «Per esempio, si metteva in testa che io gli avessi rubato dei soldi. A volte, invece, mi urlava contro perché secondo lui non ero stato abbastanza veloce a svolgere una commissione, che ne so, andare dal tabaccaio, fare un salto da un suo amico per prelevare dell'acquavite o cose del genere.»

«Quand'è che hai saputo cosa faceva a tua sorella?» gli chiese Pálmi.

«Durante l'indagine sull'omicidio. La cosa è emersa in quel momento» disse Konráð. «Perché me lo chiedi?»

«Non è che te l'ha raccontato tua madre quando è andata via di casa insieme a Elísabet?»

«No, me l'ha tenuto nascosto. Ero solo un ragazzino, a quell'epoca. Non ero abbastanza grande per capire, sapevo solo che mio padre la trattava male. La picchiava.»

«E quand'è stato di preciso, che hai saputo di Elísabet?»

Konráð prese un altro sorso di birra, fingendo di riflettere. Dato che la risposta si faceva attendere, Pálmi lo incalzò. «In che modo ne sei venuto al corrente?»

«Mi stai mettendo sotto indagine?» chiese Konráð. «Sono stato io a riprendere in mano il caso di mio padre. Sono stato io a rivangare questa faccenda. Non crederai che stia cercando di far arrestare... me stesso?»

Pálmi sorrise. «Vorrei colmare le lacune nel quadro generale. Sai come vanno queste cose. Ho aperto il dossier per la milionesima volta e sì, insomma, ho notato che alcuni punti non sono mai stati approfonditi. Non so perché. Forse per compassione verso di te, e verso tua madre. E poi, ecco, diciamo che i metodi d'interrogatorio dell'epoca non erano efficaci come quelli di oggi.»

«A me pare di ricordare che mia madre mi abbia messo

al corrente delle molestie sessuali dopo essere uscita dalla centrale» disse Konráð. «Che l'argomento fosse saltato fuori nel corso dell'interrogatorio, e che lei avesse risposto ad alcune domande in proposito...»

«Dunque non prima?» chiese Pálmi. «Non quando vi siete visti, il giorno in cui è stato ucciso Seppi?»

Konráð scosse la testa.

«Se lei te ne avesse parlato in quel momento – cioè quando vi siete incontrati qui, proprio in questo locale – non sarebbe stato un buon motivo per una lite violenta con lui?» chiese Pálmi.

«Perché lo stai facendo?»

«Da quando ti sei messo a farmi tutte quelle domande sull'omicidio di Seppi, ho riflettuto molto su di voi, e mi è venuto il timore di essere stato troppo comprensivo nei tuoi confronti. Anzi, nei confronti della tua famiglia. In questo, temo di avere commesso un errore.»

«Nei miei confronti?»

«Tu non hai mai chiesto notizie dell'indagine» disse Pálmi. «E questa è una cosa che mi sono ricordato solo di recente. Non hai mai chiesto se stessimo facendo progressi. Ti comportavi come se non t'importasse di sapere chi avesse ucciso tuo padre.»

«Sì che l'ho chiesto...»

«No, Konráð. Neppure una volta.»

«Comunque, quella colluttazione non c'è stata» disse Konráð. «Nel rapporto autoptico non risulta che sul cadavere ci fossero segni di un'aggressione precedente all'accoltellamento.»

«Be', ma è possibile mettere le mani addosso a qualcuno senza lasciargli lesioni visibili. Quello che ti sto chiedendo è questo: dopo l'incontro con tua madre, eri arrabbiato con Seppi? È così? Lei ti ha messo al corrente delle molestie a tua sorella quel giorno?»

Konráð non rispose.

«Come hai reagito quando te ne ha parlato?» insisté Pálmi.

«Ci ho creduto! Era capace di tutto, quell'uomo» disse Konráð.

«E ti sei arrabbiato?»

«Ovvio.»

«Tanto che avresti avuto voglia di ucciderlo?» chiese Pálmi.

«Era già morto, quando mia madre mi ha raccontato quelle cose.»

«Ma se te le avesse raccontate prima?»

«Pálmi...»

«Se te ne avesse parlato quel giorno, in questo locale, prima che tu tornassi a casa?»

Konráð ebbe una nuova esitazione.

«Dimmelo» lo incalzò Pálmi. «Dimmi cos'avresti fatto, se fossi stato al corrente delle molestie sessuali a tua sorella nel momento in cui hai visto Seppi per l'ultima volta.»

33

Konráð guardò a lungo Pálmi e capì che la scelta di quel locale non era stata casuale. Si girò verso l'angolo in cui un tempo si sedevano a conversare scrittori e artisti. A quell'epoca, tra i clienti fissi del caffè c'era il poeta preferito di sua madre, che aveva come lui un braccio menomato. Sigurlaug diceva che quella menomazione fisica gli aveva dato molti dispiaceri nella vita, ma al tempo stesso era forse ciò che aveva fatto di lui un buon poeta, paladino degli emarginati e dei derelitti.

«Per quale motivo tu e Seppi avete litigato, quel giorno?» chiese Pálmi.

«Non abbiamo litigato.»

«Quando sei venuto a sapere di tua sorella?»

«Non ho ancora capito dove vuoi andare a parare, Pálmi. Sono io che sto indagando per cercare di capire chi potrebbe averlo accoltellato. Pensi che sia perché non ho niente da fare dalla mattina alla sera? O per ingannare chissà chi?»

«Qui c'è sotto qualcosa» disse Pálmi. «Qualcosa che ha a che fare con te.»

Konráð non gli rispose.

«Alla centrale erano in tanti a ritenere che l'assassino fossi tu. E hanno continuato a pensarlo anche dopo che sei entrato in polizia. Addirittura c'era chi ipotizzava un complotto fra te e tua madre. Quando l'abbiamo interrogata, non ha voluto parlare degli abusi sessuali. Ha dichiarato che risalivano a tanto tempo prima, e che tu non ne eri al corrente, né nel periodo in cui erano avvenuti, né dopo.»

«Dobbiamo proprio continuare a parlare di quest'argomento?»

«Io vorrei andare a fondo in questa storia» disse Pálmi. «La rabbia è un'arma potentissima, e forse nessuno lo sa meglio di te.»

«Non so proprio cosa ti aspetti che ti dica.»

«Sigurlaug ti stava proteggendo? O si era messa in testa di doverti proteggere?»

«Non lo so.»

«Aveva il sospetto che fossi stato tu ad aggredire tuo padre? Non ne avete mai parlato?»

«Non che io ricordi.» Konráð si rese conto di dover controllare un accesso di collera.

«Hai un figlio» disse Pálmi. «E due nipoti.»

«E allora?»

«I rapporti con loro sono buoni?»

«Al momento, no» ammise Konráð. «Ma non vedo cosa c'entri.»

«Tuo figlio teme che tu possa avere ucciso tuo padre?»

«No» disse Konráð. «Senti, Pálmi, questi discorsi non mi piacciono. Perché mi tratti così?»

«Forse è per lui che ti stai finalmente interessando al caso. Magari stai cercando una soluzione che ti permetta di uscirne pulito, così tuo figlio non avrà sospetti su di te. Neppure in futuro, quando non ci sarai più.»

«È una cosa di cui non sento il bisogno, Pálmi.»

«Ti basta trovare un capro espiatorio – che so, una persona morta da tanto tempo – e far credere che sia stata lei a uccidere tuo padre, anche se sarà difficile dimostrarlo incontrovertibilmente.»

«Ma dài, Pálmi, non essere ridicolo! Perché mi fai questi discorsi? Guarda che me ne vado! Non ti viene in mente che forse sto proprio cercando di riabilitare la nostra reputazione dagli stessi sospetti che ora stai avanzando tu? Tutto questo fango ci accompagna fin da allora. Non ci hai mai pensato?»

«In che senso la *vostra*?»

«Come 'in che senso'?»

«Hai detto 'la *nostra* reputazione'.»

«La mia e quella di mia madre. Non ci stai forse accusando di complicità?»

«Ma sei stato tu, Konráð? Sei stato tu ad accoltellare tuo padre?»

«Pálmi...»

Pálmi lo guardò a lungo, e la tensione fra loro parve allentarsi un po'. «Ti chiedo scusa. È che... Be', lo so, non dovrei farti domande su queste cose. È una teoria campata in aria – anzi, addirittura pazzesca, a ben vedere – e forse è colpa della vecchiaia, ma... ecco, ho la sensazione che tu non sia stato del tutto sincero con me. Io ti ho sempre mostrato rispetto e comprensione, ma a volte ho l'impressione che tu non faccia altrettanto con me.»

Konráð tacque per qualche istante. «E va bene» disse infine. «Adesso ti racconto una cosa. Però deve restare fra noi.»

«Certo.»

«Ci hai visto giusto: mia madre mi ha confessato tutto. Qui. In questo locale. Quel giorno. Mi ha detto che lui molestava Beta e che era quella la ragione per cui se n'era andata via con lei, anche a costo di lasciarmi. Io sono montato su tutte le furie e, quando sono tornato a casa, ho avuto una discussione con mio padre. Una discussione molto accesa. Siamo anche venuti alle mani. In quel momento sarei stato capace di ammazzarlo. Ero sempre stato all'oscuro di quella storia, perciò quando mia madre me ne ha parlato, io... ero come impazzito. In questo, hai ragione: la rabbia è un'arma potentissima. Oltretutto, ero furioso non soltanto per la faccenda di Beta, ma per tutto quanto. Tutte le stronzate che lui faceva, tutto ciò che lui rappresentava. Le molestie a Beta erano solo la ciliegina sulla torta.»

Calò il silenzio. Finora, l'unica persona a cui Konráð lo aveva confidato era sua sorella. Adesso si era sfogato, ma già se ne pentiva, e decise di non aggiungere altro.

Pálmi era sconvolto. Tutt'a un tratto si ritrovava fra le mani informazioni nuove, riguardanti un caso molto difficile e rimaste segrete per decenni. «Ma perché non me l'hai detto quando era il momento?»

«Probabilmente non volevo che lo usassi contro di me.»

«In effetti è quello che avremmo fatto.»

«Sicuro come l'oro.»

«Però questo cambia tutto, lo sai.»

«Per quel che mi riguarda, no» disse Konráð. «Per me non cambia proprio niente.»

«Ma...»

«Voglio sperare che non ne parlerai in giro. Te l'ho raccontato in confidenza.»

«Fra te e tua madre c'era un patto di silenzio? Avevate concordato di mantenere il segreto sul fatto che lei ti avesse parlato degli abusi sessuali poche ore prima che Seppi venisse ucciso?»

«No, Pálmi, nessun patto.»

«Ma lei pensava che l'assassino fossi tu?»

Konráð impiegò qualche secondo a rispondere a questa domanda. «No.»

«Sono elementi d'indagine del tutto nuovi» disse Pálmi.

«Ma anche inutili.»

«Utilissimi, invece!»

«Per chi? Io non li ho mai condivisi con nessuno. Mi sono confidato solo con te, Pálmi, perché mi sei stato d'aiuto. Ti sei mostrato comprensivo nei miei confronti, e l'ultima cosa che voglio è che tu mi creda capace di commettere un'azione simile.»

«Avresti dovuto... *Avreste* dovuto tirare fuori tutte queste cose nella sede giusta. Confessarle fin da subito. Non lo pensi anche tu, con il senno di poi?»

«È che in qualche modo ci sembrava... sconsigliabile, ecco» disse Konráð.

«Sconsigliabile?»

«Ripeto, mi auguro che questo colloquio resti fra noi.»

«Be', io...» Pálmi prese dal taschino della giacca il cellulare per vedere che ora fosse, poi lo ripose. «Devo incontrare mia figlia, ma credo che arriverò in ritardo.»

«Sono questioni di famiglia. Questioni private» disse Konráð. «Io, almeno, le ho sempre considerate tali. Se ho ritenuto che potessero soltanto intralciare l'indagine, è proprio perché non sono stato io a uccidere mio padre.»

«E quindi hai tenuto la bocca chiusa per tutti questi anni.»

«Ma cerca di capirmi... Non sono un assassino!»

«Non lo è nessuno, fino al momento in cui lo diventa» disse Pálmi.

Konráð scosse la testa.

«E va bene.» Pálmi si alzò e lasciò sul tavolo i soldi per pagare. «Adesso devo proprio andare.»

«Guarda che lo so, che sei stato comprensivo nei miei confronti» disse Konráð. «Ero appena rimasto orfano di padre.»

«Eri solo un ragazzo, e avevi smarrito la via» disse Pálmi. «Tutto considerato, sei stato sorprendentemente bravo a ritrovarla.»

Sorrisero entrambi.

Konráð lo guardò uscire dal locale, poi finì la birra e saldò il conto, maledicendo se stesso per essersi concesso un momento di debolezza. Si sentiva come se fosse stato colto in flagrante e sperò vivamente che a Pálmi non saltasse in mente di metterlo nei guai.

34

Sulla donna discese un velo di calma. Chiuse gli occhi, pronta ad ascoltare il medium. Era pieno giorno, ma lei aveva tirato le tende per oscurare il salotto, dopodiché aveva acceso qualche candela per creare un'atmosfera di quiete e contemplazione. Tutto taceva. Seppi fece un cenno discreto a Engilbert, il quale diede inizio alla sua «comunicazione con l'aldilà». Già dal primo istante avevano constatato che quella cliente era molto ricettiva. Seppi aveva preventivamente passato al compare tutte le informazioni che aveva trovato su di lei, sulla sua situazione presente, su due suoi parenti deceduti e altri dettagli che potevano tornare utili. La donna aveva pagato in anticipo, e anche con molta generosità.

Pochi istanti dopo, Engilbert annunciò di essere entrato in contatto con alcune persone che si trovavano nell'aldilà, e cominciò a descrivere un piccolo centro dei Fiordi Occidentali che poteva essere Ísafjörður. Nominò alcune vie, vari edifici degni di nota e due o tre località nei paraggi. La donna li riconobbe tutti: erano i luoghi della sua giovinezza. Engilbert, senza troppa fretta, iniziò a elencare nomi maschili a caso, i più comuni che gli venivano in mente. La donna ne riconobbe alcuni, altri no.

Si erano presentati come membri della Società di Studi Esoterici. Non lo erano, ma sapevano che in tal modo potevano godere del prestigio di un circolo tenuto in gran conto da chi credeva nello spiritismo. Engilbert, prima di cominciare, aveva passato diversi minuti a spiegare che durante la seduta sarebbe caduto in quella che lui definiva «semitrance», ossia una condizione in cui si sarebbe ritrovato catapultato nell'aldilà, ma sarebbe comunque stato in grado di rispondere alle domande che gli venivano rivolte nel mondo sensibile.

«Percepisco... Ecco, c'è una signora bellissima» le disse, dopo qualche minuto dall'inizio della seduta. Aveva preso posto su una comoda poltrona, teneva gli occhi semichiusi e aveva annunciato che il «contatto» era buono, con «correnti» molto favorevoli. «Mi pare che si chiami... Lydia. È possibile? Ha splendidi capelli, molto voluminosi, e un'aria... mah? Rassicurante. È come se in vita avesse fatto proprio questo. Rassicurare le persone, aiutarle.»

«Sì, era la levatrice del paese» rispose a bruciapelo la cliente, orgogliosa di essere la nipote di quella donna.

«Vedo che ci sono anche dei bambini...» Engilbert lanciò un'occhiata a Seppi, badando bene a non farsi sorprendere dalla padrona di casa. Avevano trovato una preda facile. «Bambini, tutt'intorno a lei. Tantissimi» proseguì. «Le vuole far sapere di non preoccuparsi, perché tutto andrà come deve. Vuole che lei sappia che non ha nulla da temere. Le manda i saluti di suo padre, che è in pace, là dove si trova. E anche di suo zio.» Continuò a parlare di Lydia, dei suoi bei capelli e di tutto il bene che aveva fatto alla gente nel corso della sua lunga vita.

A un certo punto, Seppi si schiarì la gola. Trovava che Engilbert si stesse dilungando, perciò gli fece segno di tagliare corto: si era raccomandato di non perdere tempo in casa di quella donna, perché dopo la seduta aveva un appuntamento.

«Lydia dice che lì c'è uno straniero.»

«Uno straniero?» chiese la donna.

«C'è un uomo, che però non si fa avanti perché è troppo timido, ma Lydia dice che lei lo conosce bene» continuò Engilbert. «È giovane e porta un'uniforme.»

A quella notizia, la cliente ebbe un lieve sussulto. Lo fissò.

Seppi aveva scoperto – per puro caso – che negli anni della guerra la donna aveva avuto una relazione con un soldato britannico. Una sua conoscente, che aveva lavorato come cameriera al White Star, ricordava di averla vista spesso a braccetto con un militare. I due erano frequentatori abituali del locale, e la cameriera aveva confermato a Seppi che si trattava proprio di quella donna, e gli aveva raccontato che il soldato era morto in Europa verso la fine della guerra, lasciandola sola e disperata. Seppi aveva deciso di fare leva su questo amore perduto in gioventù. Si era accorto che il pagamento di una seduta spiritica tendeva a essere tanto più generoso quanto più dettagliate erano le informazioni date dal medium.

«È molto addolorato per il modo in cui si sono... concluse le cose» disse Engilbert, con un'espressione concentrata, come se si stesse sforzando di sintonizzarsi meglio con il mondo dell'etere. «Dice che nel periodo passato in Islanda è stato felice, perciò mi chiede di salutarla e di ringraziarla, per tutto quanto.»

La donna rifletté un istante. «Ma... è Trevor?» chiese, piacevolmente sorpresa.

«Non mi è dato di saperlo» rispose Engilbert, perdendo in parte la concentrazione. Sapeva che Seppi aveva fretta. «Lydia dice che quest'uomo se ne sta sulle sue, ma che la ricorda con molto affetto, e sa che lei sente la sua mancanza. Ha un nome che comincia per T, ma non vedo il resto, e neppure il cognome.»

«Aveva la passione delle... delle motociclette» disse la cliente. Pareva cominciare a sospettare che qualcosa non quadrasse.

«A quanto dice Lydia, è sempre stato innamorato di lei. Lydia ha l'impressione di sentire un rombo in sottofondo. Anzi, una serie di rombi sordi... come di una colonna di fanteria motorizzata.»

«Passeggiavamo insieme in riva al mare, verso Grótta» disse la donna, esitante, come per dare un'imbeccata agli spiriti.

«L'uomo parla di 'ore di delizia'. Secondo Lydia, sente la mancanza del tempo che passavate insieme.»

La donna spostò lo sguardo fra Seppi ed Engilbert. «Incredibile...»

«Eh, già... nelle sedute con Engilbert saltano fuori tantissime cose alle quali non sappiamo trovare una spiegazione» disse Seppi, simulando una servile ammirazione per il compare, e illudendosi che tutto stesse procedendo a gonfie vele. «Devo dire che qui c'è un contatto particolarmente buono, molto più del solito. Engilbert concorderà con me.»

«Che cosa significa questa storia?» disse la donna.

«Proseguiamo e vediamo che succede?»

«No, dico: come mai sta venendo fuori che io stavo con un soldato? Chi sarebbe quell'uomo?»

Seppi ripensò alla sua conoscente che faceva la cameriera al White Star.

«Mi state prendendo in giro?» chiese la donna in tono brusco, dato che nessuno le rispondeva.

«Non ci permetteremmo mai» disse Seppi, indignandosi per l'insinuazione.

«Nella mia vita non c'è mai stato nulla del genere.»

«In che senso?»

«Chi siete veramente, voi due?»

«Ma come? Lui è il medium Engilbert» disse Seppi, ma non poté fare a meno di notare che la donna aveva cambiato espressione, e che nel salotto si stavano addensando nubi di tempesta. «Ha tenuto centinaia di sedute, contatti con l'aldilà che hanno permesso a tante persone di comunicare con i loro cari...»

«Ma io non ho avuto niente a che fare con i soldati!» protestò la cliente. «Né negli anni della guerra, né dopo. Sono sempre stata contraria a questo tipo di relazioni. Anzi, non solo io, ma tutta la mia famiglia. Non avrei mai dato inizio a un rapporto del genere, neanche morta! Mi state facendo passare per una donna facile?»

«Ma se è stata lei a fornirci il nome di quell'uomo? E a parlare di motociclette...»

«Perché volevo vedere fino a che punto vi saresti spinti, quante altre scemenze avreste detto... E con questo mi avete risposto in modo esauriente. Siete venuti qui per prendervi gioco di me?» chiese la donna, incollerita.

Seppi capì di essersi messo nei guai. Engilbert, intanto, si era già riscosso dalla «semitrance».

«Siete davvero membri della Società di Studi Esoterici?» chiese la donna.

«Ma sì, naturalmente» rispose Seppi, cercando di salvare la faccia. «Può capitare una sovrapposizione di... be', che nella comunicazione con l'aldilà si scambino due defunti. Soprattutto se il contatto è forte come in questo caso. È un fenomeno noto e...»

«Io sarei più propensa a credere che sia un raggiro» continuò la donna, offesissima, alzandosi in piedi. «Mi state truffando? Ho motivo di telefonare alla polizia?»

«No, non penso che sia il caso» si affrettò a rispondere Seppi.

«Ah, no? Siamo sicuri?»

Engilbert aveva assistito a quello scambio di battute senza intervenire. Guardava di volta in volta Seppi o la cliente, ma non diceva una parola. La donna era sempre più persuasa che nel suo salotto fosse accaduto qualcosa di ben diverso da una seduta spiritica, e non c'era verso di convincerla del contrario. Ora li pregò di restituirle i soldi del pagamento, aggiungendo che era fermamente intenzionata a contattare la Società di Studi Esoterici per segnalare il loro comportamento. Avrebbero dovuto vergognarsi. Chiese se per loro fosse un'abitudine, raggirare le persone come lei. Non ottenendo risposta, minacciò ancora di rivolgersi alla polizia e di denunciarli, qualora non le avessero ridato il denaro. Seppi, comprendendo che le cose si stavano mettendo male, le restituì l'intera somma, ma con riluttanza, e aggiunse che era tutto un malinteso, un'incomprensione facilmente risolvibile, senza bisogno di coinvolgere le forze dell'ordine: la vedeva sempre più infuriata, e l'ultima cosa che desiderava era un intervento della polizia.

«Ma che stronza...» imprecò Seppi, mentre si allontanavano dalla casa. «Ah, grazie per non avermi aiutato, eh?» aggiunse, guardando il compare.

Engilbert prese di tasca una fiaschetta, lo guardò con aria stanca e gli ricordò che gli aveva detto che era ora di finirla, con quelle truffe. Era già capitata una seduta malriuscita, a casa di una coppia di anziani a Þingholt. «L'avevamo in pugno. Se non mi fossi messo a parlare di quel dannato soldato...» si lagnò. «Io te l'avevo detto, che era un argomento da non tirare fuori.»

«Che stronza» sibilò di nuovo Seppi. Si tappò una narice per soffiare fuori il muco dall'altra, poi si asciugò il naso con il dorso della mano, che ripulì nei pantaloni. «E ci è pure toccato ridarle i soldi!»

«Ma come mai hai tutta questa fretta?» gli chiese Engilbert, al momento di separarsi. «Dove devi andare?»

«Dal medico» rispose Seppi.

35

La sala d'attesa era piuttosto piccola, troppo per la gente che c'era. Seppi dovette mettersi in piedi con le spalle appoggiate al muro, perché tutti i posti a sedere erano occupati da mamme con bambini, giovani donne, anziani. Qualcuno aveva prenotato una visita, altri si erano presentati senza appuntamento, sperando che il dottore riuscisse a ritagliare qualche minuto fra un paziente e l'altro. Con tutto quell'affollamento, l'aria era viziata. Uno dei muri della sala aveva una finestra, che però non si poteva aprire. Alcune delle persone sedute conversavano sommessamente. Quelle rimaste in piedi, tra cui Seppi, se ne stavano in silenzio contro le pareti rivestite di legno, con lo sguardo fisso davanti a sé. C'era chi mostrava segni di febbre, chi mal d'orecchio, chi aveva una brutta tosse, chi un dolorino a un polmone.

Seppi fissava la porta dello studio, aspettando di vederla aprirsi. Avrebbe preferito arrivare prima, ed era ancora arrabbiato per il modo in cui si era conclusa la seduta spiritica. Ma la colpa era soltanto sua. Negli ultimi tempi era diventato disattento, prendeva per buona una fonte che poi si rivelava inattendibile. Certo, c'erano ancora volte in cui tutto filava liscio: qualche tempo prima, ad esempio, erano riusciti a spillare ingenti somme di denaro a una vedova – Stella – che aveva perso il figlio in un incidente. Seppi era andato al cimitero a cercare la tomba, e si era informato sulla vita della donna, scoprendo così che il ragazzino era stato un pianista in erba. Da un carillon aveva ricavato un piccolo strumento che produceva una nota simile a quella di una corda di pianoforte – un suono misero, impreciso, che però nella giusta atmosfera aveva sortito l'effetto desiderato – e la donna, al termine della seduta, aveva ricompensato lui ed Engilbert in modo straordinario.

Con un risultato del genere, Seppi non si aspettava certo di trovarsi alla porta il fratello della donna, che pretendeva di farsi restituire i soldi. L'uomo l'aveva minacciato e non lo lasciava più in pace: era già tornato diverse volte a importunarlo. Quel presuntuoso non tollerava che un piccolo delinquente come Seppi infangasse l'onore della sua famiglia. Sì, le parole che aveva usato erano proprio quelle. Parlava di « onore infangato » e di « malavita ». Perciò ora Seppi, per tenerlo buono, aveva bisogno di una certa somma di denaro. I soldi di Stella li aveva già sperperati con il gioco d'azzardo. E se anche li avesse avuti ancora in tasca, non glieli avrebbe certo restituiti. In fin dei conti, lui ed Engilbert non avevano fatto altro che regalarle un po' di felicità.

La porta dello studio si aprì. Ne uscì un giovane e alle sue spalle fece capolino il medico, che chiese chi fosse il prossimo della fila. Rimase un po' sorpreso nel vedere Seppi, il quale ne approfittò per farsi avanti e passare al suo fianco, infilandosi nello studio. Una donna con un bambino piccolo si alzò – era il suo turno – ma il dottore le fece cenno di attendere ancora un istante, rientrò e richiuse. Sulla porta c'era una targa d'ottone: DOTT. A.J. HEILMAN.

Seppi si sedette sul lettino e si mise a dondolare i piedi con noncuranza, guardandosi intorno come se non avesse avuto niente di meglio da fare che importunare il medico.

« Perché sei qui? » gli chiese il dottor Heilman, in tono rabbioso.

« Le foto pornografiche che ti ho procurato non sono bastate » disse Seppi.

« Ssst! » sibilò il medico, lanciando un'occhiata verso la porta. «Cosa cazzo vuoi da me?»

«Dovevi scattarne di tue.»

«Cosa vuoi?»

«È sempre bello venire a trovarti al lavoro» disse Seppi. Già altre volte era andato da lui per rifornirlo: riviste e pellicole pornografiche procurate da un suo amico che lavorava sulle navi per l'estero. Aveva un conoscente in polizia, soprannominato «san Nicola», che era stato a casa di Seppi a prelevare la sua quota di un carico di merce di contrabbando e, vedendo una pila di giornali porno, gli aveva detto che poteva fargli il nome di un possibile acquirente, qualora fosse stato interessato a venderli. Era stato così che Seppi era entrato in contatto con il dottor Heilman. Il medico l'aveva pagato profumatamente, perciò Seppi aveva continuato a rifornirlo senza fare domande. Ma poi si era ritrovato per le mani le fotografie della ragazzina.

«C'era proprio bisogno di presentarti qui? Non potevamo accordarci per un incontro altrove?» disse il medico, esasperato. «Non vedi quanto lavoro ho? Li hai visti anche tu, tutti quei pazienti in sala d'attesa. Non mi piace che tu venga a disturbarmi sul lavoro.»

«È che tutt'a un tratto mi è parso più sicuro venire a cercarti in ambulatorio, alla luce del giorno. Per una chiacchierata a due.»

«Ma io non capisco... Che discorsi fai?»

«Ho avuto notizie di un tuo amico, tale Luther, e di un suo compare. Tienili lontani da me, hai capito? Non voglio ritrovarmeli tra i piedi.»

«Luther? Cos'è che hai sentito di lui?»

«Che ti ha recuperato i gioielli.»

Lì per lì, il medico non afferrò il senso di quelle parole. Solo dopo qualche istante si rese conto che erano un'allusione al furto in casa sua. «Non capisco di cosa stai parlando» disse, tentando di dissimulare la sorpresa, senza però riuscirci granché.

Seppi smise di dondolare i piedi. «Ma sì che l'hai capito. Sto parlando delle cose che ti sono state rubate. Si dà il caso che io conosca i ladri. E non venire a dirmi che non c'è stato nessun furto. So tutto. E credo anche di conoscere il motivo per cui ti sei rivolto a Luther, anziché alla polizia.»

«Che vuoi dire?»

«Be', mi riferisco a queste cosine qui.» Seppi tirò fuori una delle fotografie che aveva avuto da Mikki, e gliela porse.

Il dottor Heilman la prese, la osservò, poi guardò in faccia Seppi. «Ce le hai tu?»

Seppi annuì.

«Devo riaverle» disse il medico.

Seppi rise. «Ah, su questo non ho dubbi. Si vede benissimo che sono state scattate in questo studio! È chiaro che il fotografo sei tu.»

«Le hai con te, in questo momento?» gli chiese il dottore.

«No, non le ho qui» rispose Seppi. «Mi hai preso per scemo?»

Il medico tacque.

«Certo che sei proprio un pervertito» continuò Seppi. «Da chi le fai sviluppare?»

«Questo non è affar tuo. Restituiscimele e basta.»

«Non è più divertente se vado in sala d'aspetto a mostrarle a tutta quella gente? Vuoi che lo faccia? Devo esibirle in pubblico? Non ci metto niente, sai? Esco da questa porta e le faccio girare tra i pazienti. Come la vedi, questa cosa?»

«Le sviluppo da solo» disse infine il medico. «Qui in ambulatorio. Quanto vuoi per ridarmele?»

«È lei, vero?»

«Quelle foto non doveva vederle nessuno!» protestò il dottor Heilman. «Le rivoglio. Sono mie. Quanto vuoi?»

«È lei, vero?» ripeté Seppi, indicando la ragazzina nella fotografia.

Il medico non rispose.

«Credi che io non sappia chi è?» disse Seppi. «Credi che io non sappia che fine ha fatto?»

«Quanto vuoi per quelle foto?»

«Io me la ricordo, l'ho vista a Þingholt» continuò Seppi. «E conosco quello stronzo del suo patrigno. È stato lui a portartela? Quanto l'hai pagato?»

Il dottore rimase in silenzio. Lo guardò fisso, sforzandosi di mantenere la calma.

«Vuoi vedere che non è stato un incidente?» disse Seppi. «Parlo della sua morte. Di quando è annegata nella Tjörnin.»

«Quanto vuoi per quelle foto?» chiese per l'ennesima volta il dottor Heilman.

«È stato un incidente?»

Il medico scosse la testa.

«Com'è che si chiamava?» chiese Seppi, fingendo di frugare nella memoria. Sapeva benissimo chi era quella ragazzina. «Aveva un nome corto…»

Il dottor Heilman era paonazzo.

«Nanna. Si chiamava così?» disse Seppi. «Abitava in un capanno Nissen, su a Þingholt. È lei, vero, quella con te nelle fotografie? È la ragazza che è annegata nella Tjörnin, ho ragione?»

36

Benóný era davanti alla casa, ma non vedeva l'auto da nessuna parte. Si fermò sul marciapiede. Tutto sembrava tranquillo. Probabilmente Stan era al lavoro: questo avrebbe spiegato l'assenza della macchina. Dunque Elísa era in casa da sola, a meno che non fosse uscita a fare la spesa. Era ancora mattina. Nel vicinato non si vedevano movimenti.

Andò a prendere la chiave del seminterrato dal solito nascondiglio, aprì la porta e cominciò a radunare gli attrezzi che aveva lasciato lì – un martello, cacciaviti e un trapano –, riponendoli nella sacca in pelle che aveva con sé: dopo la discussione che aveva avuto la sera prima con l'amico, il suo ingaggio era finito.

Tuttavia, non era venuto soltanto a recuperare i ferri del mestiere: era preoccupato per Elísa e voleva accertarsi che stesse bene, ecco perché sperava di trovarla in casa. Dopo aver riposto nella sacca tutti gli attrezzi, indugiò per qualche secondo nel seminterrato, poi, a passo esitante, salì la scala. In cima c'era la porta che dava sull'ingresso. Benóný tese l'orecchio, ma non sentì colpi di tosse, né gemiti, e quel silenzio non fece che accrescere la sua angoscia. Quella notte non aveva quasi chiuso occhio. Si era pentito di aver discusso con Stan: l'aveva fatto infuriare appena prima che tornasse da Elísa. Avrebbe dovuto usare la testa, trovare un altro modo per affrontare la questione.

Saggiò la maniglia. La porta non era chiusa a chiave. L'aprì e bisbigliò il nome di Elísa, ma non ebbe risposta. La chiamò nuovamente, stavolta a voce più alta, ma sembrava proprio che non fosse in casa. Benóný era incerto sul da farsi: aspettare che lei rientrasse, o comunque desse un segno della propria presenza? Aveva l'impressione che nell'abitazione non ci fosse nessuno, oltre a lui. Fece capolino in cucina e nella cameretta, dopodiché salì al piano superiore, senza sapere bene il perché.

Quando arrivò davanti alla porta della camera matrimoniale, vide Elísa stesa sul letto, sopra la coperta, con la testa sul cuscino. Notò immediatamente le tumefazioni al viso, e per un istante credette che fosse morta. Rimase impietrito sulla soglia finché non la vide muovere appena un braccio. Solo allora tirò un sospiro di sollievo. Poco dopo, lei aprì gli occhi e si accorse di lui.

«Ah, sei tu?» gli disse, come se la presenza di Benóný davanti alla porta della sua camera non l'avesse minimamente sorpresa. Sembrava ancora mezzo intontita dal sonno. «Mi sono appisolata...» disse, come per scusarsi. «Ho passato la notte in bianco.» Si levò a sedere ed emise un gemito: era tutta dolorante, sia in viso, sia nel corpo.

«Sono venuto solo a recuperare i miei attrezzi» disse Benóný. «Non volevo disturbarti. Ieri sera ho provato a parlare con Stan, ma vedo che se l'è presa con te. Ti ha picchiata subito dopo che è rientrato in casa? Ho fatto una scemenza, ho soltanto peggiorato le cose.»

Lei girò la testa così che lui poté vedere meglio il risultato delle botte. «Non è colpa tua, Benóný. Tu hai solo cercato di aiutarmi. Non darti questi pensieri.»

«Dovevo portarti via.»

«Mi ha picchiata e poi se n'è andato» disse Elísa. «Credevo che avrebbe continuato fino ad ammazzarmi e invece... è uscito, come se niente fosse. Ha preso due o tre cambi di vestiti, lo spazzolino da denti e il rasoio, poi è salito in macchina ed è partito. Non so neanche dove sia, adesso. Non si è più fatto sentire.»

«Cos'hai qui, sul collo?» chiese Benóný, notando una riga rossa sulla gola di Elísa e qualche macchiolina di sangue sui vestiti. «Aveva un coltello? Ti ha ferita?»

«Gli ho confessato che tenevo uno sfilettatore nascosto sotto il materasso» disse lei. «E gli ho detto che ero prontissima a usarlo. Ho avuto l'impressione che fosse un po' sorpreso all'idea che io avessi davvero pensato di accoltellarlo nel sonno. Tutt'a un tratto ho smesso di avere paura di lui, e credo che se ne sia accorto.» Raccontò a Benóný tutto ciò che era avvenuto la sera prima. Era stato strano, quasi irreale. Finalmente aveva trovato il coraggio di opporsi a Stanley, e lui, per la prima volta da quando vivevano insieme, era stato incapace d'imporsi su di lei. Elísa ne era sbalordita, non sapeva spiegarsi quel cedimento da parte di suo marito. Era rimasta sveglia per tutta la notte, aspettandosi di vederlo tornare a casa da un momento all'altro, ancora più incattivito di prima. Ma lui non si era fatto vivo, e al mattino lei era crollata. «Avrà dormito in albergo» disse, ma dal tono sembrava che la ritenesse un'ipotesi assurda. «Fra l'altro, stamattina si sarà dovuto presentare al lavoro, non penso proprio che si sia assentato.»

«Che bastardo...» disse Benóný, sedendosi sul bordo del letto accanto a lei. «Non lo avrei mai creduto capace di una cosa del genere. Voglio dire, siamo amici da tempo... chi andava a pensare che fosse un mostro?»

«Speriamo che si sia pentito, una buona volta» disse Elísa. «Guarda come mi ha conciata. Faccio spavento, vero?»

«Scusami. Preferisci che vada?» chiese Benóný. «Non volevo disturbarti. Anzi, non volevo neppure salire. È solo che avevo bisogno di sapere come stavi... se fosse tutto a posto.»

«No, resta seduto qui con me per un po'» disse Elísa. «Sono ancora stordita da tutto quello che è successo. Ho telefonato in campagna, mi manca tantissimo Lóla. Le ho detto che fra non molto potrà tornare a casa, e che andrà tutto bene, ma non so se mi abbia creduto. Mi veniva da piangere. Alla fine è stata lei a cercare di consolare me, ha una tale forza d'animo...»

Benóný la prese fra le braccia. «Però è vero, che andrà tutto bene. Per lei non ci saranno più problemi. Hai fatto la cosa giusta, l'unica possibile.»

«Tu credi?»

«Dovresti parlare con qualcuno delle forze dell'ordine» suggerì Benóný. «Così almeno la polizia saprà che razza di marito hai. Sai, se succedesse qualcosa... Cioè, voglio dire, adesso se n'è andato, ma non è detto che sia finita qui.»

Elísa lo guardò e gli prese una mano. «Non so come avrei fatto, se non ci fossi stato tu. Se ho finalmente trovato il coraggio di tenergli testa, è anche grazie a te. È bello avere qualcuno con cui poter parlare di queste cose. Rendermi conto che la colpa di tutto questo non è mia. Che non sono sola. Che ho qualcuno su cui contare.»

«Ma è ovvio, che la colpa non sia tua» disse Benóný. «E tu non fai mai spavento.»

Elísa lo guardò, sorrise e gli baciò la mano. Poi posò le labbra sulle sue. Lo sentì esitante, timido, ma anche dolce, nel momento in cui cominciò a ricambiare il suo bacio. Benóný si mosse lentamente e la baciò con tenerezza. Prima sulla guancia dolorante. Poi sulla ferita lasciata dalla lama. Infine di nuovo sulle labbra, fin nelle loro più minuscole pieghe. Elísa gli si aggrappò come se non volesse più lasciarlo, e quando si stese insieme a lui sentì riaccendersi un desiderio che era rimasto sopito per tanto tempo.

37

Konráð aveva la testa altrove, quando rientrò ad Árbær. Era ancora turbato dall'incontro con Pálmi. Aprendo la porta di casa, trovò sul pavimento dell'ingresso la posta che era stata infilata nella fessura per le lettere. Tra i volantini e gli opuscoli, c'era una busta marrone. La guardò distrattamente, ma non vide francobolli né timbri. Anzi, non c'era neppure l'indirizzo o il nome del destinatario. Scambiandola per la solita pubblicità, la gettò sul tavolo della cucina insieme a tutto il resto. In effetti ormai la sua posta, a eccezione delle bollette, era costituita solo da dépliant promozionali, chiaramente calibrati su un pubblico anziano: l'ultimo ritrovato in fatto di apparecchi acustici, o la nuova pastiglia miracolosa contro le minzioni notturne troppo frequenti.

Lungo la strada aveva fatto tappa in un supermercato per una piccola spesa, e dato che nelle vicinanze c'era uno spaccio di vini e liquori aveva fatto un salto pure lì, per prendere alcune bottiglie di Dead Arm. Ora le ripose e si preparò qualcosa da mangiare. Intanto ascoltò il radiogiornale e provò a telefonare a Húgó, di nuovo senza successo. Era preoccupato per via del colloquio che aveva avuto con Pálmi in quel locale, e avrebbe voluto chiamare anche lui per invitarlo ancora una volta alla discrezione: gli aveva raccontato quelle cose in via del tutto confidenziale e sentiva il bisogno di sincerarsi che non venissero divulgate. E invece alla fine si addormentò davanti a un telefilm poliziesco scandinavo.

Si svegliò di soprassalto nel sentire uno squillo ripetuto.

Impiegò qualche istante a trovare il cellulare – l'aveva lasciato in cucina – ma provò sollievo nel vedere sul display il nome di Húgó.

«Ciao!» gli disse in tono affettuoso.

«Ho visto che hai provato a chiamarmi» rispose Húgó, asciutto.

«Sì, avevo voglia di riprendere il discorso con te» disse Konráð. «Non mi è piaciuto come ci siamo lasciati. Sarebbe bello poterne parlare.»

«Ah, certo, tu sei libero di fare come ti pare per anni, a suon di bugie e tradimenti, però dopo 'sarebbe bello poterne parlare', mi pare logico.»

«Húgó...»

«E soprattutto comodo. Per te.»

«Non ho mai detto di essere perfetto.»

Húgó fece un risolino beffardo. «Non hai mai detto nemmeno di avere tradito la mamma per anni.»

Konráð non sapeva come rispondergli. Era avvilito, perché capiva che suo figlio era ancora in collera, aveva perso ogni fiducia in lui, addirittura lo disprezzava. «Voglio essere sincero con te, Húgó. È da tanto tempo che mi tormento, proprio per via delle cose che ho combinato. Ormai le ho fatte e i sensi di colpa mi tocca tenermeli. Adesso mi dirai: 'La fai facile tu, a parlare così', però non lo è, e peggio di così non potrei stare. Sta di fatto che queste sono faccende che riguardavano me e tua madre.»

«E Svanhildur?»

«Non la frequento più, se è questo che vuoi sapere» rispose Konráð. «E già da tanti anni. Ho troncato appena si è ammalata la mamma. L'altro giorno sono andato a trovarla, ma lei mi ha sbattuto la porta in faccia. Come vedi, sto diventando bravo a farmi odiare dalla gente.»

Húgó, all'altro capo della linea, non disse nulla.

Tacque anche Konráð, e il silenzio durò a lungo. Il salotto

era illuminato dai bagliori del telefilm poliziesco scandinavo. Konráð aveva cercato di seguire la trama, ma non ci aveva capito nulla. Rimase lì in piedi, con il telefono in mano, per un tempo indefinibile. «E i gemellini come stanno?» gli chiese poi, nel tentativo di passare a un argomento più piacevole, ma non ebbe risposta. «Húgó? Pronto, ci sei?»

Húgó aveva riattaccato di punto in bianco.

Konráð fece per richiamarlo, ma si trattenne: era giusto lasciargli il suo tempo. Se non altro, stavolta, era stato suo figlio a telefonare ed era già un buon segno. Si sarebbero parlati più a lungo la prossima volta.

Gli venne in mente Svanhildur. Era il caso di chiamarla? Aspettandosi un altro rifiuto, decise di non farlo: la città era piena di gente che gli sbatteva la porta – o il telefono – in faccia, o lo mollava in un bar interrompendo a metà una conversazione, e per quel giorno era abbastanza.

Andò in cucina a prendere una delle bottiglie di Dead Arm.

Solo un bicchierino, prima di mettersi a letto. I *cigarillos* li aveva finiti. Era stata Erna a fargli scoprire quel rosso australiano e a spiegargli l'origine del nome. Il «braccio morto» era un tralcio secco: l'eutipiosi – una malattia della vite – ne colpiva il legno, facendo morire lentamente una metà della pianta e favorendo così una maggiore resa dell'altra metà. Si pensava che fosse proprio questo a rendere particolarmente corposo il vino che se ne ricavava. In questa meraviglia della natura, Erna aveva visto un parallelo con il marito.

Già che era in cucina, Konráð passò in rassegna la posta che aveva lasciato sul tavolo e notò il volantino pubblicitario di una riunione di quartiere del Partito dell'Indipendenza. Tra gli oratori c'era addirittura il vicepresidente. Poi c'era un avviso della società del teleriscaldamento, che l'indomani avrebbe chiuso le tubature per un intervento di manutenzione. Un negozio di biancheria annunciava i saldi di fine stagione. Infine, la busta marrone. Era chiusa con cura, e Konráð non aveva voglia di posare il bicchiere per strapparla, perciò fece per gettarla nella carta straccia insieme al resto. Ma all'ultimo momento, vinto dalla curiosità, decise di guardare cosa c'era dentro. L'aprì e ne rovesciò il contenuto sul tavolo: una manciata di pagine fotocopiate, su una delle quali era attaccato un post-it giallo con un messaggio lapidario.

Scusa, vecchio mio. L

Non era pubblicità. Konráð capì all'istante chi era il mittente, ma non sapeva proprio indovinare il motivo per cui glieli aveva mandati, soprattutto considerando il tenore del loro ultimo incontro. Anche la richiesta di perdono era inspiegabile. Forse Leó si stava ammorbidendo con l'età? Oppure era l'effetto dell'alcol? A Konráð non risultava che il vecchio collega si fosse mai scusato in tutta la sua vita. Anzi, al contrario, si era spesso dimostrato un ipocrita, con la tendenza a dire una cosa e farne un'altra. Quando Konráð era entrato in polizia, aveva imparato presto a non fidarsi di lui. Eppure Leó nei suoi momenti migliori sapeva essere un ottimo collega. Certo, era bugiardo e disonesto, ma Konráð non se ne crucciava più di tanto: aveva già molta esperienza di persone di quel genere e sapeva bene come gestirle. Tuttavia, questo imponeva compromessi ai quali non sempre era disposto a scendere, sapendo che potevano costare cari.

Prese in mano i fogli e vide che erano elenchi di membri della massoneria. Recavano il simbolo della squadra e del compasso, e l'annotazione *1961-1962*. Riportavano soltanto i nomi in ordine alfabetico, senza altri dati: né data di nascita, né indirizzo, né professione, né grado massonico. Soltanto le indicazioni delle due annate, scritte a penna in testa al primo foglio. Dunque, alla fine, Leó aveva fornito a Konráð le informazioni che gli aveva chiesto.

«Accidenti a te...» mormorò Konráð, quando se ne rese conto.

Scorse con lo sguardo l'elenco. Non impiegò molto a individuare Haukur e, poco sotto, Henning, che aveva sostenuto di non essere mai stato massone. A parte loro, non pareva esserci nessun altro che lui conoscesse. Tuttavia c'era un nome di cui si ricordava bene, e che saltava all'occhio perché – a differenza degli altri – era seguito da un cognome, anziché da un patronimico. Lo scorse con il dito, come per assicurarsi che fosse davvero lì, nero su bianco.

Anton J. Heilman.

38

Dopo una brevissima dormita, si svegliò allo squillo del campanello, seguito da violenti colpi alla porta. Impiegò qualche istante a riscuotersi del tutto dal sonno e a individuare la fonte di quel baccano. Si alzò su gambe malferme, indossò la vestaglia, raggiunse l'ingresso e aprì. Davanti a lui c'erano due uomini che non aveva mai visto. Avevano un'espressione grave. Uno di loro gli chiese se fosse Konráð Jósepsson e, recitando la formula di rito, lo pregò di seguirli alla centrale di polizia di Hverfisgata per un interrogatorio. L'altro, al suo fianco, rimase in silenzio. L'uomo che aveva parlato mise in chiaro che erano della polizia investigativa. Dimostravano all'incirca la stessa età, e sicuramente erano stati assunti dopo che lui era andato in pensione.

Konráð chiese loro il motivo della visita. Non si aspettava di ritrovarsi la polizia alla porta, tantomeno di dover essere portato in Hverfisgata come un delinquente. Gli risposero che non erano autorizzati a comunicargli il motivo della convocazione: avevano soltanto il compito di scortarlo fino alla centrale. Allora Konráð domandò se fosse davvero una questione che non si poteva risolvere lì, ma entrambi i poliziotti scossero la testa.

«Che ore sono?» chiese Konráð. «Non è un po' presto?»

Il poliziotto gli comunicò l'ora e gli consigliò di rivolgersi ad altri qualora avesse avuto rimostranze sugli orari degli interrogatori.

Konráð non poté fare a meno di ammirarlo per la mancanza di senso dell'umorismo. «Avete intenzione di ammanettarmi?»

L'uomo scosse la testa.

Konráð rientrò in camera e, ancora intontito dal sonno, cominciò a cercare qualcosa da mettersi addosso. Intanto pensò che poteva trattarsi di uno scherzo di Marta. Addirittura si domandò se quella incresciosa situazione non fosse sorta da un'indagine in cui la polizia, per un motivo o per un altro, aveva bisogno del suo aiuto. Non gli venivano in mente altre spiegazioni. Solo quando salì a bordo dell'autocivetta insieme ai due poliziotti, con la mente un po' più sveglia e le idee più chiare, cominciò a ripensare al colloquio avuto con Pálmi il giorno prima.

Lo condussero in centro, senza dire una parola lungo il tragitto, parcheggiarono sul retro della centrale e lo accompagnarono nello stesso corridoio che aveva percorso tante altre volte, fino all'ufficio di uno dei commissari della polizia investigativa. Attese a lungo in compagnia di uno dei due agenti che erano andati a prelevarlo e non provò neppure ad avviare una conversazione. Dopo un po', la porta si aprì ed entrò il commissario, che salutò Konráð e disse all'agente che poteva andare.

«Cos'è questa buffonata?» chiese Konráð, mentre l'uomo si sedeva alla scrivania di fronte a lui. «Non si poteva sbrigare tutto per telefono?»

«No, data la gravità della questione» gli rispose il commissario.

Konráð non lo conosceva bene, non aveva mai lavorato con lui, ma ricordava di averlo incrociato di tanto in tanto in un'altra divisione di polizia. Evidentemente qualcuno aveva deciso di non affidare il caso a persone che potessero trattarlo con un occhio di riguardo. Non occorreva nemmeno troppo sforzo per evitare questo genere di favoritismi: quasi tutti i vecchi colleghi con cui Konráð aveva avuto buoni rapporti erano ormai passati ad altre sezioni della polizia, oppure erano andati in pensione.

«Dov'è Marta?» chiese. «Posso parlare con lei?»

«È in ferie» rispose il commissario. A Konráð pareva di ricordare che si chiamasse Valdimar, e che avesse fatto carriera piuttosto rapidamente grazie alla sua diligenza sul lavoro e al suo contributo in diverse indagini su reati finanziari, in seguito alla crisi del 2008.

«In ferie?»

«Per la verità, è stata sospesa dal servizio. Fino a data da destinarsi.» Valdimar si portò il pollice alle labbra, lasciando intendere un problema di alcolismo. «Ti dispiace se registriamo questo colloquio?» chiese, tirando fuori un microfono.

Konráð rispose che non era contrario. «Da quanto va avanti?» domandò. «Le ho parlato appena qualche giorno fa...»

«Forse è meglio se lo chiedi direttamente a lei. Io, francamente, non so niente di più di quello che ti ho detto» replicò Valdimar, accendendo il microfono. «Scusa se ti abbiamo fatto prelevare così, con tutto questo clamore, ma abbiamo preferito attenerci alle procedure canoniche, perché sai, sei un ex poliziotto e non vogliamo dare adito a sospetti di favoritismi, non so se mi spiego. Soprattutto considerando la natura del caso, che ti tocca in prima persona...»

«In che senso 'favoritismi'? Ma si può sapere che sta succedendo? Venite a prendermi a casa... E poi, scusa, ma quale caso?»

«Quello di tuo padre» rispose Valdimar. «Lo so, sono passati tanti anni, ma i casi come quello non hanno una data di scadenza: l'indagine può essere sospesa, ma resta comunque aperta. Perciò, se vengono alla luce nuovi elementi, abbiamo il dovere di prenderli in considerazione. E questo, ovviamente, vale anche per l'omicidio di tuo padre.»

«Quali elementi?» chiese Konráð.

«Informazioni su di te» disse Valdimar. «Abbiamo ricevuto una nuova segnalazione dall'ex collega che all'epoca aveva la responsabilità dell'indagine...»

«Pálmi?»

«Sì. Sostiene che tu abbia reso falsa testimonianza, e che di recente gliel'abbia confessato. Questa tua 'produzione di dichiarazioni mendaci' – per usare la definizione formale – pone l'indagine in una luce del tutto diversa e impone un riesame del caso. O, più precisamente, della tua implicazione nel caso. Hai capito tutto quello che ho detto?»

«Certo che ho capito. È solo che non ho idea di cosa possa aver dichiarato Pálmi.»

«Ci sono due elementi che destano sospetti. Uno è l'ordine cronologico degli eventi, in particolare il momento in cui hai ricevuto certe informazioni piuttosto delicate, che riguardano tuo padre, Jósep P. Grímsson, e tua sorella, Elísabet Jósepsdóttir. Informazioni riguardo a una situazione d'incesto e di violenza sessuale su minori. Il secondo elemento, invece, è come si è svolto l'ultimo incontro fra te e tuo padre. Tu hai sempre negato di essere stato al corrente di quegli abusi, nel momento in cui l'hai visto per l'ultima volta, come pure di essere venuto alle mani con lui proprio a causa di quelle informazioni. Ma ora Pálmi sostiene che tu abbia ammesso davanti a lui di aver mentito. Dice che dopo esserne venuto a conoscenza sei montato su tutte le furie, hai aggredito tuo padre e poi te ne sei andato.»

«Evidentemente ha capito male» rispose Konráð.

«Lui afferma – e non senza ragione – che, se sei stato in grado di mentire per tutto questo tempo su quelle due questioni, potrebbero essere false tutte le tue dichiarazioni in proposito, incluso il fatto che tu non abbia rivisto tuo padre quella sera, e che dunque tra voi non ci sia mai stata una discussione accesa, con tanto di colluttazione, conclusasi nel modo che sappiamo.»

«Già, ma io non ho mai dichiarato nulla del genere. Direi

che Pálmi ha qualche problema di memoria. Non farei mai certe affermazioni, men che meno a lui. Riflettici: se questa storia fosse vera, andrei a raccontarla proprio all'uomo che all'epoca era a capo dell'indagine?»

«Pálmi ha anche detto che avresti negato, facendo figurare che si è inventato tutto.»

«È la sua parola contro la mia.»

«La questione non è così semplice...»

«Non sto cercando di farlo passare per bugiardo» disse Konráð, senza ben sapere come cavarsi d'impaccio. «Pensavo che noi fossimo amici, non capisco proprio perché si comporti così. È tutto un malinteso. Mi ha proposto un incontro in un locale, ci siamo seduti a un tavolo e ci siamo messi a parlare del più e del meno. Ogni tanto vado a fargli visita – là dove abita, verso Keflavík – e andiamo sempre d'accordo. Quindi capirai che non vorrei mai parlarne male. Però, sai, il fatto è che gli anni passano anche per lui, e ultimamente trovo che l'età gli abbia un po' annebbiato il cervello. Lo vedo... disorientato, non so se mi spiego. E penso che il malinteso sia imputabile a questo. Avrò detto qualcosa che lui ha frainteso, tutto qui.»

«Lui la pensa diversamente» disse Valdimar. «E ha preso le sue contromisure.»

Konráð non capì. «Contromisure?»

«Ci ha inviato per e-mail questo file.» Valdimar si voltò verso il computer sulla scrivania. «L'ho salvato qui, da qualche parte...»

Konráð seguì con lo sguardo i suoi movimenti e si sforzò di non cambiare espressione: all'improvviso gli era tornato in mente il modo frettoloso in cui Pálmi aveva posto fine al loro incontro in quel locale. Sostenendo di avere appuntamento con la figlia, aveva tirato fuori il cellulare per vedere che ora fosse e aveva detto che ormai sarebbe arrivato in ritardo. Ma ora, osservando Valdimar che spulciava tra i file scaricati dalla posta elettronica, capì che Pálmi non aveva affatto guardato l'orologio: aveva controllato che lo smartphone stesse ancora registrando la loro conversazione. Ed ecco la conferma ai suoi sospetti: dal computer di Valdimar sentì la propria voce che salutava Pálmi e si lamentava delle ondate di turisti che avevano invaso il centro città.

«Cos'è che 'non stavi cercando di fare'?» gli chiese Valdimar. «Di 'farlo passare per bugiardo'?»

«Ma che faccia di...» borbottò Konráð.

«Lo vedi... 'disorientato', ricordo bene? Pensa che invece è stato così lucido da registrare la vostra conversazione, proprio perché prevedeva che avresti negato di aver fatto certe ammissioni, o di avergli anche soltanto detto 'ciao', o addirittura di averlo mai conosciuto in vita tua.»

Konráð non sapeva come rispondere.

«Vuoi ancora sostenere di non aver detto nulla?» gli chiese Valdimar.

Konráð tacque.

Valdimar si sporse in avanti. «Come ci si sente?»

«A far che?» chiese Konráð.

«A stare seduti dall'altro lato della scrivania, inchiodati da tutte le prove.»

39

Konráð era impietrito, ma cercò di mostrarsi impassibile per tutta la durata della registrazione. Alla fine, Valdimar gli rivolse uno sguardo interrogativo e lui scrollò le spalle, come se ciò che avevano appena sentito non avesse la minima importanza. Disse che era assurdo accanirsi su di lui dopo tutti quegli anni. Era stato lui stesso a indagare sull'omicidio di suo padre negli ultimi mesi, e ne erano testimoni i suoi parenti, la sua amica Eygló e lo stesso Pálmi. Okay, durante gli interrogatori a cui era stato sottoposto all'epoca aveva omesso dei dettagli, ma la cosa era irrilevante, visto che il suo alibi reggeva.

«Hai commesso reato di falsa testimonianza e per giunta adesso veniamo al corrente di fatti che potrebbero costituire un ottimo movente» disse Valdimar. «Io sarei portato a ritenere che la cosa meriti perlomeno un approfondimento. Non sei anche tu di questo avviso?»

«No, non ne vedo il motivo» rispose Konráð.

«I testimoni che avevano confermato il tuo alibi sono schiattati, giusto?»

Konráð trovava assai indelicata la scelta di quel verbo, ma si guardò bene dal farlo notare a Valdimar. «Sì, sono morti entrambi» rispose. «Il primo una trentina d'anni fa, il secondo circa dieci. Ma già da tempo avevo smesso di frequentarli. Erano diventati degli alcolisti. Da ragazzi eravamo sempre insieme, poi le nostre strade si sono divise.»

«Pálmi dice che non erano proprio i testimoni più affidabili con cui aveva parlato nel corso dell'indagine» riprese Valdimar. «Sì, eri stato visto insieme a loro in un locale, appena prima dell'ora dell'omicidio, ma *non esattamente nello stesso momento* in cui tuo padre veniva aggredito.»

«Inezie. I dettagli che emergono da quell'audio non hanno alcun valore.»

«Non sono inezie, Konráð. Lo sai benissimo.» Valdimar indicò lo schermo del computer. «Qui si tratta della successione cronologica degli eventi: il momento in cui sei venuto al corrente di certi fatti, il tuo stato d'animo nelle ore successive, infine l'omicidio di tuo padre. Questi sono elementi importantissimi. Sono informazioni nuove, e molto significative. Pálmi ha fatto bene a fornircele.»

«Io, invece, dico che sono tutte scemenze» rispose Konráð.

«E hai il diritto di affermarlo, ma noi la pensiamo diversamente, e voglio augurarmi che sarai disposto a collaborare.»

«Altrimenti?»

Valdimar ebbe un'esitazione.

«Mi fai mettere in custodia cautelare o qualcosa del genere?» chiese Konráð.

A quelle parole seguì un lungo silenzio, come se Valdimar stesse seriamente valutando l'opportunità di farlo rinchiudere in cella. «Non ci sono gli estremi» disse infine. «Non c'è un rischio effettivo di inquinamento di prove da parte tua, perciò dubito che si possa trovare un giudice incline a disporre una custodia cautelare. Tuttavia riapriremo il caso, alla luce di queste nuove informazioni, perciò puoi aspettarti di ricevere un'altra visita da parte nostra o di essere convocato qui. Hai in programma viaggi all'estero, nell'immediato futuro?»

«Vuoi mettermi sotto divieto di espatrio?»

«Sì, se sarà necessario. Konráð, noi prendiamo questo caso con la massima serietà, soprattutto perché coinvolge una persona che ha lavorato con noi per tanti anni. Se la cosa trapelasse, la gente potrebbe accusarci di favoritismo. Perciò, se non ti dispiace, vorrei che tu facessi subito una dichiarazione formale riguardo agli elementi appena emersi. Ovviamente hai il diritto di richiedere la presenza di un avvocato.»

«Non ce n'è bisogno» rispose Konráð.

E così si ritrovò ancora una volta sotto interrogatorio per l'omicidio di suo padre. Molte domande erano le stesse che gli erano state poste decenni prima. Altre, invece, erano nuove. A tutte, Konráð cercò di rispondere quanto meglio poteva. Ammise che le dichiarazioni da lui rilasciate durante gli interrogatori precedenti non erano del tutto veritiere e che gli eventi si erano svolti in un ordine diverso da quello descritto da lui all'epoca. Allora, si era reso conto che una parte della vicenda, pur non riguardando strettamente l'omicidio, l'avrebbe messo in cattiva luce davanti agli inquirenti. Disse che aveva saputo delle violenze sessuali nei confronti di Beta soltanto quando gliene aveva parlato sua madre, poco prima che suo padre venisse ucciso. Ammise di essere andato di corsa da lui e di aver avuto una discussione molto accesa, nella quale erano addirittura venuti alle mani, ma affermò che la cosa era finita lì. Sì, in cuor suo era stato tentato di mandarlo all'altro mondo, ma non lo aveva fatto.

Valdimar continuò a fargli domande sulla precedente falsa testimonianza e sullo stato d'animo in cui si era trovato quando era tornato a casa dopo l'incontro con sua madre. In particolare gli chiese se quella condizione mentale, presumibilmente durata per tutto il giorno, avesse potuto annebbiare la sua capacità di giudizio. Come Konráð prevedeva – essendosi già trovato in passato nello stesso frangente –, a un certo punto l'interrogatorio cominciò a vertere su sua madre. Valdimar gli pose numerose domande su di lei e sul suo rapporto con il marito. Infine gli chiese se, secondo lui, potesse essere in qualche modo implicata nell'omicidio. E Konráð, come aveva sempre fatto, negò con decisione.

L'interrogatorio si concluse con le stesse domande alle quali Konráð aveva dovuto rispondere molte altre volte: «Sei stato tu a uccidere tuo padre?, Hai avuto un ruolo nel suo omicidio?, Conosci qualcuno che avrebbe voluto fargli del male?» Alcune di esse furono particolarmente offensive.

«E tua madre?»

«Mia madre cosa?»

«Era d'accordo?»

«In che senso?»

«Avete pianificato di uccidere Jósep P. Grímsson?»

«No.»

«È questo il motivo per cui era venuta a Reykjavík?»

«No.»

«L'idea è maturata nel corso del vostro incontro di quel giorno? Ha preso forma quando lei ti ha raccontato degli abusi sessuali su tua sorella?»

«No.»

«Ritieni possibile che a uccidere tuo padre sia stata Sigurlaug?»

«Lo escludo nel modo più assoluto.»

«Sei stato tu?»

«No.»

«Che effetto ti ha fatto quella notizia su tua sorella?»

«Mi ha provocato molta rabbia.»

«Fino a quel momento non avevi saputo nulla?»

«Mai.»

«Per quale motivo?»

«Perché nessuno me ne aveva mai parlato.»

«Dopo averlo saputo, hai visto tuo padre in una luce diversa?»

«Sì.»

«Come mai nei precedenti interrogatori hai taciuto tutte queste informazioni?»

«Le giudicavo irrilevanti.»

«Dopo che ne sei venuto a conoscenza, c'è stata una lite?»

«Sì.»

«Si può dire che provassi odio verso tuo padre?»

«Forse... non so.»

«Per quale motivo non l'hai detto durante gli interrogatori del 1963?»

«Pensavo che non avesse importanza.»

«Sei stato tu a uccidere tuo padre?»

«No.»

«L'hai fatto tu, al posto di tua madre?»

«No.»

Dopodiché, l'interrogatorio si concluse. Konráð si aspettava che nel frattempo la notizia della sua presenza in Hverfisgata si fosse sparsa per tutta la centrale. Mentre camminava verso l'uscita, ebbe l'impressione che chiunque lo incrociasse gli rivolgesse occhiatacce o sorrisetti. Magari era soltanto la sua immaginazione. O almeno, così sperava.

Lo riaccompagnarono a casa con un'autocivetta. Per tutto il tragitto non disse una parola. Appena ebbe varcato la soglia e richiuso la porta, telefonò a Pálmi. Il vecchio amico gli rispose dopo parecchi squilli.

«Dovevi proprio?» gli chiese Konráð, senza preamboli.

«Ti hanno già parlato?» disse Pálmi.

«Parlato? Mi hanno messo sotto interrogatorio! Pensano che l'assassino sia io!» sbottò Konráð, in collera.

«E secondo te non dovrebbero?»

«Ma cosa ti è venuto in mente? Mi ero illuso che le cose di cui ti avevo parlato restassero fra noi.»

«Konráð, in queste faccende non esiste riservatezza, e tu lo sai. Ho ritenuto giusto riportare a chi di dovere il contenuto del nostro colloquio. E francamente non credo che la cosa possa nuocerti: ammettere la verità ti farà bene. »

« Hai una vaga idea del guaio in cui mi hai cacciato? »

« Ah, non dare la colpa a me. Sei stato tu a rilasciare una falsa testimonianza. Arriva sempre il momento in cui i nodi vengono al pettine. Ci sono rimasto molto male, quando hai confessato di avermi raccontato balle per tutti questi anni. Per me è stato davvero un brutto colpo. »

« Ti sei messo in testa che l'assassino sia io? »

« Non so neanch'io cosa pensare » disse Pálmi.

« Scriamente, credi che abbia ucciso mio padre? Che abbia pianificato il suo omicidio con mia madre? »

« Non lo so, Konráð. Davvero, non so più cosa dire. Tu, tua madre, un debitore di tuo padre... Lo sai come vanno queste cose. Hai mentito alla polizia in un'indagine su un delitto. Che idea dovrei farmene, secondo te? Dimmelo tu! Cosa dovremmo pensare? »

40

Benóný, steso a letto, ascoltava il respiro calmo di Elísa, profondamente addormentata accanto a lui. All'improvviso udì un rumore dal seminterrato. Si levò a sedere, drizzando le orecchie. Si alzò piano per non svegliarla, prese i pantaloni e la maglia, e a passo felpato raggiunse la scala. Prima di scendere, si vestì in silenzio. La porta che dall'ingresso conduceva al seminterrato era aperta, dunque il rumore poteva essere stato prodotto da qualcuno che era sceso di sotto. La prima spiegazione che gli venne in mente fu che Stan fosse rincasato, ma non aveva paura di affrontarlo. Anzi, non vedeva l'ora di dargli una bella lezione.

Tuttavia, non si sentiva del tutto a suo agio mentre oltrepassava l'ingresso e scendeva lentamente la scala di legno. Uno dei gradini scricchiolò, e Benóný si fermò. Dalla lavanderia proveniva un odore di fumo. Riprese a scendere e vide con sollievo che l'uomo nel seminterrato – seduto su uno sgabello, di spalle, con una sigaretta in mano – era Mikki. Rilassò i muscoli e gli chiese cosa fosse venuto a fare.

Mikki ebbe un sussulto: perso nei suoi pensieri, non l'aveva sentito arrivare. «Ah, ma allora ci sei! Ti stavo cercando. Dov'eri? Di sopra?» Si alzò dallo sgabello.

«Cosa ti è successo?» gli chiese Benóný nel vederlo così malconcio, con l'occhio pesto e il labbro gonfio.

«Non ci vanno leggeri, quei bastardi» rispose Mikki.

«Chi?»

«Gli amici del proprietario della villa che abbiamo svaligiato. Sono stati loro a ridurmi così» disse Mikki, indicandosi il viso. Gettò sul pavimento il mozzicone della sigaretta, lo spense schiacciandolo con un piede e riferì a Benóný dei suoi affari con il gioielliere, nonché del brutto incontro con Luther e con il compare, i quali lo credevano ancora in possesso delle foto pornografiche rubate in casa del dottore. Erano molto interessati a riaverle, dicendosi perfino disposti a pagarle.

«Ma che fine hanno fatto, quelle foto?» gli chiese Benóný.

«Le ho date a Seppi. Lui dice di averle buttate via, ma io non sono tanto convinto.»

«Pensi che ti abbia raccontato una balla?»

«A questo punto non importa» disse Mikki. «Stasera mi vedo con Luther. Ho detto al gioielliere di far sapere a quei due che ho ancora alcune foto, e che voglio venderle. Mi accompagni? Ah, a proposito: hai notizie di Tommi? Sarebbe meglio se ci fosse anche lui.»

«Ma perché ci tengono tanto a riavere quelle foto? È solo pornografia.»

«Non 'solo', a quanto pare.»

«Le hai qui con te?»

«No, né qui, né altrove. Ho solo *detto* di averle, per convincerli a fissare l'incontro. Appena arrivano li gonfiamo di botte, poi andiamo dal dottore e gli tiriamo il collo come a una gallina. Io non mi faccio trattare in quel modo. Non mi faccio mettere i piedi in testa da nessuno!» Mikki si stava scaldando. Vedendo Benóný fargli segno di non alzare la voce, chiese: «C'è qualcuno in casa?»

Benóný annuì.

«E tu... da dove sei arrivato?» gli chiese Mikki, alzando lo sguardo verso il soffitto. «Chi c'è di sopra? Elísa?»

Benóný non rispose, ma il suo imbarazzo era palese.

Mikki non riuscì a trattenere un sogghigno. «Ci vai a letto?»

«È complicato...» balbettò Benóný.
«Cosa ci sarà mai di complicato? Avete una storia? Eri di sopra con lei...»
«Vuole divorziare» disse Benóný. «Stan è andato via di casa. Cioè, almeno per qualche giorno. Non so come finirà e ti raccomando di tenere il becco chiuso. Intesi? Acqua in bocca. Anche perché è una faccenda che non ti riguarda.»
Mikki era sbalordito. Il suo sorriso si allargò. «Siete rimasti insieme tutta la notte?»
«Acqua in bocca» ripeté Benóný.
«Roba da non credersi» disse Mikki. «Ma... adesso? Stanotte? Qui, in casa sua?»
«Non è come pensi» disse Benóný. «Non è stato... Non è come credi.»
«Io non credo proprio niente: io *so* che l'americano è uno stronzo. Ho visto come la tratta. E voi che intenzioni avete?»
«Non lo so. È una cosa recente... Finalmente Elísa ha trovato il coraggio di reagire e lui se n'è andato, però non so per quanto tempo.»
«Buon per lei» disse Mikki. «Però, dicevo: mi accompagni? Devo solo rintracciare Tommi, dopodiché possiamo andare da quel Luther a dargli un sacco di botte. D'accordo? Poi andiamo dal dottore e diamo una bella strapazzata anche a lui. Che ne dici? Così imparano, quelle teste di cazzo! Non la passeranno liscia!»

Dopo che Mikki se ne fu andato, Benóný tornò al piano superiore. Nel frattempo, Elísa si era alzata e si stava vestendo. Gli chiese chi fosse entrato in casa, aveva sentito dei rumori dal seminterrato. Era spaventata, perciò Benóný si affrettò a rassicurarla dicendole che non era suo marito: era Mikki, era venuto a parlare con lui e se n'era già andato. Elísa si tranquillizzò, ma il suo sguardo preoccupato non sfuggì a

Benóný. Ammise che, dopo lo scontro della sera precedente, era impaurita all'idea di restare da sola. Sì, era riuscita a mandare via Stan, ma le liti con lui non erano certo finite, e l'eventualità che ritornasse da un momento all'altro la innervosiva.

«Vieni a casa mia» le propose Benóný.

«Già, così viene a cercarmi lì» disse lei. «Questa storia non è finita. Me lo sento. Vorrei tanto che lo fosse, ma è soltanto l'inizio.»

Entrambi sussultarono nel sentire il telefono che squillava, come in risposta ai loro timori. Si scambiarono uno sguardo, poi Elísa scese di sotto: l'apparecchio era nell'ingresso, su un piccolo tavolino.

«Pronto?» disse, ma la cornetta taceva. Poco dopo udì uno scatto, seguito dal segnale di linea.

Riattaccò, ma non ebbe neppure il tempo di rialzare lo sguardo, che già il telefono aveva ripreso a squillare. Ne fissò la superficie nera in bachelite. Il trillo era penetrante, imperioso.

Benóný, affacciandosi sulla scala, le chiese se preferisse che fosse lui a rispondere.

Finalmente gli squilli cessarono, ed Elísa tirò un sospiro di sollievo.

Ma poi il telefono suonò di nuovo. Il trillo era ancora più penetrante. Ancora più imperioso.

Dopo tre squilli, Elísa sollevò la cornetta. «Pronto?»

Nessuna risposta.

«Pronto? Chi parla?»

Ancora silenzio.

«Pronto?» tentò lei per la terza volta, rivolgendo a Benóný uno sguardo interrogativo.

«Riattacca» le bisbigliò lui, a voce talmente bassa che Elísa lo udì a malapena. Non voleva che la persona dall'altra parte sentisse che in casa c'era anche lui. «Non rispondere più.»

Ma Elísa si premette più forte la cornetta all'orecchio. Le pareva di sentire un respiro all'altro capo della linea. «Sei tu?» chiese.

Nessuna risposta.

«Riaggancia» bisbigliò nuovamente Benóný.

«Chi c'è lì con te?» disse una voce al telefono. Una voce che lei riconobbe all'istante.

«Perché mi hai chiamato?» domandò.

«È Benóný?»

«Cosa vuoi?» disse Elísa.

«Ci sei andata a letto, vero?»

«Guarda che riattacco.»

«Non credere che la cosa finisca qui!» le disse suo marito. «Non illuderti di poter...»

Elísa non udì la conclusione della frase, perché riagganciò. Pochi secondi dopo, quando il telefono riprese a squillare, Benóný sollevò la cornetta e la riabbassò immediatamente, per interrompere la linea. Poi la risollevò e la posò sul tavolino. E così, l'apparecchio tacque.

41

Konráð fermò l'auto nel parcheggio di Litla-Hraun e contemplò il vecchio carcere. Ci era stato molte altre volte ma, a differenza di adesso, mai per ragioni personali. Presentarsi in quel posto per conto proprio, durante l'orario di visita, era tutt'altra cosa che comparirvi in veste professionale, per interrogare un detenuto – in custodia cautelare o in reclusione – implicato in un caso di competenza della polizia. Si sentiva quasi fuori posto, quando bussò alla porta del Palazzo 2, dove si trovava il parlatorio in cui i visitatori potevano conferire con i carcerati.

Il detenuto accettò la visita senza protestare. Konráð si aspettava di trovare una certa resistenza e invece l'uomo non aveva nulla in contrario a incontrarlo. Evidentemente non veniva mai nessuno a trovarlo, perciò il fatto che qualcuno mostrasse interesse per lui gli appariva come una gradita interruzione della monotonia carceraria. Konráð non l'aveva più visto dopo il processo, quando l'uomo era stato condotto fuori dalla sala del tribunale regionale con una condanna a sedici anni di reclusione, poi confermata dalla Corte Suprema.

Ora il detenuto si trovava a Litla-Hraun da due anni. Konráð, parlando con un secondino che conosceva da tempo, venne a sapere che l'uomo non si era ancora ambientato, anzi, se la passava male e occorreva sorvegliarlo costantemente, affinché non si facesse del male da solo o non venisse aggredito dagli altri carcerati. Cosa, quest'ultima, da cui era particolarmente difficile proteggerlo, perché era odiato a morte, come tutti quelli come lui. Era ossessionato dall'igiene, e teneva la propria cella come un reparto di quarantena: sempre pulitissima e profumata di detersivo. Konráð gli aveva salvato la vita. L'uomo, al volante del suo suv, aveva percorso a velocità folle la Sóleyjargata e all'incrocio con Skothúsvegur aveva perso il controllo del veicolo, ribaltandosi nella Tjörnin e finendo intrappolato nell'abitacolo. Konráð, che l'aveva inseguito in auto, si era gettato in acqua, gli aveva sganciato la cintura di sicurezza e l'aveva trascinato fuori appena in tempo. L'uomo non l'aveva mai ringraziato per averlo salvato da morte certa, ma Konráð immaginava che avesse le sue ragioni.

Il secondino che aveva accolto Konráð nel Palazzo 2 era, appunto, una sua vecchia conoscenza, perciò la perquisizione di rito – necessaria per assicurarsi che i visitatori non introducessero armi o droga – fu sommaria. L'unica cosa che voleva sapere era il motivo della visita. Konráð disse di essere venuto per questioni personali, e non riguardanti la polizia dato che ormai era in pensione, ma decise di non rivelare la vera ragione: s'inventò che aveva intenzione di scrivere un libro di memorie sulla sua carriera, ma rimase sul vago, preferendo non sbottonarsi troppo. Il secondino, senza che Konráð glielo chiedesse, gli confidò a bassa voce che l'uomo era sotto sorveglianza: anche se negli ultimi giorni sembrava più tranquillo, poco tempo prima aveva tentato il suicidio nella sua cella. Senza scendere nei dettagli, lo condusse al parlatorio. Konráð si sedette a sfogliare una rivista, mentre le guardie andavano a prelevare il detenuto.

L'attesa fu lunga, e Konráð era sul punto di alzarsi per chiamare qualcuno, quando udì un rumore di passi nel corridoio. Finalmente la porta si aprì e l'uomo fece il suo ingresso nel parlatorio, accompagnato dal secondino. Si salutarono con una stretta di mano. Dall'ultima volta in cui si erano visti, era cambiato molto: era pallido, quasi avvizzito, le spalle si erano incurvate e il corpo sembrava essersi rimpicciolito. Il volto era grigio, scavato e inespressivo, e i capelli erano scoloriti. Di lui Konráð ricordava soprattutto gli occhi, che una volta erano infossati e sormontati da folte sopracciglia, gelidi e spenti, in sintonia con il resto del viso; ora che era smagrito, erano più sporgenti. La voce era malferma, rauca, a tratti interrotta dal sibilo del respiro: un altro carcerato gli aveva rotto il naso, e la lesione non era stata curata a dovere.

«Vi lascio soli» disse il secondino. Poi si rivolse a Konráð. «Se hai bisogno di qualcosa, fammi un fischio.»

Konráð annuì e lo ringraziò.

«Questa è la prima visita che ricevo» disse l'uomo, sedendosi al tavolo di fronte a Konráð. Era in camicia e pantaloni, e portava un paio di pantofole che a ogni passo schiaffeggiavano il pavimento.

«E io ti ringrazio per averla accettata» rispose Konráð.

«Sono spariti subito, tutti quanti. Parenti, amici, colleghi. Volatilizzati, dal primo all'ultimo. Non mi hanno più cercato, non ci hanno neppure provato. E qui dentro, nessuno mi rivolge la parola. Quindi... be', diciamo che questa visita spezza un po' la monotonia.»

«Ti aspettavi un comportamento diverso, da parte di quelle persone?» gli chiese Konráð.

«No, non direi» ammise lui. «Ma tanto è tutta gente che non capisce niente. E sia chiaro, la mia non è una lamentela. È solo che le cose stanno così.» Abbozzò un sorriso, ma subito lo spense, rendendosi conto dell'insensatezza di quel gesto. Un tempo era stato un uomo di bella presenza, dal portamento elegante, fiero, a suo agio in qualunque luogo e circostanza. Istruito, con una posizione di responsabilità. Sicuro di sé, al limite dell'arroganza. Poi si era scoperto che aveva violentato una ragazzina e che, per nasconderlo, l'aveva uccisa.

Allora, Konráð era stato ingaggiato per rintracciare una

giovane di nome Danní. A dargli quell'incarico era stata la famiglia di lei: la nonna della ragazza era un'amica di Erna e Konráð non aveva avuto cuore di rifiutare la sua richiesta di aiuto. Danní era orfana di entrambi i genitori, perciò era cresciuta con i nonni, ma era caduta nella tossicodipendenza ed era diventata un corriere della droga. Poco tempo dopo, era stata trovata in un seminterrato, morta per overdose. Erano tanti – troppi – i giovani che perdevano la vita in quel modo, perciò in un primo momento la sua morte era stata considerata come l'ennesimo caso di quel genere. Ma poi si era scoperto che la ragazza aveva intenzione di rivelare, su uno di quei siti internet che raccolgono testimonianze di donne violentate, gli abusi sessuali subiti dal prozio. Avrebbe fatto il suo nome, raccontando di tutte le volte in cui l'aveva stuprata, fin da quando era bambina. All'inizio aveva pensato di ricattarlo, chiedendogli denaro in cambio del suo silenzio, ma poi aveva deciso di accusarlo pubblicamente. A quel punto, lui le aveva chiuso la bocca una volta per tutte, inscenando che la ragazza avesse esagerato con una dose. Sapeva bene come fare, essendo un medico.

«Sei qui per parlare di Danní?» chiese stancamente il detenuto, guardandosi intorno nel parlatorio. Non era mai entrato in quella stanza, prima. Il suo sguardo era spento, indifferente. «Per quale motivo hai chiesto quest'incontro?»

«Non per via di Danní, no» rispose Konráð. «Quello è un caso chiuso.»

«Non vorrai dirmi che la tua è una visita di cortesia?» disse l'uomo.

«Hai sempre voluto fare il medico?» gli chiese Konráð.

«In effetti sì. Ma che domanda è?»

«Mah, così, per parlare del più e del meno...»

L'uomo scoppiò a ridere. «Cioè, sei venuto qui per parlare del più e del meno?»

Konráð sorrise.

«Sono cresciuto in una famiglia di medici» disse il detenuto, a titolo di spiegazione.

«Dunque sono stati i tuoi genitori a spingerti a studiare Medicina?»

«Forse. Ma non vedo in che modo la questione ti riguardi.»

«Tuo padre?»

«Mio padre? Che c'entra lui?»

«Era medico, come te.»

«Certo.»

«E ti ha spinto a iscriverti alla facoltà di Medicina?»

«Come dicevo, non è una questione che ti riguardi.»

«Lo ammiravi?»

«Ma perché mi fai queste domande? Se lo ammiravo? Che discorsi sono?»

«Lo ammiravi?» insisté Konráð.

«Sì, allo stesso modo in cui qualunque figlio ammira suo padre, immagino. Tu ammiravi il tuo?»

«Ti ha fatto anche da maestro?» chiese Konráð. «Da guida?»

Lì per lì, l'uomo non rispose.

«Ti ha trasmesso soltanto la passione per la Medicina o anche qualcos'altro?» gli chiese Konráð.

«Anche molte altre cose. Com'è normale, del resto. Senti, sto cominciando a stancarmi. Questa nostra chiacchierata ha uno scopo preciso?»

«Che cosa ti ha trasmesso?»

«Mi ha insegnato a pescare le trote...»

«Ti ha mostrato in che modo trattava le ragazzine?»

L'uomo cominciò a capire dove Konráð voleva andare a parare. Lo fissò a lungo. «Quindi sei qui per parlare della ragazzina annegata nella Tjörnin. Quante altre volte dobbiamo ripetere la stessa conversazione? Mio padre non c'entra niente.»

«L'aveva violentata. E messa incinta. Non aveva tutti i motivi per sbarazzarsi di lei?»

«Tu non hai idea di come sia morta. Non lo sa nessuno.»

«Ma è quello che tu hai fatto a Danní non appena è diventata una persona scomoda, no?»

«Basta, mi sono stufato» sbottò l'uomo, guardando la porta. «Possiamo richiamare il secondino?»

«Tuo padre era la tua figura di riferimento, no?»

Il detenuto scosse la testa.

«Tu ti chiami Gústaf Antonsson. Una volta avevi anche un cognome, ma ci hai rinunciato, così come ha fatto tuo fratello.»

«Già.»

«Non ti piaceva chiamarti Gústaf Heilman?»

«I cognomi non ci piacciono. E anche questa è una cosa che mi hai già chiesto. Comunque, rinunciare al cognome non è certo un reato.»

«Non sarà stato, piuttosto, un modo per disconoscere vostro padre?»

«No.»

«Volevate prendere le distanze da lui?»

«No.»

«Vi aveva fatto del male?»

«No.»

«Sei sicuro?»

«Sì.»

«Aveva molestato sessualmente anche te?»

«No.»

«Aveva molestato sessualmente tuo fratello?»

«Queste sono domande che mi hai già fatto» ripeté il detenuto. «Non hai argomenti nuovi? Le facevo più piacevoli, queste visite dall'esterno. Anzi, ero quasi ansioso di vederti, se proprio devo essere sincero. Sai, in questa solitudine... La tua psicologia spicciola da sbirro in pensione potrebbe anche essere uno spasso, se non fosse così semplicistica e puerile.»

«Tuo padre ha abusato di una ragazzina. Anni dopo, tu hai fatto lo stesso. Non verrai a dirmi che non c'è nessuna correlazione fra le due cose.»

«Tu non ti sei mai preso la briga di conseguire un'istruzione adeguata, vero?»

«Molestava solo te, e lasciava in pace l'altro figlio? O il contrario?»

«Magari non gli piacevano i maschi» sibilò Gústaf. «Non ti è venuto in mente, eh? Se tu avessi un minimo di sale in zucca, non faresti certe domande idiote.»

«Quindi tu sapevi di tuo padre. Sapevi della ragazzina che aveva violentato.»

«La visita finisce qui.» L'uomo si alzò, andò alla porta e vi batté ripetutamente il pugno, facendo un gran baccano e chiamando ad alta voce il secondino.

Si alzò anche Konráð. «Tu sapevi della ragazzina annegata nella Tjörnin?»

La porta del parlatorio si aprì e sulla soglia apparve il secondino. «Cosa sta succedendo qui?» chiese, guardando prima l'uno e poi l'altro. «C'è qualche problema?»

«Voglio tornare in cella» disse Gústaf.

«Non vorrai darmi a bere di non averne saputo niente» insisté Konráð. «Sei sempre stato al corrente di quello che faceva tuo padre, vero? Era uno stupratore di ragazzine, esattamente come te, e faceva di tutto perché non lo scoprissero. E tu hai imparato da lui. È questa, l'altra 'arte' in cui Anton Heilman ti ha fatto da maestro. Ti ha insegnato come nascondere certe cose.»

Gústaf stava già uscendo dal parlatorio.

«Però non è questo il motivo per cui sono venuto a cercarti!» gli gridò dietro Konráð.

Gústaf si fermò nel corridoio.

«La questione di cui volevo parlarti è completamente diversa e riguarda l'omicidio di mio padre.»

42

Gústaf ebbe una breve esitazione, poi si rivolse al secondino e gli disse qualcosa che Konráð non colse. Dopodiché rientrò nel parlatorio. Il secondino annuì, richiuse la porta e si allontanò lungo il corridoio. Gústaf si appoggiò allo stipite e chiese a Konráð: «Qual è il vero motivo di questa visita, allora?»

«Prima dimmi se sapevi di tuo padre» insisté Konráð, che non si era ancora arreso del tutto. «Eri al corrente delle cose che faceva?» All'epoca in cui era stato incaricato di indagare sul caso di Danní, aveva scoperto che Anton Heilman, il padre di Gústaf, aveva avuto vicende simili a quelle del figlio: anche lui medico, all'inizio degli anni Sessanta aveva violentato una ragazzina che viveva in uno dei capanni Nissen di una zona abbandonata dalle forze di occupazione. La ragazzina era poi stata ritrovata annegata nella Tjörnin. C'era il sospetto che nella sua morte fosse implicato il dottor Heilman, ma non era stato possibile trovare prove concrete del suo coinvolgimento. Negli atti dell'epoca non risultava il suo nome – né il fatto che la ragazzina fosse incinta – dal momento che non era stata avanzata un'ipotesi di reato. Tuttavia, a un recente esame del dna condotto sui resti della giovane vittima era risultato che il padre del bambino era proprio Anton Heilman, perciò Konráð aveva ritenuto verosimile che il medico si fosse sbarazzato di lei.

Gústaf aveva sempre sostenuto di essere all'oscuro di quelle tendenze del padre – e dunque anche della vicenda della ragazzina – e tuttora non sembrava intenzionato a ritrattare. «Non sapevo proprio niente, io!» ribadì. «Te l'ho già detto mille volte. Ora basta con queste scemenze, e dimmi come mai sei venuto a trovarmi. Cosa vuoi sapere davvero? Cosa ti serve?» chiese di nuovo, tornando a sedersi.

«Hai mai sentito tuo padre parlare di un uomo di nome Jósep P. Grímsson?» domandò Konráð.

Gústaf ci rifletté. «Jósep P. Grímsson? Sarebbe tuo padre?»

«Detto Seppi. Magari l'hai sentito nominare.»

Gústaf ebbe un'esitazione. «Non mi pare. Cos'avrebbe combinato, questo Seppi?»

Konráð gli raccontò brevemente dei reati minori commessi da suo padre e gli spiegò che, insieme a un complice, organizzava sedute spiritiche fasulle, facendosi pagare profumatamente. In seguito a una di queste sedute, due uomini si erano presentati alla porta di Seppi, minacciandolo e pretendendo la restituzione del denaro. Si trattava di una somma piuttosto consistente, ma suo padre aveva garantito che l'avrebbe restituita, lasciando intendere di essere in attesa di un certo pagamento da parte di un uomo, forse un medico. Konráð aveva motivo di credere che quel pagamento fosse frutto di un ricatto.

«Un medico? Sarebbe a dire che Seppi avrebbe estorto soldi a mio padre?» chiese Gústaf.

«Hai mai sentito qualcosa del genere?» chiese Konráð.

«Cioè, stai dicendo che questo Seppi aveva informazioni compromettenti su mio padre e cercava di guadagnarci?»

«Può darsi che in qualche modo fosse venuto a sapere dei suoi rapporti con la ragazzina morta» disse Konráð. «Insomma, di quello che le aveva fatto. Magari le loro strade si sono incrociate proprio per questo. Sì, io e te abbiamo in comune il fatto di aver avuto un padre pedofilo. Mia madre se n'è andata di casa insieme a mia sorella nel momento in cui la vera natura di Seppi è venuta fuori.»

«Io non ho mai detto che mio padre fosse un pedofilo» protestò Gústaf. «Sai, tanto per mettere le cose in chiaro. Tu fai pure tutte le insinuazioni che vuoi. Io non ne so niente.»

«E va bene.»

«Quindi questa storia ti riguarda personalmente? Perché non me l'hai detto subito? Ma... mi parlavi di un omicidio? Quest'uomo – Seppi... tuo padre – è stato ucciso?»

«È stato accoltellato in Skúlagata, più o meno nello stesso periodo in cui sosteneva che avrebbe ricevuto il denaro da quell'uomo che, a quanto diceva lui, era un medico.»

Gústaf impiegò qualche istante a fare due più due. «E tu pensi che l'assassino sia mio padre?»

«Non lo so.» Konráð esitò. «A dire il vero, in Hverfisgata cominciano a credere che sia io» disse, sforzandosi di sorridere. «Parlo della polizia investigativa, naturalmente. Sapresti immaginare come avrebbe reagito Anton Heilman a un tentativo di ricatto? Sempre che sia avvenuto, beninteso. Le mie sono solo congetture. Non ho in mano niente che possa avvalorare quest'ipotesi.»

Gústaf scosse la testa. «Non sono a conoscenza di nessun ricatto e non ho idea di come avrebbe reagito mio padre.»

«Quando sei stato arrestato abbiamo parlato del fatto che tuo padre avesse lavorato anche al sanatorio di Vífilsstaðir, e che tra i suoi pazienti ci fosse un certo Luther. Ma tu mi hai detto di non ricordare questo nome.»

«No, non ho idea di chi fosse quel tizio» confermò Gústaf.

«È possibile che sia stato visto nelle vicinanze della Tjörnin quando la ragazzina è annegata.»

«Sì, mi avete già fatto domande su di lui, ma io non so proprio chi fosse.»

«La cosa strana è che non sappiamo che fine abbia fatto, questo Luther» proseguì Konráð. «C'è un certificato di nascita e c'è la sua cartella clinica di Vífilsstaðir del 1957

– firmata dal dottor Heilman – nella quale si parla di una tubercolosi ossea che l'aveva reso zoppo. Pare che ormai fosse di casa, al sanatorio. Sappiamo che all'epoca dell'avvistamento nei pressi della Tjörnin aveva circa cinquant'anni, e che dall'inizio degli anni Sessanta risultava domiciliato in casa della sorella, ma le informazioni su di lui finiscono qui. Non è mai stato trovato un atto di decesso. Non ha mai avuto guai con la polizia. Posso immaginare che dopo il ritrovamento del corpo della ragazzina se ne sia andato all'estero. Fatto sta che non è mai stato diramato un avviso di ricerca, né è mai stata denunciata la sua scomparsa. Di lui, non fregava niente a nessuno.»

Gústaf lo ascoltò in silenzio fino alla fine, poi chiese: «E la sorella?»

«È possibile che abbiano mantenuto i contatti» disse Konráð. «Tuttavia può anche darsi di no, magari non fregava niente neanche a lei. Ma non sappiamo nemmeno questo, è morta nel 1969. So che queste domande ti sono già state fatte molte volte, ma ti viene in mente qualcosa d'insolito che sia capitato alla tua famiglia in quel periodo? Un cambiamento d'umore di tuo padre? O di tua madre?»

«Io ti darò una mano, però devo andarmene da questo posto» lo interruppe all'improvviso Gústaf, come se avesse preso una sorta di decisione. «Non voglio più stare qui. E tu puoi aiutarmi.»

«Veramente no, non c'è niente che io possa fare» rispose Konráð, perplesso.

«Sicuro?»

«Sì, sono sicuro.»

«Non ti perquisiscono, vero?»

«Le guardie carcerarie? Certo che mi perquisiscono.»

«Ma un po' alla leggera, immagino» disse Gústaf. «Sei uno di loro, in fondo. Il secondino me l'ha detto, prima. Gli ho chiesto espressamente che rapporti ci fossero tra voi, perché mi era parso di capire che ti trattassero con un certo rispetto. Non ce li vedo, a perquisire da cima a fondo un poliziotto in pensione.»

Konráð gli rivolse uno sguardo interrogativo. Il colloquio stava prendendo una piega che non gli piaceva per nulla.

«Vorrei avere una via d'uscita. E fare le cose come si deve. Solo che mi tengono sotto stretta sorveglianza. La cosa migliore sarebbe se me ne andassi nel sonno.»

«Che intendi?»

«Tu sai che sono medico anestesista?»

«Sì.»

«Fra tutti i rami della Medicina, quello degli anestesisti detiene un primato. Sai qual è?»

«Quello della noia?»

«Quello della preferenza per il sonno» disse Gústaf, senza neppure l'ombra di un sorriso.

«In che senso? Cos'è, una battuta per gli addetti del settore?»

«Un fatto strano, ma pur sempre un fatto.»

«Scusa, ma proprio non ci arrivo. Preferenza per il sonno...?»

«Alludo a certe compresse che tengo in casa mia. Puoi andare a prendermele tu. Sono già debole di cuore, basterà un po' di fentanyl per sistemarmi una volta per tutte.» In silenzio e con un'espressione serissima, Gústaf scrutò il suo interlocutore che si sforzava di venire a capo di quel discorso.

Ci volle un po', ma alla fine Konráð capì cosa gli stava chiedendo il detenuto, e ci rimase di sasso. In vita sua non gli era mai capitato che qualcuno gli rivolgesse una supplica simile.

«Eppure la mia richiesta non dovrebbe coglierti così alla sprovvista» disse Gústaf. «È la stessa soluzione che ha scelto mio fratello.»

«Io non posso aiutarti a fare una cosa del genere» rispose

Konráð. «È fuori discussione. È assurdo. Portare di nascosto medicinali in carcere perché tu possa ucciderti!»

«Be', calma. Non è detto che finisca per forza così. È solo che vorrei poter avere questa opportunità» disse Gústaf. «Non so per certo che lo farò. Semplicemente, vorrei avere questa scappatoia. Potrei ricompensarti.»

«Ricompensarmi? Io non li voglio, i tuoi soldi!»

«E chi ha parlato di soldi?»

«Be', di cos'altro?»

«Forse non sono stato del tutto sincero, quando ho detto di non essere al corrente di nessuna delle cose di cui mi parlavi poco fa...»

«A proposito di Luther? O di mio padre?»

«Di alcune di quelle cose.»

«Quali?»

«Per esempio, potrei parlarti del furto nella villa.»

Gústaf tacque.

«Quale furto?» lo incalzò Konráð.

«Mia madre voleva sporgere denuncia, ma papà gliel'ha vietato categoricamente. Diceva che avrebbe fatto tutto da solo. Ci ha proibito perfino di parlarne in giro. Solo in seguito ho capito...»

«C'è stato un furto in casa vostra?»

«Rivoleva le fotografie. E chissà che non ci fosse di mezzo un certo Seppi...»

«Dimmi di più.»

Gústaf scosse la testa e disse che per il momento non aveva altre informazioni. Accennò di nuovo al farmaco che desiderava. Davanti allo sguardo sbalordito di Konráð, si alzò e disse: «Fammi questo favore, e la prossima volta sarò più loquace».

43

Sulla via del ritorno, per rinfrancarsi l'animo fece tappa da Eygló. La visita a Litla-Hraun l'aveva turbato. Durante il colloquio con Gústaf aveva tenuto il cellulare spento, e quando l'aveva riacceso aveva trovato una chiamata persa di Eygló. Perciò, prima di mettersi al volante per riattraversare la brughiera e tornare a Reykjavík, le aveva telefonato. Ormai si era inimicato tutti tranne lei, e aveva tirato un sospiro di sollievo quando, chiedendole se poteva passare a trovarla, si era sentito rispondere di sì.

Era stata lei, tempo addietro, a spingerlo a indagare sul caso di Nanna – la ragazzina trovata morta nella Tjörnin – e aveva avuto un ruolo importante nel portare alla luce il rapporto fra la vittima e Anton Heilman. Konráð aveva ben poca comprensione del soprannaturale, e non era minimamente interessato ad acquisirla, ma lei era riuscita a convincerlo a investigare raccontandogli che all'età di dodici anni, nei pressi della Tjörnin, aveva avuto una visione della ragazzina. Su questi argomenti avevano avuto molte discussioni, durante le quali Eygló aveva cercato di persuaderlo dell'esistenza di fenomeni che trascendono ciò che è visibile all'occhio umano. Konráð restava scettico, ma lei era riuscita a stuzzicare la sua curiosità. In passato, Eygló aveva provato a fare buon uso delle sue facoltà medianiche per aiutare gli altri, guadagnandosi così un certo rispetto in vari ambienti legati allo spiritismo. Tuttavia, accostarsi a persone in lutto, che si rivolgevano a lei per avere risposte e placare il dolore, si era rivelato più difficile del previsto.

Lungo il tragitto Konráð era assorto nei suoi pensieri, e non fece neppure caso alle altre vetture che percorrevano la strada. Stava riflettendo sulla proposta di Gústaf. Considerando la sua età e gli anni di reclusione a cui era stato condannato, quell'uomo aveva un'alta probabilità di restare a Litla-Hraun fino alla fine dei suoi giorni, e in Konráð aveva visto una speranza per abbreviare la sua lunga e penosa agonia. Ma la sua richiesta, piovuta come un fulmine a ciel sereno, era stata tanto sconcertante quanto inaspettata e Konráð era sconvolto. La cosa più giusta da fare sarebbe stata avvertire chi di dovere, e Konráð avrebbe potuto benissimo tornare a Litla-Hraun per spiegare alle autorità carcerarie che il detenuto aveva pensieri suicidi e stava cercando un modo per togliersi la vita. Qualunque persona dotata di buon senso avrebbe agito così, e l'avrebbe fatto anche Konráð, se la cosa non fosse stata in conflitto con il suo scopo. Gústaf gli aveva fatto capire che era in possesso di informazioni su suo padre. E aveva fissato il loro prezzo.

«Demonio d'un uomo...» mormorò Konráð tra sé e sé, mentre dal parabrezza vedeva avvicinarsi il mare di luci della città.

Non era la prima volta che si trovava in un frangente simile e cominciava ad avere la sensazione che il destino si divertisse a cacciarlo in situazioni complicate, costringendolo a dubitare di ciò che faceva o non faceva. Non c'era mai nulla di semplice. Mai nulla che fosse davvero come sembrava.

Sempre la stessa storia.

Ma a chi voleva raccontarla? La colpa era soprattutto sua, e lo sapeva. Non si sarebbe trovato alle prese con questo dilemma, se invece di mettersi al volante fosse andato dritto dal direttore del carcere segnalando le intenzioni di Gústaf. O se avesse usato il braccio sano, quando aveva cercato di afferrare Lúkas sul ciglio della scarpata. O se avesse detto fin da subito la verità a Húgó. O se avesse confessato a Erna il suo tradimento. O se non avesse mentito a Pálmi per tutti quegli anni. O se non si fosse mai buttato in quella relazione con Svanhildur. O se... se non avesse sempre messo al primo posto se stesso, pensando soltanto a ciò che gli faceva comodo a seconda del momento.

Mentre entrava in città, cercò d'immaginare cosa sarebbe accaduto se non avesse avvertito le autorità di Litla-Hraun delle intenzioni del detenuto. Con ogni probabilità, a Gústaf sarebbe bastato un pretesto qualunque per chiedere al suo avvocato di consegnare a Konráð le chiavi di casa sua. A quel punto, lui avrebbe potuto prelevare le compresse dall'armadietto dei medicinali e portarle di nascosto all'interno del carcere. Era davvero così disperato da prestarsi a un'azione del genere pur di scoprire qualcosa in più su suo padre e su Anton Heilman?

Gústaf aveva accennato al fratello, che era il nonno di Danní. Lui e la moglie avevano cresciuto la nipote, rimasta orfana, e sapevano che Gústaf abusava di lei, ma invece di denunciarlo – e portare la cosa all'attenzione pubblica – avevano preferito girarsi dall'altra parte e fare finta di nulla. Alla fine, chi ne aveva fatto le spese era stata Danní. Si era sentita tradita proprio dai suoi nonni, che avevano contribuito a privarla della giovinezza e a farla precipitare nella rovina. Il prozio l'aveva violentata ripetutamente e loro gliel'avevano fatta passare liscia. A loro interessava soltanto il buon nome della famiglia. Quando l'indagine di Konráð era giunta al termine, e tutta la verità era venuta a galla, il fratello di Gústaf era andato in una pensione sul Borgarfjörður, aveva preso una camera con bagno, aveva riempito la vasca e si era tagliato le vene dei polsi.

Eygló accolse Konráð nella sua casa di Fossvogur e notò subito la sua espressione turbata. Gli chiese se si sentisse bene. Konráð, con la mente ancora a Litla-Hraun, le spiegò che era andato a far visita a Gústaf e le riferì ciò che si erano detti, ma per il momento preferì omettere la parte riguardante il suicidio. Eygló conosceva bene la storia di Gústaf, di Danní, di Anton Heilman e di Nanna, la ragazzina dell'ex quartiere militare dello Skólavörðuholt, trovata morta nella Tjörnin nel 1961. Proprio grazie all'aiuto di Eygló – e di Beta, la sorella di Konráð – era stato possibile riesumare i resti di Nanna e ottenere conferma di ciò che le avevano fatto.

Konráð parlò a Eygló anche dei suoi rapporti con Pálmi, della confessione che l'ex collega aveva registrato e inviato alla polizia investigativa, e dell'interrogatorio che ne era seguito. Le disse che ora gli inquirenti mettevano in dubbio l'intera testimonianza che lui aveva rilasciato all'epoca, e che intendevano riesaminare la sua posizione all'interno dell'indagine, soprattutto il rapporto che aveva avuto con suo padre.

«Non penseranno che l'abbia ammazzato tu?» disse Eygló.

«Probabile. Intanto hanno deciso di riaprire il caso. Che cretino sono stato...»

«Ed è una cosa che ti preoccupa molto?»

«Più che altro è una seccatura» rispose Konráð. «Dopo tanti anni, mi ritrovo di nuovo sotto indagine. Pensano addirittura a un complotto fra me e mia madre, per uccidere mio padre. In che guaio mi sono cacciato! Credevo che fosse un capitolo chiuso, e invece...»

«Quindi ciò che ti turba è qualcos'altro.»

«Boh, non so...»

«Cos'è?»

«Niente.»

«È la visita a Gústaf?» insisté Eygló. «Prima, al telefono, ti ho sentito strano.»

Konráð era riluttante a risponderle.

«Cos'è successo?» chiese lei. «Cos'hai, Konráð?»

«Gústaf dice che può aiutarmi. Mi ha lasciato intendere che ha informazioni su suo padre... e sul mio.»

«Be', è interessante, no?»
Konráð esitava ancora.
«Non ti sembra interessante? Come mai?» chiese Eygló.
«Vuole qualcosa in cambio» rispose Konráð.
«In che senso? Cosa vuole?»
Konráð scosse la testa.
«Cosa vuole?» ripeté Eygló.
«Morire.»

44

Si era fatta sera, ed Elísa si sedette al tavolo della cucina con la pietanza che aveva scongelato in precedenza. Si sforzò di mandarne giù almeno qualche boccone, mentre ascoltava la radio. Non aveva molto appetito, ma si rendeva conto di aver bisogno di mangiare qualcosa. Versò il caffè, poi andò in soggiorno a prendere dal mobile bar qualcosa per correggerlo. Aggiunse un po' di liquore nella tazza. Ci pensò su, poi ne aggiunse ancora un goccio. Il radiogiornale, dopo un servizio su un tale che aveva battuto un primato di pesca, passò a parlare di una guerra che stava infuriando in qualche parte del mondo. Elísa non era particolarmente interessata alle notizie, in quel momento non pensava ad altro che a Benóný.

Le aveva detto che non sarebbe stato via a lungo, e quasi con imbarazzo aveva accennato a un non meglio specificato «favore» che aveva promesso a Mikki. Lei non gli aveva fatto domande. Aveva sentito la sua mancanza appena l'aveva visto uscire dalla porta.

Non sapeva individuare il momento preciso in cui aveva iniziato a provare per Benóný quei sentimenti, che ora trovavano sfogo in baci e altri gesti d'affetto, con un desiderio che cresceva di giorno in giorno. Erano nati gradualmente, senza che lei se ne rendesse conto. Non c'era stato un vero e proprio episodio scatenante: né quando lui aveva ascoltato le sue parole d'angoscia, proprio lì, in quella cucina, né la sera in cui aveva preso le sue parti davanti a Stan, fuori dalla porta di casa, e neppure il momento in cui tutte le sue emozioni si erano concretizzate in qualcosa che l'aveva colta di sorpresa, qualcosa di sfrenato e appassionato, che non avrebbe mai creduto di poter provare di nuovo.

L'inizio era stato molto prima, anche se non riusciva a fissarlo con precisione sul calendario. Di sicuro c'entravano i lavori nel seminterrato – che erano il motivo per cui Benóný aveva cominciato a frequentare pressoché quotidianamente casa sua –, ma lei conosceva già da tempo quell'uomo così riservato, che non imponeva la propria presenza a nessuno. In questo, era diversissimo da Stan. Anzi, forse era stata proprio la sua indole così schiva ad avere acceso l'interesse di Elísa: la timidezza che mostrava quando lei cercava di parlargli, quei suoi modi semplici e discreti, ma al tempo stesso gioviali e affabili. Riprendendo in esame l'evoluzione del loro rapporto, non era escluso che a destare la curiosità di Elísa fosse stato qualcosa di banale, di trascurabile, come un sorriso, un movimento delle mani, uno sguardo. Qualcosa che portava chiaramente il marchio della sua personalità, ma che restava velato, sottaciuto.

Forse il sentimento era rimasto a lungo sopito in lei e si era destato nel momento in cui Elísa si era resa conto di quanto Benóný fosse diverso da Stan. A un certo punto si era accorta di aspettare il suo arrivo con ansia. Si appostava alla finestra della cucina, dalla quale era possibile osservare il marciapiede, in modo da vederlo appena fosse entrato nella via. Al mattino teneva pronto il caffè per lui e per l'amico, e glielo portava giù. A volte, nei giorni in cui Benóný veniva al lavoro da solo, Elísa si tratteneva a parlare con lui del più e del meno. Notava il sorriso, gli occhi, il modo in cui lui affrontava i vari argomenti. Si godeva la sua presenza, come se le ore passate insieme fossero un balsamo per le ferite che suo marito le aveva inflitto.

Elísa si comportava così per provocare Stan? O per rivalersi e liberarsi da un matrimonio infelice? Suo marito continuava ad avvelenarle l'esistenza, e lei non aveva modo di contrastare la sua brutalità se non, forse, rubando qualche minuto con Benóný giù nel seminterrato. Non era stata forse lei ad accennare a Stan – così, con nonchalance – che l'operaio più adatto per i lavori di ampliamento della lavanderia fosse Benóný? Non era stata lei a piantare quel seme? Non era stata lei a tessere la rete in cui intrappolare Benóný? S'inventava ogni scusa per scendere nel seminterrato. Gli portava il caffè e i dolcetti. Sorrideva alle sue parole. Si intratteneva con lui.

Non aveva riflettuto a fondo sulle possibili conseguenze. Se all'inizio Benóný era stato un semplice pedone nella partita a scacchi contro suo marito, ora si era trasformato in qualcos'altro, qualcosa di più grande, di più serio del previsto. In fin dei conti, non era stato proprio il pensiero di lui a darle la forza di ribellarsi finalmente a Stan?

Quella mattina, quando si erano svegliati nello stesso letto, Elísa aveva scoperto tutte le carte: non voleva che tra lei e Benóný ci fossero segreti. Preferiva evitare che qualcosa di inconfessato, maturando nel tempo, desse origine a problemi. Aveva confessato di essere stata lei a proporre a Stan di ingaggiarlo per i lavori di ristrutturazione e di avere avuto quell'idea pensando soltanto ai propri interessi, senza rifletterci bene. Solo in seguito si era sentita attratta da lui e si era accorta di provare sentimenti che mettevano in secondo piano tutto il resto. Non l'aveva previsto.

Abbassò la radio. Le pareva di aver sentito dei passi di sotto, perciò tese l'orecchio. Non si aspettava che Benóný rientrasse così presto. Forse era Mikki? Dal rumore, sembrava che qualcuno stesse salendo la scala. O era soltanto la sua immaginazione? Si alzò, andò nell'ingresso e si mise in ascolto. La porta del seminterrato era chiusa. Elísa l'aprì e chiese: «Chi è?»

Nessuna risposta.

Ripeté la domanda, ma anche stavolta udì soltanto il silenzio.

Esitò, poi superò la soglia e si fermò in cima alla scala.

«Benóný, sei tu?»

45

Un vento gelido soffiava intorno ai capanni dei pescatori dell'Ægisíða. Non erano esattamente capolavori di architettura, solo baracche in lamiera ondulata che i piccoli pescatori usavano come depositi per le reti, le bacinelle e gli altri attrezzi necessari al lavoro. Lì accanto c'erano due barche capovolte, i remi erano appoggiati alla lamiera. Dall'altra parte delle baracche c'erano i trespoli per l'essiccazione del pesce, e qualcuno li aveva usati per appendere le proprie reti. Lì, sulla Grímsstaðavör, nel punto in cui venivano tirate in secca le imbarcazioni, c'era un argano arrugginito. La luna d'inverno fece capolino da dietro un banco di nuvole, facendo luccicare i binari di traino che scendevano fino al mare. Stava arrivando l'alta marea, che in poco tempo li avrebbe sommersi.

Benóný, accanto a una delle baracche, attendeva Mikki. Eppure l'amico avrebbe già dovuto essere lì. Si erano accordati per incontrarsi sulla Grímsstaðavör, perché era lì che Mikki aveva dato appuntamento all'uomo che l'aveva conciato per le feste. Voleva pareggiare i conti. Non vedeva l'ora di vendicarsi, e Benóný era pronto a dargli man forte, ma anche a impedirgli di esagerare, perché la violenza non gli piaceva. Vi ricorreva solo quando era necessario difendersi.

Guardò l'orologio che portava al polso. Avrebbe preferito di gran lunga restare con Elísa. Era preoccupato a saperla sola in casa, mentre il marito era ancora furibondo. La telefonata di quel giorno non gli era piaciuta. Sarebbe intervenuto, magari anche con qualche ceffone, se non avesse temuto di peggiorare le cose: Stanley già sospettava che Elísa lo tradisse con lui, e non era il caso di gettare benzina sul fuoco. Meglio sedersi a un tavolo, da uomo a uomo, e provare a farlo ragionare. L'ideale sarebbe stato un incontro dove Stan lavorava, perché si sarebbe visto costretto a tenere a bada il suo brutto carattere. Doveva accettare il fatto che il suo matrimonio fosse ormai naufragato, e farsene una ragione.

Benóný era rimasto sorpreso quando Elísa gli aveva confessato di essere stata lei ad avere l'idea di ingaggiarlo per i lavori nel seminterrato, e di aver scelto proprio lui perché sperava che l'aiutasse. D'altronde, stava passando un periodo difficile, perciò era naturale che cercasse di ricorrere a qualunque mezzo pur di salvarsi. Una volta cominciata la ristrutturazione, Benóný non aveva impiegato molto ad accorgersi che Elísa trovava ogni genere di scusa per scendere nel seminterrato. Alla fine si era sfogata, raccontandogli la sua situazione, la sua disperazione e le violenze che subiva.

«Scusami se sono ricorsa a questi mezzucci» gli aveva detto, mentre erano ancora a letto insieme, dopo che gli aveva confessato tutto. «Forse non l'avevo previsto. Cioè, non avevo idea di come si sarebbero evolute le cose.»

«Non c'è niente di cui scusarsi» le aveva risposto lui, stringendola a sé. «Sai, finora non ho mai osato dirlo a nessuno, ma se c'è una cosa che ho sempre invidiato a Stan, è proprio sua moglie.»

Lei aveva riso. Benóný aveva avuto la sensazione che fosse passato molto tempo dall'ultima volta in cui si era fatta una bella risata, e si era sentito felice di averle reso la vita un po' più semplice.

Ora, lei era liberissima di ridere, ma quella di Benóný non era stata una battuta: era vero che aveva sempre invidiato l'amico per avere sposato Elísa. A presentarla a Benóný era stata una ragazza di Keflavík che lui aveva frequentato per un periodo. L'aveva colpito fin dal primo momento, per il suo carattere aperto, i modi disinvolti, la radiosa allegria che le illuminava il viso. Quel suo sorriso tutto particolare, spesso accompagnato da una risata divertita, non si vedeva da tanto tempo, ma lui sapeva che non era spento per sempre.

Strano a dirsi, ma era stato proprio lui a presentarle Stanley, ai tempi della base militare, e ad assistere passivamente alla nascita della loro relazione. Perciò si sentiva in colpa, almeno in una certa misura, per il modo in cui erano andate le cose per Elísa, anche se non avrebbe certo potuto prevedere che degenerassero a tal punto. All'epoca, Benóný era alle dipendenze di una delle imprese islandesi che lavoravano per le forze armate statunitensi presso la base di Keflavík, ed era appunto lì che aveva conosciuto Stan: qualcuno gli aveva detto che quell'uomo poteva vendergli alcolici e sigarette. Si erano trovati simpatici, perciò un giorno Stan, desiderando imparare l'islandese, gli aveva chiesto aiuto e Benóný aveva accettato. Dopodiché, Stan aveva cominciato a portarlo in giro per locali a divertirsi. Era un tipo allegro e spiritoso, e diceva che alla fine del servizio militare non gli sarebbe dispiaciuto restare in Islanda.

Quando Stan ed Elísa avevano deciso di andare a vivere insieme, Benóný li aveva aiutati a trovare casa a Reykjavík, e aveva addirittura dato loro una mano con il trasloco. Di tanto in tanto era passato a trovarli, ma nel corso degli anni la loro frequentazione si era fatta sempre più rada. Stan aveva trovato lavoro in un'officina meccanica, e un giorno aveva chiesto all'amico di aiutarlo a ristrutturare il seminterrato di casa sua. Benóný, essendosi già fatto le ossa con vari lavori di carpenteria, aveva trovato del tutto naturale che Stan avesse scelto proprio su lui. Tuttavia, appena erano iniziati i lavori, si era reso conto che Elísa era cambiata: aveva perso l'allegria di un tempo e anche quel suo atteggiamento così sicuro di sé.

La cosa che l'aveva colpito di più era stata la voce, che ora risultava spenta e monocorde.

«Farò una brutta fine, vero?» gli aveva chiesto, angosciata, appena prima che lui uscisse per andare all'appuntamento con Mikki.

Benóný aveva cercato di rincuorarla. «Andrà tutto bene. Stanley può fare fuoco e fiamme finché vuole, ma il vostro matrimonio è finito e lui lo sa. Con tutte le angherie che hai dovuto subire nel corso degli anni...»

«Non è facile denunciare questo genere di violenza» aveva detto lei. «Non sai mai a chi rivolgerti. Non c'è niente che si possa fare.»

«Immagino.»

«Forse è anche colpa mia, se il nostro rapporto è degenerato fino a questo punto» aveva continuato Elísa. «Con lui sono sempre stata accondiscendente e il risultato è che mi comandava a bacchetta. Quando me ne sono resa conto, ormai ero intrappolata in un mondo che apparteneva solo a lui e nel quale io non contavo più niente. Non potevo nemmeno frequentare le mie amiche, e così le ho perse di vista. Impazziva di gelosia. Voleva che lo informassi di ogni movimento. Continuava a chiedermi dove fossi stata, con chi avessi parlato... Se andavo dalla parrucchiera, lui telefonava in negozio per vedere se ero davvero lì.»

«Non sapevo che si comportasse così. Che fosse così geloso. È pazzo.»

«Non potevi saperlo.»

Finalmente Benóný vide Mikki svoltare l'angolo di Starhagi, imboccare l'Ægisíða, attraversare di buon passo la strada e dileguarsi nel buio della spiaggia. Era venuto da solo. Questo significava che non era riuscito a trovare Tommi. Quando si salutarono, Mikki confermò che non aveva notizie dell'amico e aggiunse che ora cominciava a preoccuparsi davvero. L'aveva cercato per tutta la giornata, ma nessuna delle persone con cui aveva parlato aveva la minima idea di dove fosse. A qualcuno pareva di ricordare di averlo visto qualche giorno prima, in mezzo ai senzatetto di Arnarhóll, ma le informazioni finivano lì.

I minuti passavano. Benóný e Mikki rimasero nei pressi dei capanni dei pescatori, guardandosi intorno in attesa di veder comparire Luther. Intanto, cercarono di decidere le mosse successive. Mikki non sapeva bene cosa avrebbe fatto nel momento in cui Luther fosse arrivato. Gli aveva dato appuntamento lì, sulla Grímsstaðavör, con l'idea di vendicarsi del pestaggio a Nauthólsvík, magari ripagandolo con la stessa moneta, ma ora sembrava meno sicuro di voler passare allo scontro fisico.

A un certo punto videro un uomo arrivare dall'estremità settentrionale dell'Ægisíða. Era Luther.

Mikki lo riconobbe dalla lieve zoppia. «Dunque mi ha dato retta» mormorò.

«In che senso?»

«Gli ho ordinato di venire da solo. Gli ho garantito che non avrei fatto storie, ma gli ho anche detto che se l'avessi visto arrivare con qualcuno sarei andato dritto in commissariato, con le fotografie in mano.»

«Ma se non ce le hai nemmeno» gli fece notare Benóný.

Mikki rise. «Eh no, non ce le ho, quelle foto di merda. Ma il punto è che loro tengono moltissimo a riaverle, e sono disposti a tutto pur di metterci le mani.»

Intanto Luther si stava avvicinando. Attraversò la strada e si guardò intorno come per timore di essere visto da qualcuno. In tutta fretta scese sulla spiaggia e avanzò a passo circospetto lungo il sentiero che portava ai capanni dei pescatori.

«Tu aspettami qui» disse Mikki a Benóný. «Gli parlo prima io, a questo stronzo.» Avanzò fino alla spianata antistante i capanni e disse a Luther: «Sei solo?»

«Sì, come volevi tu» rispose Luther. «Ce le hai, le foto?

Io, i soldi, li ho portati. Sarebbe bene concludere la questione, una volta per tutte.»

«Da dove vengono, di preciso, queste fotografie?» chiese Mikki, mettendosi una mano in tasca per dargli a bere che le teneva lì.

«Non è affar tuo.» Luther avanzò sulla spianata e si fermò a pochissima distanza da Mikki. Intorno ai capanni era tutto buio. Lungo la strada c'era una fila di lampioni, la cui luce però era troppo fioca per illuminare la spiaggia. A quell'ora, sull'Ægisíða non passava quasi nessuno.

«Chi è la ragazzina?» chiese Mikki.

«È straniera» rispose Luther. «Una danese. Sono immagini pornografiche danesi, se proprio ci tieni a saperlo. Lui non vuole che...»

«Lui chi, il dottore?»

«Non vuole che si sappia in giro che tiene in casa roba del genere. Un suo amico gli aveva affidato quelle fotografie, e lui gliele stava tenendo da parte, quando gli avete svaligiato la villa. Adesso il suo amico le rivuole – tutte quante – ed è disposto a pagarle bene.»

«Un suo amico, eh?» disse Mikki.

«Comunque non sono affari tuoi» ribatté Luther.

«Cioè, state piantando tutto questo casino per un mazzetto di foto pornografiche danesi? E io dovrei crederci?» disse Mikki.

«Pensi che a qualcuno interessi cosa credi o non credi tu? Ce le hai oppure no? Riusciamo a chiudere questa dannata faccenda, così non mi toccherà più vedere il tuo brutto muso?»

Mikki gli rise in faccia. «Tutto questo casino per un amico.»

Luther rimase impassibile, ma continuò a guardarlo con occhi spenti, come se quell'incontro in riva al mare lo stesse annoiando tremendamente.

«Quindi il tizio che si vede nelle foto sarebbe l'amico,

non lui?» chiese Mikki. Non aveva idea di chi fosse l'uomo che compariva in quelle immagini insieme alla ragazzina, anche perché le aveva degnate appena di un'occhiata, nel poco tempo in cui le aveva avute fra le mani. Non avendo mai visto in faccia il proprietario della villa, non sapeva che si trattava del medico stesso. Ma ora il suo intento era quello di provocare Luther. Farlo andare su tutte le furie. Lo odiava, quel bastardo.

Luther stava cominciando a perdere la pazienza. «Senti, queste foto che hai promesso, ce le hai oppure no?» chiese, lanciando un'occhiata verso la strada illuminata.

«Aspetti qualcuno? Non dicevi di essere venuto da solo?»

«Chiudiamo questa faccenda.»

«Io non ho ancora visto i soldi» disse Mikki.

Luther fece sbucare dal taschino interno il bordo di una busta.

Mikki sorrise. Poi, all'improvviso, con tutte le forze che aveva in corpo gli diede un calcio alla gamba malandata.

Luther doveva aver subodorato che l'incontro avrebbe preso quella piega: tutt'a un tratto tirò fuori un coltello e, nel cadere, diede un affondo a Mikki. La sua fu una mossa fulminea, e Mikki ebbe appena il tempo di sollevare una mano per proteggersi, con il risultato che la lama gli lacerò il palmo.

Mentre Luther cercava di rimettersi in piedi, Mikki gli diede un calcio alla testa. «Sei venuto qui armato, brutto stronzo!»

La mano che impugnava il coltello ondeggiò per un istante verso la riva del mare, poi Luther cadde all'indietro, batté la testa e rimase disteso, inerte. Mikki lo raggiunse e sollevò una gamba per dargli un calcio in faccia, ma Benóný si avvicinò e lo trattenne, dicendogli che si era vendicato abbastanza.

Mikki sembrava quasi trasfigurato. Fissò Benóný come se fosse un estraneo, un elemento ostile verso cui rivolgere la sua rabbia, poi si voltò di scatto verso l'Ægisíða, dalla quale stava arrivando di corsa un uomo. «È quello stronzo dell'amico di Luther» mormorò fra sé e sé. «Ecco, bravo, vieni qui...»

Non si accorse che intanto Benóný aveva incominciato a trascinare Luther verso i capanni dei pescatori.

46

Al mattino, poco dopo essersi svegliato, Konráð andò alla porta a prendere il giornale che si faceva consegnare a domicilio. Sotto, c'era una busta priva di francobollo e indirizzo. Evidentemente gli era stata recapitata mentre dormiva, considerando che non aveva sentito il cigolio dello sportellino. Era da anni che si proponeva di dargli una passata di lubrificante.

Alla fine si decise: raccolse la busta e la portò in cucina, dove nel frattempo era pronto il caffè e il tostapane aveva fatto sobbalzare due belle fette abbrustolite. Il burro e la marmellata erano già in tavola: Konráð aveva preparato la colazione appena prima di andare all'ingresso a prendere il giornale, che veniva consegnato al mattino presto. Il fatto che la busta si trovasse sotto pareva indicare che era stata lasciata lì in piena notte, a un orario in cui chi gliel'aveva recapitata non correva il rischio di essere visto.

Era una busta normalissima, e nel raccoglierla Konráð si era reso conto che non conteneva una lettera, ma un oggetto più spesso e pesante. Senza troppa convinzione, l'aprì e la vuotò sul tavolo. L'oggetto era una chiave – di quelle che aprivano le serrature dei portoni delle case –, accompagnata da un bigliettino con un numero a sei cifre. Un codice di sicurezza? A Konráð non veniva in mente altra spiegazione: la casa in questione doveva essere protetta da un allarme.

Konráð imburrò il pane tostato, si versò una tazza di caffè e accese la radio, ma non prestò particolare attenzione alla trasmissione. Non riusciva a immaginare chi gli avesse recapitato quella busta, ma capì all'istante il mittente: Gústaf. L'uomo non aveva molti parenti. La moglie era morta da qualche anno e non avevano avuto figli. Il fratello era sottoterra. C'era la cognata, che però lo disprezzava. Per tutta la durata del processo non aveva fatto altro che fissarlo con odio.

Restava solo l'avvocato. Konráð lo aveva conosciuto nell'aula del tribunale. Nel processo contro Gústaf, lui era stato uno dei principali testimoni dell'accusa, ma anche la difesa aveva voluto fargli qualche domanda. Non era esattamente un avvocato di grido e non aveva molta esperienza di casi penali, almeno a quanto Konráð aveva potuto constatare. Tuttavia, da molti anni era il legale della famiglia Heilman, e nel momento in cui si era trovato a dover rappresentare Gústaf in tribunale si era avvalso dell'assistenza di un noto penalista. Lo sforzo era stato vano, vista la lunga pena detentiva comminata all'imputato. Del resto, nessun avvocato al mondo sarebbe riuscito a evitargliela.

Konráð conosceva l'indirizzo della casa in cui abitava Gústaf prima di essere portato a Litla-Hraun. Una volta aveva accompagnato Marta a fare un sopralluogo e ricordava un ingresso di servizio, al quale si accedeva dal giardino. Probabilmente la chiave apriva quella porta. Era una villa che sorgeva in fondo a una strada senza uscita, perciò non doveva essere difficile introdursi dal retro senza farsi notare dai vicini. Konráð sapeva già dove si trovavano i medicinali, perché Gústaf gli aveva fornito le indicazioni necessarie. Conosceva il nome del farmaco e la quantità che serviva. Su una cosa il detenuto aveva ragione: per Konráð, introdurre di nascosto quelle sostanze all'interno del carcere di Litla-Hraun sarebbe stato un gioco da ragazzi.

Lui ed Eyglò erano rimasti alzati fino a mezzanotte a parlarne. Capivano entrambi che era moralmente inaccettabile accogliere la richiesta del detenuto e che la soluzione migliore sarebbe stata avvertire le autorità carcerarie. Era un'ovvietà, non occorreva nemmeno discuterne. Comunque, anche volendo accontentare Gústaf, la questione non sarebbe stata priva di problemi.

«Se le uniche visite che riceve in carcere sono le tue, sapranno subito chi gli ha procurato le compresse» gli aveva fatto presente Eygló, dopo una lunga riflessione.

«Non è detto» aveva ribattuto Konráð. «A Litla-Hraun gira da sempre parecchia droga.»

«Ma tu pensi che siano fondamentali queste informazioni che avrebbe su tuo padre? Valgono davvero così tanto?»

«Lui mi ha lasciato intendere di sì, ma non lo scoprirò mai se non lo metto alla prova. Magari mi ha solo raccontato delle balle per convincermi a procurargli il farmaco, chissà. Se mio padre e il dottor Heilman si conoscevano, non è escluso che Gústaf ne sappia qualcosa.»

«Ma la cognata? Ha senso consultarsi con lei?»

«Ho pensato di farle una visita, proprio per parlarle di questo» aveva detto Konráð. «Per capire di quali informazioni potrebbe disporre Gústaf. Insomma, verificare che non sia tutta una messinscena, che non si stia prendendo gioco di me.»

«Posso immaginare che tu abbia una certa fretta di scoprirlo» aveva detto Eygló, vedendolo in difficoltà. «Considerando la situazione in cui ti trovi...»

«Già.»

«La polizia si è messa in testa che tu sia l'assassino di tuo padre e che fosse implicata anche tua madre...»

«Non avrei mai dovuto riprendere in mano il caso» si era lamentato Konráð. «Lo sapevo, che mi sarei dato la zappa sui piedi. E che non sarebbe servito a niente.»

«Be', ormai è fatta, e ti tocca andare fino in fondo. Fai quello che puoi e vedi se riesci a scoprire come sono andate davvero le cose. Trova le risposte che cerchi e scagionati. Allontana i sospetti da te e da tua madre.»

«Quindi, secondo te, dovrei fare quello che mi chiede Gústaf?»

«Hai modo di evitarlo?» gli aveva chiesto Eygló.

Ora Konráð finì il caffè, spense la radio, prese la chiave e, riflettendo sulla conversazione della sera prima, ripensò alle parole di Eygló: *Hai modo di evitarlo?*

Gústaf non aveva intenzione di lasciargli molto tempo per riflettere. Aveva addirittura fissato una scadenza e non era escluso che avesse modo di sapere se Konráð fosse davvero andato a casa sua a prelevare il farmaco oppure no. Forse aveva incaricato l'avvocato – o qualcun altro – di tenerlo d'occhio, magari attraverso videocamere di sicurezza installate nell'abitazione. Ma Konráð non era particolarmente preoccupato da quest'eventualità. Se fosse andato alla villa, avrebbe potuto approfittarne per cercare nuovi indizi su Anton Heilman, sulla sua famiglia, sui fratelli, sugli anni di gioventù. E Gústav non poteva non averlo previsto. Anzi, con ogni probabilità gli aveva fatto recapitare la chiave proprio per incentivarlo. Ed evidentemente parlava sul serio, quando gli aveva chiesto di procurargli quel medicinale. In un modo o nell'altro, sapeva che Konráð sarebbe tornato. Contava sul fatto che la curiosità avesse la meglio su di lui.

Prima di partire da Árbær, Konráð fece qualche telefonata, scoprendo così che la cognata di Gústaf, dopo essere rimasta vedova, aveva traslocato altrove. Ora abitava in una residenza per anziani ed era disposta a incontrarlo. Lo attendeva nel suo appartamentino, talmente riscaldato da risultare soffocante. Vi aveva portato diversi oggetti personali, che forse avevano fatto bella mostra di sé nella sua vecchia casa, ma che lì apparivano fuori posto. Tra questi, c'erano due dipinti a olio, decisamente troppo grandi per stanze così anguste, e un enorme tavolo da pranzo. Il resto della mobilia non c'era più: di quello, la donna si era sbarazzata subito. Era ancora in lutto per la morte del marito: teneva una sua fotografia su un tavolino, insieme a una candela accesa. Accanto c'erano altre due foto: una della figlia e l'altra della nipote, Danní.

«Sei andato a trovare quell'uomo?» Questa fu la prima cosa che la donna disse, non appena Konráð si fu accomodato in soggiorno. Non voleva pronunciare il nome del cognato.

«Sì, ho fatto un salto a Litla-Hraun.»

«Come se la passa?»

«Diciamo che ha avuto giorni migliori. La reclusione non è esattamente un soggiorno in un centro benessere.»

«Ma a cosa devo il piacere? Come posso esserti utile?» Era curiosa di conoscere il motivo di quella visita, ed era anche disposta a fornire tutto l'aiuto possibile, se la cosa poteva aggravare le pene di Gústaf. Nutriva molto rancore nei suoi confronti e nell'aula di tribunale gli aveva sputato addosso, gridandogli in faccia ogni genere d'insulti, al punto che era stato necessario portarla fuori con la forza. Quel giorno Konráð era presente e ricordava ancora le sue grida che si allontanavano lungo il corridoio. Era sempre stata al corrente delle azioni di Gústaf, ma aveva preferito tacere finché non era stato troppo tardi. Konráð immaginava che la causa del suo accesso di rabbia durante il processo fosse proprio questa.

«Sai se la villa è stata messa in vendita?» le chiese Konráð, cercando di venire al punto senza tergiversare. «A lui non serve più, ma pare che non sia stata data in affitto.»

«Non ho notizie in proposito.»

«Era di suo padre, dico bene? Gústaf l'ha ereditata tutta intera o ha rilevato la quota del fratello?»

«Sì, era la casa di famiglia. L'ha fatta costruire Anton, negli anni Cinquanta, e i due figli si sono accordati sulla spartizione dell'eredità. Cioè, come hai detto tu, mio cognato ha rilevato la quota di mio marito. Nei primi anni del nostro matrimonio ci si ritrovava sempre lì per il cenone della Vigilia. Poi, però, abbiamo avuto nostra figlia, e dopo di allora abbiamo sempre festeggiato il Natale a casa nostra. »

« So che durante l'indagine sulla ragazzina della Tjörnin sei stata interrogata a lungo, in relazione a tuo suocero » disse Konráð. « E so che non eri al corrente degli abusi sessuali nei confronti di quella poveretta... e verosimilmente anche di altre minorenni. Ma tuo marito non ha mai fatto neppure un'allusione? In tutti gli anni in cui siete stati sposati... »

La donna scosse la testa. « Sono domande alle quali ho già risposto talmente tante volte... »

« Non ha detto nulla, nemmeno dopo che è venuto fuori cosa faceva Gústaf a Danní? »

« No, di quello che faceva suo padre non mi ha mai detto una parola. »

« Non ne era al corrente, secondo te? »

La donna scrollò le spalle. « Non saprei. »

« Forse aveva sempre saputo, ed è per questo che alla fine ha scelto di andarsene in quel modo? »

« Con me non ne ha mai parlato e non so cosa gli è passato per la testa quando si è tagliato le vene. Trovo che sia stato un gesto irresponsabile da parte sua. Che sia stato ingiusto nei miei confronti. Voglio dire, lasciarmi sola così... »

« Non ti aveva mai raccontato di un furto in casa di suo padre? »

« Un furto? No. Quando sarebbe successo? »

« Di preciso non saprei » disse Konráð. « È una cosa a cui ha accennato Gústaf. »

« Non ricordo che abbiano mai parlato di furti alla villa. O perlomeno, non mi pare che mio marito ne abbia mai parlato. So solo che casa nostra non è mai stata svaligiata. »

« Non ti ha mai raccontato nulla a proposito di certe fotografie rubate? Fotografie che sarebbero state portate via dalla villa e che tuo suocero rivoleva?»

La donna scosse la testa. «Su questi argomenti, purtroppo, non so aiutarti. Le fotografie sarebbero state rubate nel corso di quel furto?»

«È molto probabile.»

«Ma cosa ritraevano?»

«Non lo so» disse Konráð. «Gústaf non ha voluto scendere nel dettaglio.»

«Guarda, vorrei tanto esserti d'aiuto, ma purtroppo...»

«Non preoccuparti, nessun problema.»

«Tornerai a trovarlo? A Litla-Hraun, dico.»

«Immagino di sì.»

«Non devi fidarti di lui.» La donna guardò le fotografie dietro la fiammella della candela. Nessuna delle persone ritratte era più in vita. «È subdolo. Ti raggira come niente, fino a convincerti che sei stato tu a fare qualcosa di male, e così ti manovra a suo piacimento. Ha fatto la stessa cosa con suo fratello e con me. Se non stai attento, ti distrugge, quel bastardo.»

47

Sul cruscotto c'era il biglietto con il codice numerico. 196090. Una sequenza di cifre piuttosto facile da tenere a mente, e infatti Konráð la conosceva già a memoria, tanto più che la trovava familiare, anche se non sapeva perché. Era convinto che si trattasse di un codice di sicurezza, di quelli da digitare sul tastierino degli antifurti domestici. Piuttosto, chissà quali cifre avrebbe dovuto inserire per disattivare l'allarme che gli risuonava nella mente, gridandogli di desistere dal suo intento e di non mettere piede in quella casa.

Sterzò per imboccare la via, che era una strada senza uscita. Cercò con lo sguardo eventuali videocamere, ma non ne notò. Passò davanti alla villa, poi fece inversione e tornò nella strada principale. Di solito i dispositivi di sorveglianza erano ben visibili, in modo da avere un effetto deterrente. Evidentemente in questo caso non era così. Forse le videocamere non c'erano. O forse sì, ma nascoste.

Parcheggiò in una traversa, parallela alla via della villa, poi si mise un berretto di lana, calcandoselo fin sulle orecchie. Indossava un paio di occhiali da sole tanto grossi da coprire quasi metà del volto.

Il quartiere era sorto subito dopo la guerra. La villa aveva due piani, ai quali si aggiungeva un'ampia mansarda. I muri erano rivestiti di sabbia di conchiglie, e dal tetto spuntava un comignolo decorato. Il giardino era in uno stato di totale abbandono, incolto da molto tempo. L'edificio stesso avrebbe avuto bisogno di un po' di manutenzione: in un angolo l'intonaco si stava scrostando, il legno di tutti i montanti delle finestre stava marcendo e i vetri erano sporchi. La casa era disabitata da un bel pezzo e si vedeva.

Konráð sapeva che nessuno scrupolo di coscienza l'avrebbe frenato dall'entrare in quella villa. Poteva cercare di convincersi che non fosse giusto accondiscendere alla richiesta di Gústaf, soprattutto tenendo conto di ciò che gli aveva appena detto sua cognata. Poteva ripetersi che era moralmente sbagliato procurare farmaci letali a quell'uomo, nella speranza di trovare risposta a domande che lo tormentavano da tempo. Domande che non riguardavano soltanto Nanna – la ragazza della Tjörnin – ma anche Seppi e la sorte che gli era toccata davanti alla Cooperativa di Macellazione del Suðurland. Domande che avevano avuto un impatto sull'intera vita adulta di Konráð.

All'ultimo momento decise di togliersi il berretto e gli occhiali da sole: ormai era troppo vecchio per quei giochetti. Di soppiatto sgusciò dentro il giardino e individuò subito la porta. Lì, sull'ampia pavimentazione, si ergeva una pensilina sotto la quale erano state messe al riparo la griglia da barbecue e la falciatrice. Konráð tirò fuori la chiave e la infilò nella toppa. La serratura era irrigidita dal prolungato disuso, e ci vollero diverse scosse energiche per farla scattare e riuscire finalmente a entrare.

Konráð sapeva che la centralina dell'allarme si trovava in un ripostiglio dietro la porta principale, perciò si precipitò nell'ingresso, ripetendo mentalmente il codice numerico, e digitò le cifre sul tastierino. Tutto gli richiese meno di venti secondi, ma rimase immobile per altri dieci, aspettandosi che la sirena scattasse ugualmente. Poi, dato che non accadeva nulla, tirò un sospiro di sollievo. Ricordava che in casa c'erano due bagni: quello piccolo al piano terra e quello grande al piano superiore. Si diresse verso quest'ultimo. Era lì che stavano i medicinali. Gústaf gli aveva parlato di un armadietto apposito, che non era chiuso a chiave. Gli occorrevano almeno quattro compresse.

Konráð aveva consultato il *Prontuario farmaceutico* di quell'anno, scoprendo così che il farmaco in questione poteva, in certe circostanze, essere letale, e dunque andava impiegato con molta prudenza. Inoltre, a quanto aveva letto mentre si documentava su internet, una dose eccessiva del principio attivo poteva provocare un arresto cardiaco all'apparenza naturale, a meno di non ricercare la causa specificamente durante un'autopsia. La morte sarebbe stata indolore: la persona sarebbe entrata in coma e poi spirata gradualmente. L'effetto letale di quel medicinale era insomma interpretabile come il semplice esito di un'insufficienza cardiaca accompagnata a una pressione sanguigna troppo alta.

Konráð prese la confezione di compresse, se la mise in tasca e tornò nel corridoio. Per buona parte della sua carriera in polizia aveva partecipato a perquisizioni domiciliari e riteneva di sapere come svolgerle. Ma stavolta doveva fare in fretta. Cominciò da una camera da letto che, a suo avviso, poteva essere quella di Gústaf. Di solito, chi aveva poche cose da tenere al sicuro non si dava molta pena per escogitare un nascondiglio adatto: magari conservava un portagioie in un armadio o, se aveva in casa una certa quantità di denaro contante, infilava le banconote tra i libri o qualcosa del genere. Poi c'era chi aveva diamanti e oro, e allora usava maggiore prudenza e ricorreva all'inventiva. Per esempio, sfruttava il congelatore: chiudeva gli oggetti preziosi in un pacchetto, che poi incollava sotto lo scomparto del ghiaccio. Infine c'erano quelli che avevano davvero qualcosa da nascondere. A Konráð era capitato, durante varie perquisizioni, di trovare un sacchetto di polverina bianca sul fondo di una zuccheriera piena, o appiccicato sotto il bordo della tazza del gabinetto, dietro una piastrella che si poteva staccare dal muro della cucina, dentro una confezione di farina d'avena o in un vasetto di yogurt che a una prima occhiata sembrava ancora sigillato. *In un'abitazione, i possibili nascondigli sono tanti, ma non infiniti*, aveva detto una volta Marta, trovando nel serbatoio del carburante di una falciatrice alcuni gioielli rubati.

Konráð non aveva un'idea precisa di ciò che stava cercando. Non sapeva neppure se Gústaf avesse effettivamente qualcosa da nascondere, qualcosa che riguardasse lui stesso oppure suo padre, o in generale la loro perversione. Ma la villa era già stata perquisita dopo il suo arresto, senza che emergesse alcunché di rilevante.

Gústaf aveva accennato a un furto avvenuto in casa di suo padre quando ancora lui e il fratello vivevano con i genitori. Tra gli oggetti rubati c'erano certe fotografie, che Anton Heilman voleva a ogni costo recuperare. Forse ci era riuscito e quelle foto erano lì da qualche parte. E questo era già un buon motivo per dare un'occhiata nelle stanze.

Erano piuttosto antiquate, da vecchia casa borghese reykjavicense, con dipinti a olio alle pareti, mobili massicci, vetrinette danesi e parquet. In un angolo c'era un'elegante pendola nello stile di quelle di Bornholm. Buona parte dell'arredamento era d'antiquariato, e con ogni probabilità era appartenuta ai genitori di Gústaf. Le finestre erano coperte da pesanti tendaggi, e su ogni cosa all'interno della villa si era posato uno spesso strato di polvere. Konráð si rese conto di non aver pensato a un modo per non lasciare orme sul pavimento.

Non aveva paura del buio, eppure si sentiva come se fosse entrato in una casa infestata dai fantasmi, nella quale erano accadute cose spaventose. Aveva l'impressione che ogni angolo gli parlasse delle abiezioni delle persone che vi avevano vissuto. Malgrado la sua lunga esperienza di poliziotto, abituato a vedere ogni genere di bruttura, non riusciva a non provare una sorta d'inquietudine che continuava a crescere con il trascorrere dei minuti. Era lo stesso disagio di quando era venuto lì con Marta, quando Gústaf era stato arrestato e si era scoperto che era un pedofilo come il padre. Konráð era al corrente di due sole vittime – la ragazza della Tjörnin e la nipotina di Gústaf – ma non era escluso che ce ne fossero altre delle quali nessuno era mai venuto a conoscenza.

Konráð cercò di spostare il minor numero possibile di oggetti, mentre perlustrava la camera da letto. Guardò negli armadi, tastandone la parte inferiore, estraendo i cassetti per ispezionare il fondo e battendo le nocche contro le pareti interne. Appeso a un muro c'era uno specchio e lui lo sollevò per guardare anche lì. Andò avanti così, passando al setaccio tutte le stanze della villa, compresi la cucina e il disordinatissimo ripostiglio. Dopodiché si mise a contemplare la pendola di Bornholm, che probabilmente aveva cessato da moltissimo tempo di funzionare. Attraverso il vetro si vedeva il massiccio pendolo, che ormai era immobile e non contava più i minuti. Per quell'orologio, il tempo si era fermato appena prima delle tre meno un quarto.

Nell'angolo in cui era collocata la pendola, il parquet era rovinato dall'umidità, che aveva deformato e gonfiato i listoni di legno. La cassa che conteneva l'orologeria era dipinta di verde, con fini ornamenti alla danese, e dimostrava tutti gli anni che aveva, ma era ancora integra.

Konráð l'aprì e per un istante sentì l'odore di un mondo che non c'era più. Tastò il retro del quadrante e le pareti interne della cassa, esaminò i meccanismi in ogni più piccolo elemento, batté le nocche contro il legno – anche sul fondo della cassa – e fece oscillare il pendolo, ma non trovò nulla.

Poco dopo uscì dalla porta da cui era entrato, la richiuse accuratamente con la chiave e, tenendo in tasca il farmaco letale, attraversò quasi di corsa il giardino, come se avesse avuto una gran fretta di allontanarsi da quella villa degli orrori.

48

Elísa, ferma in cima alla scala, guardò giù e chiese se ci fosse qualcuno. Di nuovo non ebbe risposta, e cominciò a pensare di aver sentito male. O perlomeno, così sperava. Le era parso di sentire la porta del seminterrato muoversi, ma ora non ne era più sicura. Accese la luce e scese a passo incerto. Arrivata giù, si fermò e lanciò un'occhiata verso la lavanderia.
«C'è qualcuno?» disse.
Silenzio.
«Benóný, sei tu?»
Esitò ai piedi della scala. Pronunciò un paio di volte il nome del marito e tese l'orecchio, ma non vide né udì nulla. Ormai convinta di essersi sbagliata, risalì e, una volta nell'ingresso, richiuse la porta della scala. Ma non a chiave: la serratura era rotta fin da prima che lei e Stan andassero ad abitare lì, e lui non si era mai preso la briga di ripararla.
Elísa tornò a sedersi al tavolo della cucina, domandandosi se il suo nervosismo fosse giustificato. Ormai a ogni minimo rumore temeva il peggio. Negli ultimi giorni erano accadute molte cose e forse non aveva ancora capito la portata del cambiamento che stava avvenendo nella sua vita. Suo marito se n'era andato di casa, e non solo: lei aveva iniziato una relazione con Benóný, sapendo che nessuno dei due sarebbe stato al sicuro finché Stan non fosse uscito di scena una volta per tutte.
Ma ecco di nuovo un rumore dal seminterrato, stavolta più netto. Elísa non riusciva a immaginare cosa l'avesse pro-

dotto. Sembrava che qualcuno stesse trascinando sul pavimento un oggetto pesante. Cercò di passare mentalmente in rassegna tutto ciò che c'era là sotto e ricordò la grossa mazza usata per togliere il cemento dai bordi del buco nel muro, che adesso era più largo e andava dal pavimento al soffitto.

Rimase immobile, tendendo l'orecchio. Al rumore successivo, balzò in piedi. Ora ne era certa: nel seminterrato c'era qualcuno. Andò al cassetto dei coltelli e prese lo sfilettatore. Quando tornò nell'ingresso e le cadde lo sguardo sul telefono, per un istante pensò di chiamare la polizia, ma si trattenne: non poteva certo mobilitare le forze dell'ordine a ogni minimo rumore che sentiva in casa.

Riaprì la porta che dava sulla scala del seminterrato e scese qualche gradino, stavolta a passo più risoluto e usando un tono più determinato nel chiedere se ci fosse qualcuno. Si fece coraggio, proseguì fino in fondo alla scala e si diresse lentamente verso la lavanderia. Tese l'orecchio e strinse la presa sul manico dello sfilettatore. Aveva molta paura, ma era decisa a non lasciarsi spaventare e a non scappare via.

Fece per accendere la luce della lavanderia, ma proprio in quel momento vide emergere dall'ombra un uomo e, colta alla sprovvista, lanciò un urlo.

«Ah, scusa, non volevo spaventarti» disse l'uomo, spaventato anche lui.

Solo allora Elísa lo riconobbe: era Tommi, un amico di Benóný, che diverse volte era venuto a trovare lui e Mikki nel seminterrato. Rassicurata, tirò un sospiro di sollievo. «Ma cosa ci fai qui?» gli chiese, cercando di non essere troppo brusca.

Tommi non aveva una bella cera. Benóný aveva raccontato a Elísa che lui e Mikki erano preoccupati per l'amico, perché era sparito da giorni – come a volte faceva, quando ricominciava a bere – e non riuscivano a trovarlo da nessuna parte. In effetti, era evidente che non stava bene: il pallore e la magrezza erano quelli di chi da tempo non faceva un pasto decente, la barba era incolta, i vestiti erano luridi e laceri, e il cattivo odore lasciava intendere che non si lavava da un pezzo.

«Cosa ci fai, con quell'arnese?» chiese Tommi, lanciando un'occhiata allo sfilettatore che Elísa stringeva in pugno.

«Ah, questo?» disse Elísa. «Pensavo che ci fosse un ladro... o peggio.»

«No, è che Mikki mi ha parlato della chiave che tenete qui fuori... Non ricordo di preciso quando... Che giorno è oggi? Che ore sono?»

Elísa capì all'istante che Tommi era confuso. Lo invitò a salire, dicendogli che per prima cosa gli avrebbe dato qualcosa da mangiare, dopodiché avrebbe cercato un modo per metterlo in contatto con Mikki. Se poi avesse avuto voglia di restare con lei fino alla sera, avrebbero potuto aspettare insieme il ritorno di Benóný. E invece Tommi rifiutò tutte queste premure, dicendo che non sarebbe rimasto a lungo: aveva solo bisogno di parlare con Mikki, che gli aveva detto di rivolgersi a lui se si fosse trovato nei guai. O perlomeno, questo fu quanto Elísa riuscì a evincere dal discorso sconnesso di Tommi, che aveva la bocca impastata, farfugliava e in certi momenti parlava a voce talmente bassa che non si capivano le parole.

«Se vuoi, puoi passare la notte qui nel seminterrato» propose lei. «Potrai vedere i tuoi amici domani.»

Ma Tommi declinò anche quest'offerta. «No, non occorre... Senti, non è che qui in casa tieni un coso... un giradischi?» chiese, guardandosi intorno.

Elísa rispose che non aveva visto nulla del genere e lo invitò di nuovo a restare fino all'arrivo di Benóný, soprattutto perché non era escluso che con lui ci fosse anche Mikki, dato che avevano un impegno insieme.

Ma Tommi non capì il discorso, o forse non l'aveva neppure ascoltato. Non le rispose e rimase con lo sguardo basso, perso in un mondo tutto suo. Mosse le labbra, come se stesse bofonchiando tra sé e sé, poi indietreggiò e disse che doveva proprio andare. Le chiese se per caso avesse dei soldi da dargli. Non molti, anche soltanto qualche spicciolo... «Anzi no, scusa, non sono qui per mendicare» disse all'improvviso, vergognandosi. «Non è per questo che sono venuto. No, non è questo che volevo. Mi serve solo il mio giradischi. Devo parlare con Mikki.»

«Figurati, non preoccuparti» disse Elísa. «Faccio un salto di sopra e vedo se trovo qualche corona. Non tengo in casa molti soldi, ma qualcosa dovrei riuscire a raggranellare. Tu, intanto, aspettami qui. Già che ci siamo, ti fa comodo un giaccone più pesante?» gli chiese.

Ma Tommi scosse la testa come se l'offerta di Elísa fosse stata del tutto assurda. Come se non avesse saputo cosa farsene, di un giaccone più pesante.

«Hai mangiato, almeno?» gli chiese lei. «Posso prepararti qualcosa.» Le piaceva l'idea di avere in casa qualcuno. Era rassicurante sapere di non essere sola.

«Non mi serve niente» disse Tommi. «E non ho neanche fame. Però grazie...»

Elísa lo lasciò nel seminterrato e salì in cucina. Ripose il coltello e aprì la borsetta per prendere il portafogli, che però non era lì. Solo dopo qualche istante le venne in mente dove l'aveva messo. Corse al piano di sopra ed entrò in camera da letto. Era lì che si era tolta il cappotto, nella cui tasca c'era per l'appunto il portafogli, che conteneva poche banconote ripiegate e qualche moneta. Contò i soldi di cui pensava di poter fare a meno, poi scese in cucina e preparò un panino – una cosa semplice, burro e formaggio, niente di più –, infine vuotò in un bicchiere l'avanzo di caffè che c'era nel thermos e vi aggiunse un goccio di latte. Dopodiché portò il panino e il bicchiere nel seminterrato. Mentre scendeva la scala, si mise a spiegare a Tommi che purtroppo non poteva permettersi di dargli molto denaro, ma che gli aveva comunque portato qualche spicciolo, qualcosa da mangiare e un po' di... «Tommi?» lo chiamò, non vedendolo nella lavanderia.

«Chi era quel disgraziato?» disse una voce dalla porta del seminterrato.

Elísa si prese un tale spavento che il bicchiere del caffè le scivolò di mano e s'infranse sul pavimento.

«Adesso ti fai scopare anche dai barboni, eh?»

49

Benóný trascinò a fatica Luther all'interno di uno dei capanni in lamiera della Grímsstaðavör e lo adagiò sopra le reti ammonticchiate sul pavimento. Luther era ancora intontito per via dello scontro con Mikki e farfugliava cose che Benóný non capiva. Il pallido chiarore della luna illuminava i cordami appesi al soffitto e Benóný, vedendoli, ebbe l'idea di usarli per legare i polsi di Luther ed evitare che desse problemi appena si fosse ripreso. Subito dopo decise di tornare fuori, perché sentiva rumori di colluttazione sullo spiazzo accanto ai capanni e sapeva che Mikki se la stava vedendo con il compare di Luther. Udì un grido soffocato, che poteva essere indifferentemente dell'uno o dell'altro. Ma quando si voltò verso la porta del capanno, fuori calò il silenzio. Ed ecco Mikki comparire davanti a lui sulla soglia. Era di nuovo calmo, tutta la collera di prima era sbollita. Il volto era serissimo. Aveva un occhio così gonfio che di sicuro non vedeva nulla, dalla bocca usciva sangue. Mikki sputò a terra un grumo rosso scuro. In mano reggeva qualcosa.

«Cos'è successo?» gli chiese Benóný. «Che fine ha fatto quel tizio?»

«È là per terra, tutto intero» rispose Mikki, come se per lui fosse già un capitolo chiuso. «O quasi» aggiunse, sollevando la mano per mostrare ciò che teneva fra le dita.

Nella penombra, Benóný non vedeva bene di cosa si trattasse. «In che senso quasi, cos'hai lì?»

«Gli manca questo.» Mikki porse a Benóný qualcosa che somigliava a un pezzetto di carne morbida.

Benóný lo guardò, lo prese in mano e lo sentì caldo al tatto. «Ma cos'è?»

«Un orecchio.» Mikki sputò altro sangue, si asciugò la bocca con una manica e scrutò Luther, che si stava lentamente risvegliando.

«Un orecchio?!» gridò Benóný, scuotendo la mano come se si fosse scottato. Il pezzo di carne cadde sul pavimento e lui lo calciò via, spedendolo in un angolo del capanno.

«Cosa mi dici di questo stronzo?» chiese Mikki, dando una leggera pedata a Luther. «C'è qualcosa da ricavarne?»

«Hai staccato l'orecchio a morsi a quell'uomo! Dovevi proprio?»

«Be', vedi tu, mi stava cavando un occhio...» replicò Mikki. Ma l'argomento che gli interessava maggiormente non era quello. Si voltò verso Luther, ancora disteso sulle reti, e gli diede una seconda pedata. «Oh! Che foto sono, quelle che abbiamo rubato? Che cazzo di foto sono, eh?»

Luther gli rivolse un'occhiata piena d'odio e cercò di sputargli addosso, ma aveva la bocca secca e non riuscì a emettere altro che un sibilo, al quale si accompagnò un gemito di sofferenza, perché il viso era tumefatto e anche il resto del corpo era dolorante. A fatica cercò di alzarsi e Mikki gli diede una terza pedata, facendolo ricadere all'indietro. A quel punto, Luther rimase immobile.

«Chi è la ragazzina nelle fotografie?» chiese Mikki.

Luther non gli rispose. Guardò con disprezzo prima lui, poi Benóný.

«L'uomo che si vede insieme a lei è il dottore?» chiese Mikki. «È per questo che fate tanto casino per riavere quelle foto? È stato lui a scattarle? L'ha stuprata?»

«Liberami!» gridò Luther. «Fammi andare via di qui e vedrò di dimenticare questa faccenda. Ehi, mi senti? Fammi uscire di qui!»

«Se vuoi andartene, spiegaci cos'è questa storia» disse Mikki.

«Non ce le hai, quelle foto, vero? Le hai date a Seppi?»

«Seppi?»

«Ce le ha lui, eh?»

«Vi siete parlati?»

«Ovvio!» disse Luther. «Volevamo essere sicuri che non ne avessi tenuta qualcuna per te. Allora, ce le ha Seppi?»

«Che fine ha fatto quella ragazzina?» chiese Mikki. «Cosa le avete fatto?»

«Sta' zitto.»

«Quell'uomo sta continuando ad abusare di lei? Quanto tempo fa sono state scattate quelle fotografie? Quanti anni ha la ragazzina? Come l'ha conosciuta?»

«Chiudi il becco!» sibilò Luther, guardando verso la porta, quasi aspettandosi che da un momento all'altro il suo compare venisse a cavarlo d'impaccio.

Mikki capì a cosa stava pensando. «No, il tuo amico non può aiutarti. Quindi non ti resta che rispondermi, una buona volta.» Gli diede l'ennesima pedata, ancora più forte delle precedenti, strappandogli un lamento, ma Benóný lo afferrò e gli disse che era ora di smetterla con la violenza. A quel punto, Mikki lo spinse fuori dalla porta. «E allora vattene» gli disse, davanti al capanno. «Tanto qui posso cavarmela benissimo.»

«Cavartela...?»

«Vattene a casa della tua nuova fidanzata» insisté Mikki, con una certa fermezza. «Muoviti!»

Benóný esitò. Non gli andava di lasciarlo da solo con Luther. L'altro uomo – quello con cui Mikki aveva fatto a botte poco prima – era sparito. Evidentemente, rendendosi conto di aver trovato uno più forte e spietato di lui, se l'era data a gambe. Benóný chiese a Mikki che intenzioni avesse, e l'amico gli rispose che voleva soltanto parlare un po' più approfonditamente con Luther, e semmai fare una visitina al medico, che aveva dato inizio a tutta quella faccenda e aveva proprio bisogno di una bella lezione.

«Maledetto il giorno in cui gli abbiamo svaligiato la casa!» disse Benóný. «Non capisci? Siamo stati noi a dare inizio a tutta questa faccenda.»

«Vedi, è qui che ti sbagli. I pedofili non siamo mica noi, Benóný. La ragazzina l'ha stuprata *quello là*. Il responsabile di tutto questo casino è lui.»

«E tu cosa vorresti fare?»

«Dammi retta: vattene. Non preoccuparti di quello che faccio io.»

«Io non me ne vado se non mi dici che intenzioni hai. Non vorrei che facessi qualcosa di stupido. Anche perché preferirei non essere implicato in certe cose.»

«Non preoccuparti» disse Mikki. «È solo che ho riflettuto su quelle fotografie e mi sono reso conto che sono...» Si perse a guardare il luccichio della luna sulla riva del mare.

«Capisco benissimo» disse Benóný. «Però non è che adesso tu possa...»

«Sai, una volta conoscevo una ragazzina» disse Mikki. «Una del nostro quartiere. Molto carina. Aveva una sorella minore e il padre faceva 'i suoi comodi' con tutt'e due. E lo permetteva pure agli amici. La madre, alcolizzata, dava certe festicciole per soli uomini in casa sua e si faceva pagare dagli ospiti per abusare delle figlie. La maggiore era mia amica e una volta mi ha raccontato di quegli uomini schifosi. Eravamo solo ragazzini e non ci rendevamo conto della portata di certe cose, ma lei mi ha guardato – me lo ricorderò finché campo – come se fosse stata... Dopo un po' hanno traslocato e non ho più avuto loro notizie, finché un giorno sono venuto a sapere che lei era morta in una bettola, qui in città. Aveva avuto una vita orribile, era caduta nell'alcolismo e a un certo punto qualcuno l'ha trovata morta. Quando l'ho saputo, mi sono detto che in fin dei conti era già stata fregata in partenza, capisci? Perciò, appena ho visto quelle fotografie, ho fatto finta di niente e le ho date a Seppi. Non so neanch'io cosa mi è passato per la testa. Dimmi se si può essere più idioti! Non ho capito cosa stavo facendo, non ci ho riflettuto. Fatto sta che la ragazzina di quelle foto poteva essere la mia amica... hanno subito gli stessi abusi. E nessuno muove un dito. Non si fa mai niente per le vittime, ci si gira dall'altra parte e tanti saluti. Tutt'al più, questi signori si prendono una leggera bacchettata sulle dita, dopodiché vanno avanti a fare le loro schifezze come se niente fosse.»

Benóný non conosceva quel lato del suo amico. La furia che aveva consentito a Mikki di affrontare i due uomini si era ormai esaurita. Ma ora non sapeva cosa rispondergli. Mikki non aveva mai accennato a quell'episodio del suo passato... chissà che peso aveva sul cuore.

«Fai come ritieni giusto» gli disse Benóný. «Giusto per te, dico. Per la tua amica e per la ragazzina delle foto. Decidi tu che cosa fare adesso. Io però me ne vado, perché non me la sento di immischiarmi in questa storia. Ti saluto.» E cominciò ad allontanarsi.

Mikki lo guardò distrattamente, senza replicare. Poi, mentre Benóný risaliva di corsa sulla Ægisíða, rientrò nel capanno e chiuse la porta.

50

Seppi osservò l'orologio di Bornholm che, nell'angolo del soggiorno, muoveva avanti e indietro il massiccio pendolo con un ticchettio grave che si sentiva in tutta la stanza. Gradevole. Rassicurante. Sorprendentemente sommesso, per un meccanismo di quelle dimensioni.

«E tu che cazzo ci fai qui?» sibilò qualcuno alle sue spalle.

Seppi si voltò e vide che era Anton Heilman. Il medico era tutt'altro che lieto del fatto che avesse la faccia tosta di venire a disturbarlo in casa sua. Ma Seppi, imperturbabile, rispose: «Il ragazzo è stato così gentile da farmi entrare. Mi ha detto che eri occupato, ma che ti avrebbe ugualmente avvisato».

«Be', adesso te ne vai» sibilò il dottor Heilman. «Tu qui non sei il benvenuto. I nostri affari discutiamoli altrove.»

«Bell'orologetto» disse Seppi ammirando la pendola, del tutto indifferente al fatto che il medico potesse gradire o meno la sua presenza nella villa. «Cimelio di famiglia, giusto?»

«Fuori di qui!» ordinò il dottor Heilman. «Non è il posto per parlare, questo!»

«Ma che modi! Ancora un po' e mi dirai che chiami la polizia.» Seppi prese una tabacchiera d'argento che era stata collocata su un tavolino come soprammobile, la osservò per qualche istante, poi se la intascò.

«Ma cosa fai?» sbottò il medico. «Non ti permettere!»

«Diciamo che è un anticipo del pagamento. Un acconto, insomma. A proposito, ti ho portato una delle foto. Pensavo di consegnartela adesso. Magari la facciamo vedere anche a tua moglie. La signora è in casa? Oppure la mostriamo ai tuoi figli. Chissà come si divertirebbero!»

Il dottor Heilman cercò di frenare la rabbia: capiva che reagire non serviva a nulla. Tanto valeva cambiare approccio. «Dimmi cosa vuoi.»

«Quando sono venuto a trovarti in ambulatorio, mi hai detto che ti saresti fatto vivo a breve. La sera stessa, anzi. Io aspetto, aspetto, e tu non ti fai sentire. Passano le ore, passano i giorni e il telefono non squilla mai. Alla fine è naturale che mi girino le scatole, non sei d'accordo? Mi girano parecchio. Perciò adesso non ho intenzione di farti trascinare la cosa all'infinito.»

«Non penserai di essere migliore di me?» disse il medico. «Credi che non sappia come sei fatto? Credi che non abbia sentito le storie che girano su di te? E vieni qui a farmi la morale?»

«Però tra noi due c'è una piccola differenza» disse Seppi. «Non dimenticarlo.»

«No, che non c'è differenza.»

«Invece sì: io, contrariamente a te, non ho niente da perdere. La gente sa benissimo che razza d'uomo sono. Feccia. Un cliente fisso della polizia. Il tuo caso è diverso. Tu sei un medico. Un massone. Un padre di famiglia, e anche di un certo ceto sociale. Tu sì, che hai qualcosa da perdere. E lo sai, ecco perché adesso te la stai facendo sotto. Per lo stesso motivo, farai esattamente quello che ti dico. Come prima cosa vorrei cominciare a vedere qualche soldo.»

Anton Heilman lo guardò con occhi pieni di odio.

«Devo farti un'altra volta il discorsetto sulla ragazzina delle foto? Quella che è finita nella Tjörnin?» Seppi vide su un altro tavolino un bell'oggetto decorativo e lo prese. Era una statuetta d'argento, che riproduceva con magnifica precisione la Torre pendente.

«Rimettila a posto!» ordinò il medico.

Seppi, per tutta risposta, s'intascò il souvenir di Pisa. «Gira voce che sia stato un incidente, ma... Ti ho già raccontato che conosco il suo patrigno? Un paio di volte sono pure stato a casa sua, a Skólavörðuholt, per una bevuta in compagnia e un paio di partite a whist. Me la ricordo, la ragazzina. Lui diceva che era stato un incidente, ma non so se la penserebbe allo stesso modo, vedendo le tue fotografie. Per non parlare del resto della famiglia. Sì, penso che sarebbero tutti molto interessati a sapere di preciso cosa le sia successo...»

Il dottor Heilman lo afferrò. «Ridammi la Torre!»

«... quando è annegata» proseguì Seppi, imperturbabile. «In ambulatorio ti ho parlato della ragazzina, ma tu non mi hai risposto. Mi hai solo promesso che ti saresti fatto sentire. Perciò io ho aspettato, ho aspettato... e così ho avuto tutto il tempo di rifletterci e domandarmi come avrebbe fatto ad annegare nella Tjörnin. Era andata lì da sola a giocare? Non è che per caso qualcuno l'ha sorpresa alle spalle, spingendola in acqua?»

«Piantala con queste scemenze» ribatté Anton Heilman. «Non sai neanche tu di cosa stai parlando.»

«Veramente è da un po' che ci penso» disse Seppi. «E la mia conclusione è che quelle fotografie potrebbero metterti in guai grossi, ben più di quanto avevo pensato in un primo momento. Sai a cosa alludo.»

Il dottor Heilman scosse la testa.

«Insomma, le cose che so di te sono molto più compromettenti del previsto, non so se mi spiego. Cioè, se saltasse fuori che ti sei sbarazzato di lei, le mie informazioni avrebbero un valore maggiore di quello che credevo all'inizio. Perciò adesso non so bene cosa fare di quelle foto. Darle a te, oppure alla polizia... Tu che ne dici?»

«Come ti permetti di parlarmi in questo modo!» sibilò il

medico. «Stai facendo ragionamenti senza capo né coda. Sei completamente uscito di cervello!»

Seppi lo ignorò. «Magari non l'hai fatto di persona, per carità, non voglio certo dire questo. Avrai mandato qualcun altro a farlo al posto tuo, qualcuno che potrebbe essere Luther, per esempio. È possibile? Dovrei fare anche il suo nome quando parlerò con la polizia? Ti piacerebbe che parlassi di tutti e due? Anzi, tutti e tre, volendo essere precisi: tu, lui e la ragazzina annegata nella Tjörnin.»

In quel momento si aprì la porta principale ed entrò in casa la signora Heilman, la quale rimase un po' sorpresa nel trovare un ospite. Non aspettava visite, perciò rivolse al marito un'occhiata perplessa, dopodiché sorrise goffamente a Seppi. Il dottor Heilman guardò prima lei, poi Seppi, come in cerca di una scusa per giustificare la presenza di un estraneo. Ma Seppi disse che non intendeva approfittare troppo del tempo del medico, e che avrebbe tolto subito il disturbo. Era venuto soltanto per avvisare che probabilmente l'indomani pomeriggio avrebbero chiuso per un po' il riscaldamento. Era stato segnalato un guasto alle tubature che correvano sotto la strada, proprio all'altezza della villa. Non sapeva bene quanto tempo sarebbe occorso per ripararlo, ma di sicuro il servizio sarebbe ripreso entro sera.

Detto ciò, prese commiato dai coniugi Heilman.

51

Il secondino era lo stesso della volta precedente. Era quasi in età da pensione, con una lunga carriera alle spalle, e si fidava di Konráð perché l'aveva visto parecchie volte a Litla-Hraun negli anni in cui lavorava in polizia. Perciò la perquisizione fu piuttosto sommaria. Konráð era ancora indeciso sul da farsi, ma rimase imperturbabile mentre il secondino gli prendeva il giaccone e lo tastava pregandolo di vuotare tutte le tasche. L'uomo lo trattava da pari a pari, quasi si scusò per l'incomodo di quella piccola formalità e si mise a chiacchierare con lui del più e del meno, soprattutto di politica. A Konráð quei discorsi entravano da un orecchio e uscivano dall'altro. Riprese il giaccone e lo portò con sé nel parlatorio. Il secondino non commentò il fatto che Konráð non avesse approfittato del guardaroba: si era già lanciato in una filippica sul nuovo governo che aveva appena tagliato i fondi alle carceri.

Konráð prese posto allo stesso tavolo malandato, sulla stessa sedia malandata, e nell'attesa si mise a giocherellare con il colletto del giaccone.

Lungo il tragitto attraverso la Hellisheiði aveva telefonato a sua sorella. Beta aveva risposto dopo diversi squilli: era a Seyðisfjörður, ospite di alcune vecchie amiche. Gli aveva fatto bene sentire la sua voce, ora che le persone con cui riusciva ad avere un dialogo pacato erano sempre di meno. Non gli andava di rovinarle la vacanza scaricandole addosso tutte le preoccupazioni di quel periodo, ma il suo proposito era andato a farsi benedire: lei si era accorta che il tono di Konráð era diverso dal solito, e a forza di insistere era riuscita a fargli confessare di essersi rimesso a indagare sull'omicidio di papà. Già in precedenza Konráð le aveva accennato a quella sua indagine personale, ma era stato quando la polizia non aveva ancora riaperto il caso, mentre adesso lo consideravano un sospettato. Le aveva raccontato in breve che la causa di quel guaio era stata la sua falsa testimonianza, della quale Beta era già al corrente da tempo. Ora che gli inquirenti sapevano che Konráð aveva mentito sotto interrogatorio, era più che mai importante venire a capo di quella faccenda e scagionarsi.

Ma sarebbe stato tutt'altro che facile.

«Non è l'unica cosa di cui volevi parlarmi, vero?» aveva detto Beta alla fine. Aveva avuto la netta sensazione che Konráð non le avesse detto tutto ciò che gli pesava sul cuore.

«No, infatti. Ci sono problemi con Húgó» aveva ammesso lui, pur controvoglia.

«Problemi di che genere?»

«Ha scoperto una cosa su me ed Erna. Cioè, su di me e basta. Non le sono sempre stato fedele.»

All'altro capo della linea era calato il silenzio. Dopo un po', Beta gli aveva chiesto: «L'hai tradita?» Quella notizia le era del tutto nuova.

«Húgó è venuto a saperlo e...»

«Scusa un attimo, dici sul serio?»

«Sì. E Húgó...»

«Ma sei proprio un coglione!» era sbottata Beta. «L'ho sempre detto, io, che non sei granché meglio di papà.»

«Húgó ci è rimasto male e adesso non mi parla più. Quindi pensavo... visto che con te ha sempre avuto un bel rapporto, magari potresti telefonargli. Sono molto amareggiato per questa situazione. Lo so, ha tutti i motivi per avercela con me, ma le cose non possono andare avanti in questo modo.»

«Almeno ne avevi parlato con...»

«E comunque io non sono come nostro padre. Per favore, non fare certi paragoni.»

«Dicevo: almeno ne avevi parlato con Erna?» gli aveva chiesto Beta.

«No. Avrei voluto, ma continuavo a rimandare e tutt'a un tratto era troppo tardi. E questo è un altro motivo per cui Húgó è tanto arrabbiato con me.»

«Ma che significa tutt'a un tratto?» aveva detto sua sorella, senza far nulla per dissimulare la collera. «Gliel'hai tenuto nascosto e basta!»

«Per favore, non potresti parlargli tu?» aveva insistito Konráð. «È una situazione che mi fa star male.»

«Oh, poverino!» l'aveva schernito Beta. «Húgó ha sempre avuto un fortissimo senso della lealtà. Come sua madre, del resto. Non hai idea di quanto sei stato fortunato a trovare una come lei.»

A quel punto era calato di nuovo il silenzio all'altro capo della linea, perciò Konráð aveva provato a cambiare argomento, in un disperato tentativo di alleggerire l'atmosfera. «Come vanno le cose, laggiù all'Est?»

«Senti, ciao» aveva detto sua sorella. E aveva riattaccato.

La porta del parlatorio si aprì ed entrò Gústaf, scortato da un altro secondino. Attese che l'uomo uscisse e richiudesse, poi andò a sedersi davanti a Konráð. Era vestito allo stesso modo della volta precedente, ma aveva i capelli sporchi, come se non avesse avuto modo di lavarsi.

«Chi mi ha recapitato la chiave?» chiese Konráð.

«Non ha importanza» rispose Gústaf.

«Veramente sì, visto che quella persona sa che ho avuto accesso a casa tua, dove tieni le compresse. Quando poi verrai trovato morto qui dentro, con quelle stesse compresse nello stomaco, ci sarà qualcuno che farà due più due e io mi ritroverò in guai grossi. Allora, chi mi ha portato la chiave?»

«Una persona che non sa chi sei, né che chiave fosse. Dimmi, ce le hai?»

«Sì.»

«Quindi sei entrato nella villa?»

«Sì.»

Gústaf lo scrutò.

«Pensi che ti stia raccontando balle?» gli chiese Konráð.

«No, è che non credevo che l'avresti fatto davvero» rispose Gústaf. «Devi essere proprio disperato.»

«Insomma, le vuoi o no?»

«Hai setacciato la casa? Hai trovato qualcosa d'interessante?» domandò Gústaf, con l'accenno di un sorriso.

«Quanti anni ha quel vecchio orologio in salotto?»

«La pendola di Bornholm? Un centinaio, direi. Forse anche di più. Ti ha incuriosito?»

«È in buono stato?»

«Non saprei. Quando sono andato ad abitare lì l'ho fermata, perché mi dava fastidio il ticchettio. Sembrava che facesse il conto alla rovescia dell'apocalisse.» Gústaf trasse un respiro profondo. «Le pillole, voglio solo averle qui. Non è detto che poi le usi.»

«Per quel che m'importa, puoi farne quello che vuoi. A me non interessa niente, né delle compresse, né di te, se proprio vuoi saperlo.» Konráð sfilò dal colletto del giaccone una scatoletta di plastica, badando bene a non posarvi i polpastrelli. Gústaf osservò senza fare una piega. Konráð lasciò cadere il giaccone sul pavimento. Si chinò a raccoglierlo, trascinando un lembo sopra la scatoletta in modo da spingerla verso Gústaf, che la bloccò con un piede. «Sai, siamo in confidenza, io e il secondino» disse Konráð, aggrottando la fronte. «Se finisse nei guai a causa di questa roba, mi sentirei in colpa.»

Gústaf si chinò, fingendo di allacciarsi una scarpa. Quando si drizzò, la scatoletta era sparita. «Non preoccuparti, in questo posto girano così tanti medicinali che sembra di essere in una farmacia.»

52

Konráð non voleva trattenersi a Litla-Hraun più a lungo del necessario. Gústaf, invece, sembrava gradire molto la sua visita e non mostrava alcuna fretta di concluderla.

«Agli inizi del 1963 siamo partiti con la *Gullfoss*» disse, passando il palmo della mano sul piano del tavolo. «Siamo rimasti via per due settimane, se ben ricordo. Abbiamo visitato Copenaghen e Amburgo. A pranzo, buffet freddo. A cena, ogni tanto, eravamo ospiti al tavolo del comandante. Sono stati giorni molto felici, per me e mio fratello. Quando siamo rientrati a Reykjavík, abbiamo trovato la casa svaligiata. I ladri avevano buttato all'aria tutto quanto. Avevano portato via tutti gli oggetti di valore e danneggiato parecchia roba. Era sparito anche il giradischi che avevamo appena comprato. Mia madre era agitatissima, voleva chiamare subito la polizia, ma mio padre non gliel'ha permesso.»

«Come mai?» gli chiese Konráð. «Hai detto che solo in seguito hai capito perché tuo padre non avesse voluto denunciare il furto e che c'erano certe fotografie che lui voleva recuperare. A cosa alludevi, di preciso?»

«Casa tua non è mai stata svaligiata, vero? Sai, non è mica una questione di poco conto: rientri e vedi che qualcuno ha frugato tra le tue cose, ha rubato quelle preziose, ha profanato il tuo nido... Per mio padre era soprattutto un'umiliazione. E anche per noi la prima reazione è stata la vergogna. Un furto in casa è una grave violazione dello spazio personale e lui non voleva che la voce si spargesse.

Per certi versi si può capire. Però poi sono venuto a sapere di quelle fotografie...»

«Chi ritraevano?» chiese Konráð.

Gústaf ignorò la domanda. «Ha voluto rimpiazzare subito tutti gli oggetti rubati. Ci teneva tanto. Ha comprato un nuovo giradischi – dello stesso modello di quello di prima – e mi pare che abbia addirittura recuperato una parte dei gioielli della mamma. Non so bene come abbia fatto. Io e mio fratello ci eravamo messi in testa che avesse preso contatto con i ladri o con qualcuno che li conosceva. So per certo che non si è rivolto alla polizia. Ci ha addirittura vietato di parlare in giro del furto, ecco perché avevamo pensato che si fosse accordato con i ladri per farsi ridare almeno una parte della refurtiva.»

«Dunque sapeva chi erano?»

«In qualche modo l'aveva scoperto» disse Gústaf.

«E lo sai anche tu?»

«Di preciso no, però mi pare di ricordare che uno di loro si chiamasse come il tizio che hai nominato tu.»

«Quale?»

«Seppi.»

Konráð lo fissò. «Stai dicendo che Anton e Seppi si conoscevano? Ma mi avevi detto di non aver mai sentito quel nome in vita tua!»

«Un giorno, poco dopo il furto, ho sentito mio padre parlare al telefono... Be', diciamola tutta: stavo origliando. Mentre era lì, con la cornetta all'orecchio, ha pronunciato quel nome per ben due volte, e con un disprezzo tale da farmi pensare che il tizio in questione fosse in qualche modo implicato nel furto. Mi è rimasto impresso perché mi era quasi venuto da ridere: sai, è un nome da cane... Ecco perché me lo ricordo ancora adesso.»

«Ma la persona all'altro capo della linea... chi era?»

«Forse era quel Luther di cui mi chiedevi.»

Konráð scosse la testa. «Ma se mi avevi detto di non aver mai conosciuto nessun Luther!» disse con rabbia.

«Magari ricordavo male. Comunque è vero che non lo conoscevo.»

«Ricordavi male? Stai mentendo anche stavolta?»

Gústaf sorrise, come per una battuta che capiva solo lui.

«Tu pensi che tutto questo sia un gioco» disse Konráð. «C'è almeno un briciolo di verità in quello che mi hai raccontato?»

«Mah, vedi tu. Io qui mi annoio a morte. Di tutti quelli con cui ho parlato da quando sono a Litla-Hraun, tu sei il primo che abbia un minimo d'intelletto. E non ti sto neppure facendo un gran complimento.»

«Cosa sai di quel Luther?»

«Soltanto quello che ho sentito dalla polizia. Mio padre l'ha avuto come paziente quando esercitava al sanatorio di Vífilsstaðir. La tubercolosi l'aveva colpito a una gamba e mio padre l'ha preso in cura. Con il tempo hanno fatto... amicizia, diciamo. Ma io l'ho visto una sola volta. Ero in casa, stavo studiando e quel tizio è venuto a trovarlo. Si sono messi a parlottare a bassa voce, non so bene di cosa. L'ho visto solo di sfuggita. Un brutto ceffo... Però con mio padre aveva modi da adulatore, come se volesse stargli simpatico a ogni costo.»

«Vi siete presentati?»

«No, non mi sono neppure avvicinato.»

«E con questo siamo al secondo episodio in cui hai origliato in casa tua» commentò Konráð.

«Ma cosa vuoi saperne tu?» disse Gústaf, serissimo. «Be', comunque ho sentito che diceva a mio padre che, se rivoleva le foto rubate, doveva pagare. Che non c'era altro modo. Un discorso del genere poteva alludere a una sola cosa: al furto che avevamo subìto.»

«E quando sarebbe avvenuto?»

«Ma te l'ho appena detto! Il viaggio sulla *Gullfoss* è stato nel 1963. Cioè due anni dopo il caso della ragazzina.»

«Quella della Tjörnin?»

Gústaf annuì.

«Ma perché, cosa c'entra lei?» chiese Konráð.

«È il caso su cui continui a farmi domande» esclamò Gústaf.

Konráð lo guardò con sospetto. «Ne sai qualcosa?»

Gústaf sorrise. «Quante volte te lo devo dire? Di quella faccenda non so niente.»

«Come fai a sapere che l'uomo venuto a parlare con tuo padre era Luther?»

«Mi ricordo che mio padre lo chiamava così.»

«E che fine ha fatto?»

«Non ne ho idea.»

«Cosa ritraevano quelle foto?»

«Non lo so.»

«Non le hai mai viste?»

«No» rispose Gústaf. «So solo che mio padre si dilettava con la fotografia e che aveva allestito una camera oscura in una stanza del suo studio, giù in città. Immortalava noi, durante i festeggiamenti di Natale, in vacanza e in tante altre occasioni. Faceva ritratti di famiglia.»

«E doveva pagare un riscatto per riaverle? È per questo che mio padre aspettava di ricevere una somma di denaro? Per le foto scattate da tuo padre?»

«Può darsi che alcune fossero finite in mano sua» disse Gústaf.

«Ma cosa poteva mai esserci di così importante, in quelle foto, se tuo padre era disposto a mettere mano al portafogli pur di riaverle?» chiese Konráð.

Gústaf osservò in tutta tranquillità il visitatore. Sembrava che ci godesse, nel vederlo alle prese con domande alle quali era tanto difficile dare una risposta. Si divertiva a guardarlo tormentarsi. «Non lo so» disse infine.

Konráð rifletté per qualche istante. «Ma perché hai nominato la ragazzina della Tjörnin?» chiese poi.

Gústaf non rispose.

«Tu *sai* cosa c'era in quelle foto» insisté Konráð. «Le hai viste.»

Gústaf continuò a fissarlo senza dire nulla.

«Esistono ancora?»

Gústaf scosse la testa.

«Dove sono finite? Ce le hai tu?» Konráð lo guardò dritto negli occhi. «Sappiamo che tuo padre ha stuprato la ragazzina e l'ha messa incinta. C'è la prova del dna. E non è escluso che sia stato lui a causarne la morte.»

«È ora che io torni in cella» disse Gústaf, come se ne avesse avuto abbastanza di quella visita.

«Quando Nanna è stata trovata, nei pressi della Tjörnin è stato visto un uomo che quasi sicuramente era Luther» riprese Konráð. «Conosceva tuo padre. Sbrigava incarichi per lui. Lo frequentava. Lo adulava, l'hai detto tu stesso.»

Gústaf si alzò. «Grazie della visita, è stata piacevole.»

«Tuo padre teneva moltissimo a quelle foto. Le nascondeva con cura in casa vostra. Sentiva il bisogno che nessuno sapesse della loro esistenza e le rivoleva a ogni costo. Era disposto a pagare, pur di evitare che circolassero. Tu stesso hai nominato la ragazzina...» Konráð lo fissò. «Nelle foto c'era lei?»

Gústaf scosse la testa.

«C'era qualcun'altra? Quante?»

«Io so solo che Seppi pensava di usare quelle fotografie per ricattare mio padre» disse Gústaf. «Ma il problema si è risolto da sé. Seppi è morto proprio in quel periodo. Abbattuto come un maiale. Davanti a un mattatoio, oltretutto!»

«Dal dottor Heilman?»

Gústaf non rispose.

«Mi stai dicendo che a toglierlo di mezzo è stato tuo padre?» gli chiese Konráð.

Gústaf sorrise, e nella sua espressione c'era una buona dose di arroganza, come se Konráð fosse stato un uomo da compatire, con quello sguardo talmente inquisitorio da dargli un'aria da cretino.

Ma Konráð non abbassò gli occhi. «Mi stai prendendo per il culo, eh?»

«Non che ci voglia molto.»

«Perché non mi dici come sono andate le cose? Non è vero che non sai niente! Origliavi ogni conversazione, in casa tua. Qualunque cosa venisse detta, l'ascoltavi. Vedevi tutto, sapevi tutto. Cosa mi nascondi?»

«Non so nulla che non sappia anche tu.» Gústaf si avvicinò alla porta. «Te l'ho già detto. Non so niente della ragazzina della Tjörnin, né di tuo padre. E non voglio saperlo. Non me ne frega niente.»

«E allora ridammele!» disse Konráð, con rabbia.

«Che cosa?» chiese Gústaf.

«Le compresse!» sibilò Konráð, per non farsi sentire al di fuori del parlatorio.

«Perché? Io la mia parte l'ho fatta.»

«Non hai fatto un bel niente!» sbottò Konráð, alzandosi in piedi e avvicinandosi a lui. «Non mi hai dato nessuna informazione!»

«Te ne ho date a sufficienza» mormorò Gústaf, facendogli segno di spostarsi. «Anzi, semmai te ne ho date troppe. Dovresti soltanto ringraziarmi» aggiunse, battendo il pugno contro la porta. La visita era finita.

Il secondino aprì, guardò prima l'uno e poi l'altro, infine chiese se avessero bisogno di qualcosa. Gústaf rispose che desiderava tornare in cella.

Konráð lo guardò allontanarsi lungo il corridoio, con la scatoletta delle compresse ben nascosta nel pugno. «Be', buonanotte, impostore!» gli ringhiò dietro.

53

Elísa si voltò di scatto e lanciò un urlo di terrore nel vedere il marito fermo sulla soglia del seminterrato. Abbassò lo sguardo sul pavimento, che si era macchiato di caffè. La tazza era in frantumi davanti ai suoi piedi. Si guardò intorno in cerca di Tommi, ma non lo vide da nessuna parte. Terrorizzata, indietreggiò verso il fondo della lavanderia.

Stan avanzò e chiuse la porta. «Mani di pastafrolla, come sempre» mormorò, scuotendo la testa e guardando il caffè versato sul pavimento.

«Dov'è Tommi?» gli chiese Elísa, reggendo ancora il piatto con il panino che aveva preparato per lui. «Cosa gli hai fatto?»

«Tommi sarebbe il barbone che ho visto correre via da qui? Certo che a te basta che respirino. Ti fai scopare da tutti gli amici di Benóný?»

Quando Stan beveva, non sempre era evidente. Reggeva molto bene l'alcol e raramente si ubriacava in modo esagerato, ma non riusciva a mantenere il pieno controllo dell'umore: bere lo rendeva ancora più permaloso e irascibile. Ecco da cosa se ne accorgeva Elísa. Suo marito s'incolleriva con facilità e la ricopriva d'insulti, ma quando alzava il gomito la sua aggressività aumentava, rendendolo più incline alla violenza.

«Ho appena sentito Benóný al telefono» gli disse lei. «Sta arrivando. Anzi, sarà qui a minuti.»

«E il coltello? L'hai dimenticato?» Stan, fingendosi sorpreso, si guardò intorno. «L'hai lasciato sotto il cuscino? Saliamo a prenderlo. Devo ammettere che mi hai colto un po' alla sprovvista, con quella storia. Perciò volevo avvertirti che non ricapiterà: non mi lascerò mai più cogliere alla sprovvista.»

Elísa posò il piatto con il panino. «Benóný arriverà da un momento all'altro.»

«Cosa ci trovi in lui?» le chiese suo marito, piazzandosi davanti alla scala in modo da sbarrarle la strada. «Cos'ha lui che io non ho? È una nullità! È sempre stato uno stronzo, senza contare la gentaglia di cui si circonda. E tu ti fidi di uno così. Seriamente, pensi davvero che farà qualcosa di buono per te? Che sei stupida, già lo sapevo – anzi, direi che lo sanno proprio tutti – ma non pensavo così tanto.» Si scagliò contro di lei e le diede un pugno in pieno viso.

Elísa, ritraendosi, finì addosso alla lavatrice. Lui la fece girare, la prese per il collo e le sbatté più volte la testa contro il piano, continuando a imprecare e a darle dell'inetta, della fedifraga, della stupida. Ma lei non udì neppure una parola: nelle orecchie aveva solo un ronzio. Sentiva un gran dolore al viso e alla testa. Si accorse che le stava strappando i vestiti e cercò di opporre resistenza, ma lui le sbatté nuovamente la testa sulla lavatrice, poi riprese a spogliarla, infine le tappò la bocca con una mano per impedirle di gridare mentre la stuprava.

Troia.
Troia.
Troia.

Elísa non sapeva quanto tempo fosse passato, ma quando si accorse che lui aveva finito e che si stava tirando su i pantaloni, credette d'intravedere un'occasione di fuga. Scattò verso la porta e afferrò la maniglia. Però non arrivò oltre. Sentì un violento strattone ai capelli, così forte da farle temere una frattura del collo. La sua testa si schiantò contro la lavatrice. Da una lacerazione alla pelle sgorgò un fiotto di sangue. Batté la nuca sul pavimento e sentì un fischio alle orecchie. Quando Stan cominciò a prenderla a calci, lei rimase inerte.

54

La rabbia era sbollita quasi del tutto. Konráð era seduto al volante, ma non aveva ancora avviato l'auto. Era fermo nel parcheggio di fronte a Litla-Hraun e stava pensando di telefonare a Pálmi. Era ancora in collera con lui, per quel voltafaccia che non riusciva a non considerare un tradimento della loro amicizia e della fiducia che aveva creduto di poter riporre in un ex collega che conosceva da tanti anni. Tuttavia non era così ingenuo da pensare che la colpa fosse soltanto di Pálmi. Si rendeva conto di non essere stato del tutto onesto con lui. Certo, aveva avuto le sue ragioni, ma erano valide?

Ora che l'esasperazione per la visita a Gústaf stava scemando, era assalito dai dubbi: aveva fatto la cosa giusta? Forse aveva davvero il dovere morale di avvisare le autorità carcerarie della possibilità che Gústaf assumesse quelle compresse. Gli sarebbe bastato fare una telefonata anonima. La cella sarebbe stata controllata e il farmaco sarebbe stato requisito. Ride bene chi ride ultimo.

Ciononostante non perse troppo tempo a rimuginare su queste cose. Quel che è fatto è fatto. Semmai, la questione su cui non riusciva a decidersi era quella che riguardava Pálmi. Alla fine si arrese e compose il numero. Il telefono squillò a lungo. Konráð stava per riattaccare, quando finalmente sentì la voce di Pálmi.

«Pronto, scusa, ho visto il nome sullo schermo e non sapevo se fosse il caso di rispondere.»

«Be', alla fine hai risposto e io ti ringrazio» disse Konráð.
«Sono a Litla-Hraun.»

«Ma come? Ti hanno già messo dentro?» chiese Pálmi.

Konráð scoppiò a ridere, poi si rese conto che Pálmi era sinceramente preoccupato, quindi gli spiegò che almeno per il momento era ancora libero e che non aveva smesso d'indagare sul caso di suo padre. Anzi, aveva ancora più fretta di giungere a una soluzione, ora che lui l'aveva segnalato alla polizia. L'indagine lo stava portando su sentieri imprevisti. Raccontò di avere appena scoperto che suo padre aveva ricattato il dottor Heilman con certe fotografie compromettenti, probabilmente scattate e sviluppate dal medico stesso. Spiegò che non sapeva cosa raffigurassero, ma che forse avevano qualcosa a che fare con Nanna, la ragazzina annegata nella Tjörnin. Lo stupratore di Nanna era il dottor Heilman, questo era un fatto certo. Quello che Konráð non sapeva era se le fotografie finite in mano a suo padre ritraessero le vittime minorenni degli abusi sessuali del medico. In più, c'era da considerare il fatto che Anton Heilman fosse massone e...

«... e che nell'affumicatoio della Cooperativa di Macellazione del Suðurland sia stato trovato un simbolo massonico» concluse Pálmi.

«Appunto.»

«Quindi secondo te l'assassino sarebbe questo dottor Heilman? Avrebbe avuto appuntamento con tuo padre davanti allo stabilimento per farsi ridare le foto?»

«È molto probabile» disse Konráð. «Lui, o qualcuno da lui incaricato. Volevo solo farti sapere che c'è stato questo piccolissimo progresso nelle mie ricerche.»

«Ma Konráð, io non ho mai detto che sei stato tu a pugnalare Seppi. Dico solo che hai mentito sotto interrogatorio.»

«Ti viene in mente qualcuno che negli anni Sessanta avesse regolarmente problemi con la legge e che svaligiasse case?

O che fosse sospettato di questo reato? Preferibilmente qualcuno che sia ancora vivo e con cui io possa parlare...»

Pálmi ci rifletté. Aveva un'ottima memoria e nel decennio in questione i cosiddetti «clienti fissi» della polizia non erano poi molti. «C'era, in effetti, più di qualcuno che veniva condannato per violazione di domicilio, furto e rapina, e che dopo essere uscito di prigione tornava a commettere gli stessi reati. Me ne viene in mente uno, Ólafur, detto Olambicco. Era un bastardo e ne combinava di tutti i colori, in quegli anni. Mi pare che conoscesse tuo padre.»

Konráð ricordava vagamente che, nei suoi primi anni in polizia, un uomo con quel soprannome produceva illegalmente acquavite. «Era quello che aveva la distilleria clandestina?»

«Sì. In tempi successivi si è dato al contrabbando e a traffici di quel genere. Potresti provare a chiedere a lui» disse Pálmi. «Sempre che sia ancora vivo. Ne dubito, però. Fra l'altro, ho sentito i colleghi giù in Hverfisgata e mi è parso di capire che vogliano davvero andare fino in fondo. Riaprire il caso e interrogare di nuovo i testimoni. O almeno, quelli che sono rimasti.»

«Non mi sembra una cosa di cui debba preoccuparti tu» disse Konráð.

«Magari fai uno squillo alla centrale e racconta anche ai colleghi quello che hai appena detto a me. La faccenda del dottore eccetera.»

«Ogni cosa a suo tempo.»

«Sai, mi sto un po' pentendo di quello che ho fatto» riprese Pálmi. «Non avevo il diritto di registrare quello che ci stavamo dicendo. È solo che questa indagine... be', non mi è mai andata giù. È adesso tu ti metti a rimestare di nuovo...»

«Sì, me ne rendo conto. Motivo in più per chiudere la questione una volta per tutte. In un modo o nell'altro, il caso va risolto.»

Quando Konráð rientrò nella sua casa di Árbær, riprovò a telefonare a Húgó, ma invano. Tentò con Beta – su a Est, nei Fiordi Orientali – ma non gli rispose neppure lei. Infilando una mano in tasca, trovò il biglietto con il codice dell'allarme della villa di Gústaf: 196090. Lo tirò fuori e lo posò sul tavolo, ma così facendo lo girò inavvertitamente, e nel vederlo capovolto – 060961 – provò una strana sensazione. Ancora una volta quella sequenza di cifre gli risultò, in qualche modo, familiare.

Pensò di telefonare a Svanhildur, con una mezza speranza di ottenere risposta, ma era distratto, perché quel codice continuava a ronzargli nella testa, e non si accorse che i segnali di linea libera proseguivano troppo a lungo.

All'improvviso, Svanhildur rispose. «Pronto?»

«Svanhildur?» disse Konráð.

«Perché hai chiamato?»

Era una domanda neutra – non amichevole, ma neppure ostile – però Konráð ci rimase male nel cogliere il tono di stanchezza nella sua voce. «Adesso Húgó non mi parla» disse Konráð. «Se l'è presa a morte, per via del tradimento nei confronti di sua madre. Si volevano molto bene.»

«Lo so» disse Svanhildur. «Comunque, mi è parso giusto che lo sapesse.»

«Non sarebbe meglio se ci vedessimo?» chiese Konráð. «Non possiamo chiudere tutto così. Non volevo mancarti di rispetto, quella sera. Mi piacerebbe rivederti.»

«Secondo me è meglio lasciar perdere.»

«Io non sono d'accordo.»

«E Húgó?»

A Konráð cadde nuovamente lo sguardo sul biglietto che aveva appena posato sul tavolo. Distratto, non sentì la domanda di Svanhildur. «Dicevi?»

«Cosa direbbe Húgó?» ripeté lei.

«Ehm... Scusa un momento, devo...» Konráð posò il

telefono sul tavolo, prese in mano il biglietto e mormorò: «Brutto figlio di... ma allora è vero che mi sta prendendo in giro!» Afferrò dal tavolo una matita e inserì un punto dopo la seconda e la quarta cifra: 06.09.61. Dopodiché lesse più volte il risultato ad alta voce. «Sei, nove, sessantuno. È una data! Sei settembre millenovecentosessantuno. Che bastardo...»

Riprese in mano il biglietto e continuò a guardare quella data. La conosceva benissimo, perché era il giorno in cui Nanna era annegata nella Tjörnin.

Non poteva essere un caso. Questo pareva confermare i sospetti di Konráð sul fatto che Gústaf si fosse preso gioco di lui fin dal principio, allo scopo di ottenere il farmaco. Quell'uomo aveva sostenuto di non sapere nulla della storia di Nanna e del dottor Heilman, ma in realtà la conosceva benissimo. E bravo Gústaf, che da ragazzo origliava in casa sua. Sentiva tutto. Vedeva tutto. Sapeva tutto.

«Be', che facciano il loro dovere» mormorò Konráð, pensando alle compresse nella scatoletta. Erano quattro. Il numero giusto, secondo Gústaf, per addormentarsi una volta per tutte.

All'improvviso si ricordò di essere al telefono con Svanhildur. Riprese in mano il cellulare ma lo lasciò cadere in malo modo sul tavolo, non appena si accorse che all'altro capo della linea non c'era più nessuno.

55

Benóný risalì dall'Ægisíða correndo a perdifiato. Non aveva tempo per Mikki e Luther: aveva ben altro a cui pensare. Certo, temeva che l'amico stesse per combinare una grossa sciocchezza. Aveva visto in lui qualcosa di estremo, selvaggio, sfrenato, una natura quasi animalesca, che lo portava a menare le mani come aveva appena fatto ai capanni. In cuor suo, provava pena per le persone che non avevano la forza di difendersi, comprendeva il dolore di chi non sapeva reagire alla violenza. Ma non riteneva che l'uomo nel capanno meritasse la sua compassione.

In quel momento Benóný aveva in mente soltanto Elísa, e infatti stava correndo proprio in direzione di casa sua. Non sapeva fino a che punto avrebbe potuto spingersi Stan e non se la sentiva di assentarsi troppo a lungo.

Quando arrivò nelle vicinanze della casa, vide che la finestra della camera da letto era illuminata. Era molto tardi, perciò pensò che Elísa si stesse preparando per andare a dormire. L'auto di Stan non si vedeva da nessuna parte. Benóný salì i gradini d'ingresso. Era esausto per via della lunga corsa. Quando cominciò a salire la scala che portava al piano superiore, alzando lo sguardo vide Stan uscire dal bagno, nudo a parte un telo da bagno intorno alla vita. Si fermò e fissò l'uomo che fino a poco tempo prima aveva considerato un amico. «Dov'è Elísa?» gli chiese.

«Cosa te ne frega?» ribatté Stan, fermo in cima alla scala. «Vattene. Qui non ti vuole nessuno!»

«Dov'è?» insisté Benóný. «Devo parlarle.»

«Levati dai coglioni, prima che chiami la polizia.» Stan rientrò in camera da letto.

Benóný lo seguì. Lo vide che cominciava a vestirsi. Sul pavimento c'era un mucchietto di vestiti da lavoro sporchi. «Ma cos'hai fatto? Ti sei messo a finire la muratura nel seminterrato?»

«Be', visto che non la finisci tu.»

«Non possiamo...»

«Non hai più motivo di venire qui» disse Stan. «Tu, in questa casa, non rimetterai piede. E non vedrai più mia moglie. Fine della storia. Sono stato chiaro? E adesso vattene. O devo sbatterti fuori io?»

«Parliamone da uomo a uomo» chiese Benóný. «Tu devi farti curare. Non puoi trattare così la tua famiglia. Tua moglie. Tua figlia. Devi capirlo. Elísa ha tutto il diritto di troncare. Sta solo facendo ciò che è meglio per se stessa e per Lóla. Per tutti.»

«Nel senso che ha tutto il diritto di tradire il marito con i suoi amici? È questo che stai cercando di dire? Sta facendo ciò che è meglio *per te*! Il giochetto è questo fin dall'inizio giusto?»

«Dov'è?» gli chiese nuovamente Benóný.

«E lo domandi a me? Pensavo che fosse con te! Cosa le hai fatto?»

«L'ultima volta che l'ho vista era qui» disse Benóný. «Quando sei arrivato non era in casa?»

Stan scosse la testa e gli rivolse uno sguardo accusatore. «Sai, Ben, le cose andavano alla grande, finché non ti sei immischiato tu. Se non ti fossi messo a ficcare il naso, non sarebbe accaduto nulla di tutto questo. Io ed Elísa avremmo risolto i nostri problemi parlandone da persone civili e saremmo andati avanti. E invece no: dovevi impicciarti. Dovevi portarmela via. Io gliel'ho detto, che se mi avesse piantato non avrebbe più rivisto nostra figlia. Avrei potuto farle presente che mi aveva messo le corna in casa mia, sotto il mio naso. Che aveva qualche rotella fuori posto e che tutti i suoi discorsi sulle cose che avrei fatto a lei e a nostra figlia erano soltanto farneticazioni, da usare come scusa per continuare a fare la troia con altri uomini. Sì, al plurale, perché forse non sei l'unico. Magari ce ne sono altri, che ne so io? Lei ci è rimasta malissimo, nel rendersi conto di quanto era stata cretina. Dell'errore madornale che aveva commesso. Allora io le ho detto che non doveva essere troppo severa con se stessa, perché la colpa è soprattutto tua, Ben. Sei tu ad aver fatto irruzione nella nostra vita. Sei stato tu a sedurla. A confonderle le idee. Il responsabile sei tu. Se le cose sono andate a finire in questo modo è tutta colpa tua, e lo sai. Hai sempre avuto un debole per lei.»

«Dov'è?»

«Non mi stupirei di scoprire che ha detto addio a tutto quanto.»

«In che senso? Dov'è Elísa?»

«Non so, era talmente sconvolta per il modo in cui sono andate le cose... Spero che non faccia qualche sciocchezza. Ma questo dovrei chiederlo a te, che la conosci meglio: hai idea di dove possa essere finita?»

Benóný capì che con quell'uomo non si poteva ragionare. Uscì dalla camera e si precipitò giù per le scale, chiamando a gran voce Elísa. Andò in cucina, la cercò in tutte le stanze, in ogni angolo, continuando a gridare il suo nome.

Stan, da sopra, gli ordinò nuovamente di andarsene. Gli ripeté che non aveva più motivo di venire in quella casa, e che non avrebbe più dovuto farsi vedere.

Benóný aprì la porta della scala che conduceva nel seminterrato e chiamò Elísa, ma non ebbe risposta. Scese, accese le luci ed entrando nella lavanderia vide che Stan aveva chiuso il buco nel muro. Aveva usato i mattoni che erano ammucchiati sul pavimento e li aveva posati in qualche maniera, grossolanamente. La muratura era ancora umida. Su un tavolo, accanto al secchio della malta, c'erano diverse cazzuole e una spazzola bagnata.

«Alle rifiniture penso io. Fuori di qui!» ordinò Stan, in cima alla scala. «Lasciaci in pace! Vattene via!»

Mikki uscì dal capanno della Grímsstaðavör e con una manica si asciugò una goccia di sangue dalla fronte. Con occhi spenti si guardò intorno e notò una piccola barca a remi capovolta sulla battigia. Appoggiata a uno dei capanni c'era una stanga di ferro. Sollevò lo sguardo verso l'Ægisíða, ma non vide nessuno che potesse essersi accorto di ciò che era appena accaduto. Il compare di Luther se l'era filata ed era improbabile che intendesse tornare indietro. L'unica testimone era la luna, che si era appena nascosta dietro un fitto velo di nubi. Sui capanni era scesa l'oscurità e la cosa gli faceva gioco.

Si avvicinò alla barca, la raddrizzò e con qualche difficoltà la spinse fino all'acqua. Trovò i due remi, li infilò negli scalmi, poi prese la stanga di ferro e la posò sui panchetti. Ora gli serviva una corda, e ricordava di averne vista una nel capanno.

Per qualche minuto rimase immobile, con le orecchie tese, a scrutare intorno a sé. Poi rientrò nel capanno.

Poco dopo, in una cupa quiete, la barca scivolò via dalla Grímsstaðavör, solcando lo specchio dello Skerjafjörður, silenziosa e invisibile come l'oscuro segreto che conteneva.

56

Olambicco era passato a miglior vita all'inizio degli anni Ottanta, lasciando tre figli – avuti ognuno da una donna diversa – tra i quali Þorbjörn, detto Toggi, anch'egli dedito alla piccola criminalità. In gioventù, Toggi aveva trascorso dei periodi in carcere per furto e contrabbando, ma non aveva più problemi con la giustizia ormai da anni. Konráð ricordava di averlo arrestato, tanto tempo prima, in relazione a un caso di traffico illecito che a conti fatti aveva scarsa rilevanza. Ora, cercando notizie su di lui, scoprì che faceva il venditore di automobili appena a nord di Árbær. Perciò, dopo il caffè mattutino, decise di fare un salto da quelle parti. Era l'ora a cui aprivano i concessionari. In zona ce n'erano diversi, vicinissimi tra loro, tanto che era difficile capire dove finisse l'uno e cominciasse l'altro.

Sugli spiazzi asfaltati c'erano macchine di seconda mano disposte ovunque, senza neppure una parvenza di ordine, e Konráð rimase a bocca aperta nel vederne così tante. Lui guidava un suv vecchissimo, prodotto in Giappone e ormai ridotto a un catorcio, ma era fermamente intenzionato a continuare a guidarlo finché non fosse stato pronto per lo sfasciacarrozze. Era molto affezionato a quel rottame, soprattutto perché gli ricordava i tempi in cui Erna era ancora viva, ed era proprio questo a frenarlo dal disfarsene.

Tuttavia, questo non gli impedì di guardare – se non altro per curiosità – alcune delle auto in vendita, leggendo i cartelli che ne indicavano il prezzo, le condizioni e i chilometri, e controllando lo stato della carrozzeria e degli pneumatici. Un venditore, accorgendosi di lui, si avvicinò e gli chiese se cercasse qualcosa in particolare. Konráð s'informò su due o tre modelli che avevano acceso il suo interesse, dopodiché disse che sperava di fare due chiacchiere con Þorbjörn.

«Ah, Toggi? È il mio vicino» rispose l'uomo, indicando lo spiazzo a fianco. «Sempre che oggi sia venuto al lavoro.»

Konráð lo ringraziò. Il venditore gli chiese se non preferisse acquistare da lui, ma Konráð spiegò che era venuto appositamente per parlare con Toggi. Salutò e si allontanò nella direzione indicata dall'uomo. Entrando nell'autosalone successivo, vide un anziano intento ad armeggiare con una macchinetta del caffè piuttosto malconcia. Era girato di spalle. Aveva un fisico corpulento e con movimenti assai goffi maneggiava una confezione di macinato. Per aprirla la strattonò con forza, finendo per spargere sul tavolo e sul pavimento una gran quantità di polvere di caffè. Imprecò fra sé. Poi, accorgendosi della presenza di Konráð, lo salutò e gli chiese se potesse essergli utile.

«Be', potrebbe offrirmi una tazza di caffè» suggerì Konráð.

«Volentieri, se riuscissi a far funzionare questo affare» rispose l'uomo. Aveva lineamenti grossolani e spalle spioventi. Voltandosi per guardare meglio Konráð, lo riconobbe all'istante: ricordava bene l'uomo che l'aveva arrestato tanti anni prima. «Ma... lei?» disse, senza riuscire a nascondere la sorpresa. «Cosa ci fa qui?»

Konráð sorrise e si affrettò a spiegare che ormai era in pensione e che era lì soltanto perché gli servivano alcune informazioni. L'uomo lo guardò con sospetto, reggendo in mano una brocca d'acqua da versare nella macchinetta del caffè. Gli chiese quali fossero le informazioni in questione, ma aveva tutta l'aria di non volergli parlare affatto. Konráð gli disse di finire pure ciò che stava facendo. Toggi annuì e riprese a trafficare. Dopo un po' la macchinetta cominciò a tossicchiare.

Konráð non fece commenti sul modo in cui Toggi l'aveva accolto, ma non poté fare a meno di rifletterci. L'uomo non aveva neppure preso in considerazione l'eventualità che lui fosse venuto a vedere le automobili. Eppure non sarebbe stata una cosa tanto insolita: anche i poliziotti, come qualunque altra persona, prima o poi avevano bisogno di cambiare macchina. *Cosa ci fa qui?* era la domanda più strana che si potesse rivolgere a chi entrasse in un autosalone... a meno che il venditore non avesse mantenuto certe vecchie abitudini.

«Gli affari non girano?» gli chiese Konráð.

«Le automobili sono troppe» rispose Toggi. «A venderle, non si fanno più i guadagni di una volta. Senta, quali sono le informazioni di cui parlava? Io non ho niente da dirle.»

Konráð gli spiegò che si stava occupando di un caso di tanti decenni prima. Per la precisione, un furto in un'abitazione, nel quale forse era implicato anche il padre di Toggi, insieme a certi degni compari.

«Uno di loro non era suo padre?» gli chiese Toggi, in tono cauto, come per timore di offenderlo.

«Ormai non posso più chiederlo a lui» rispose Konráð. «E non mi va di andare a spulciare vecchi faldoni, che contengono soltanto una parte della verità. Ho preferito rivolgermi a lei.»

«Solo questo?»

«Solo questo» disse Konráð.

«Ci sono state due o tre occasioni in cui mi sono introdotto in case altrui» ammise Toggi, con visibile sollievo. «Era il mio periodo più turbolento.»

«Secondo me, le persone che sto cercando appartengono alla generazione di suo padre» disse Konráð. «Ma tutto fa brodo, e se lei riuscisse a farsi venire in mente qualche nome... Le assicuro che resterà fra noi. Per giunta, è verosimile che siano tutti quanti sottoterra. Inoltre io sono in pensione, se faccio questa ricerca è a titolo puramente personale, perciò questa nostra conversazione non uscirà da qui.»

«Non saprei proprio farle un nome» disse Toggi. «Mio padre ha ripulito tre o quattro appartamenti e un paio di volte l'ho fatto anch'io, ma... be', ecco, non è che formassimo una vera e propria banda, diciamo così. L'uomo che era venuto insieme a me è morto da tempo e non mi viene in mente nessun altro.»

«Era una... attività remunerativa?»

«Per me, mica tanto. Giusto qualche servizio di posate d'argento o una macchina fotografica. Mi ricordo una sola occasione in cui mio padre aveva fatto un bel bottino: un po' di gioielli, da cui aveva ricavato una bella somma.»

Erano accanto a una vetrata affacciata sullo spiazzo, con il suo mare di automobili in vendita. Il cielo era plumbeo, e nessun cliente veniva a visitare gli autosaloni. Anche in strada non passava quasi nessuno: il traffico si sarebbe intensificato soltanto intorno a mezzogiorno.

Nell'angolo, la macchinetta del caffè emise un ultimo soffio, assai protratto.

«A chi li ha sbolognati?» chiese Konráð.

«Eh?» disse Toggi, che era più rilassato rispetto a poco prima: ora conosceva il motivo di quella visita, sapeva che era una questione che non riguardava direttamente lui, e che oltretutto risaliva a decenni prima.

«Quei gioielli, suo padre a chi li ha venduti? Si ricorda chi fosse il ricettatore? Erano più di uno?»

«No, uno solo, mi pare. Era un gioielliere del centro, si chiamava Bragi, e acquistava volentieri questo genere di cose. Mi è rimasto impresso perché mio padre mi raccontava che con quei soldi si era comprato il primo vero alambicco. Sa, per distillare.»

*

Konráð cominciava a preoccuparsi per Marta. Non aveva sue notizie da troppo tempo. Aveva provato due o tre volte a chiamarla, senza ottenere risposta, e già da un po' stava meditando di andare a bussare alla sua porta, ma non aveva ancora trovato l'occasione. Ora, uscendo dall'autosalone, si rimise al volante e, prima di partire, riprovò a chiamare. Stavolta, dopo quattro squilli, udì la voce di lei che diceva: «Pronto?»

«Marta? Ciao! Ti stavo dando per dispersa. Come stai?»

«Io bene. A cosa devo questa telefonata?» chiese lei, con la bocca impastata.

«Volevo solo...»

«Solo cosa?»

«Be', sentirti. Sapere come stavi. È tutto a posto?»

«Sì. Mi fa piacere che hai chiamato, però adesso devo andare. Ci risentiamo un'altra volta, okay? Devo...» La voce venne meno.

«Come mai non sei al lavoro?» chiese Konráð.

«Avevo un po' di ferie arretrate» rispose Marta.

«Ma stai bevendo?»

«No.»

«Però in Hverfisgata sono convinti di sì.»

«Perché sono degli stupidi. Avevo dei giorni di ferie da recuperare.»

«Potremmo vederci. Ti andrebbe?»

«Magari in un altro momento. Sono... Sì, in un altro momento.»

«D'accordo. Quindi non sei stata sospesa dal servizio?»

«Senti, Konráð, lasciami in pace.»

Marta chiuse la comunicazione senza neppure salutare.

57

Proprio mentre Konráð ripartiva, il suo cellulare squillò. Era Eygló. Lui le aveva raccontato della sua visita alla casa del dottor Heilman e lei l'aveva pregato di portarla con sé per un secondo sopralluogo. Konráð le aveva detto di no, ma ora lei ripeté la richiesta, in modo ancora più insistente. Lui le spiegò che al momento aveva altro di cui occuparsi, ma lei non demordeva, voleva a tutti i costi che le permettesse di accompagnarlo alla villa. Perciò, alla fine, Konráð le promise che sarebbe passato a prenderla.

Quando giunse a Fossvogur, prima ancora di accostarsi al marciapiede la vide chiudere a chiave il portone e scendere i gradini d'ingresso. Evidentemente era stata alla finestra in attesa di vederlo arrivare. Salì in auto e, mentre lui rimetteva in moto, gli disse: «Grazie, sai? Spero di non averti scombinato i programmi della giornata».

«Ma come mai vuoi entrare in quella villa?» chiese Konráð.

«Voglio vedere il posto in cui ha abitato» rispose Eygló. «Visto che tu hai modo di entrare, tanto vale approfittarne.»

Konráð aveva ancora la chiave, perché Gústaf non gli aveva più fatto sapere se e come restituirla, o a chi. «Il posto in cui ha abitato... chi?» chiese. «Gústaf?»

«No, il padre. Il dottor Heilman.»

Konráð giunse nella via della villa e parcheggiò. Rimasero entrambi seduti in macchina per un po'. Non era del tutto sorpreso dalla richiesta di Eygló. Ora lei si era fatta taciturna e lui, vedendola tanto assorta nei suoi pensieri, non volle disturbarla. Non la conosceva da molto tempo, e ciò che li accomunava – cioè le truffe medianiche di Seppi ed Engilbert – non era esattamente una cosa di cui vantarsi. Però quel passato, per quanto sgradito, era pur sempre un legame e per certi versi rafforzava la loro amicizia. Fra i due si era instaurata sin dall'inizio una certa sintonia, perciò, anche se provenivano da ambienti diversi e avevano opinioni diametralmente opposte su parecchi argomenti, sapevano trattarsi con rispetto senza bisogno di tanti discorsi al riguardo.

«Allora, entriamo?» chiese infine Konráð. «O hai cambiato idea?»

«Non sono più tanto sicura» disse Egyló.

«Ma sei stata tu a insistere!»

«Lo so...»

«Allora cosa c'è?»

«Ho un brutto presentimento» disse Egyló.

«Cioè?»

«Di preciso non saprei, però è una sensazione sgradevole e non sono sicura di voler scoprire a cosa sia dovuta.»

«È per via di una visione? O di un sogno, una premonizione?»

«Konráð, non cercare di capire queste cose» disse Egyló.

«Sai, io credo che Gústaf abbia sempre saputo di suo padre e di Nanna» disse Konráð. Dopodiché le riassunse in breve l'ultimo colloquio avuto con lui a Litla-Hraun. Le mostrò il codice dell'antifurto e le spiegò che, capovolto, corrispondeva alla data della morte di Nanna. «Ha sempre giurato di non saperne niente, però adesso salta fuori che ha scelto proprio quei numeri per impostare l'allarme della villa. Non può essere una coincidenza. Si sta divertendo alle mie spalle, e sa più di quanto non dica.»

Egyló diede un'occhiata al biglietto. «Quanti anni aveva Gústaf quando Nanna è stata trovata morta nella Tjörnin?»

«All'incirca diciassette, direi. Suo fratello aveva un anno in più.»

«Ma perché tiene attivo l'allarme? Non avrebbe dovuto venderla, quella villa? Non è che la usa per nasconderci qualcosa?»

Konráð non sapeva rispondere.

«Andiamo» disse infine Eygló, restituendogli il biglietto. «Via il dente, via il dolore.»

Konráð la condusse nel giardino sul retro, dove c'era la porta di servizio. La serratura non era stata cambiata, dopo la sua ultima visita. Si aspettava che Gústaf mandasse un fabbro, per impedirgli di entrare e uscire dalla villa a suo piacimento, ma era ancora tutto come prima. Dopo aver aperto la porta sul retro con la chiave, come la volta precedente, e aver disattivato l'allarme nell'ingresso, Eygló e Konráð avanzarono silenziosamente nella casa. Fatti pochi passi Eygló si bloccò, fece un respiro profondo e si guardò intorno. Si era fermata al centro del lugubre soggiorno dai mobili massicci. Tutte le finestre avevano i tendoni tirati, perciò la stanza era in penombra e gli occhi impiegarono qualche minuto ad abituarsi alla scarsa luminosità, ma alla fine fu possibile distinguere i quadri alle pareti, i soprammobili sui tavolini, i libri sulle mensole. Quando si erano avvicinati alla villa, Eygló aveva avuto un moto di repulsione, perché conosceva bene la storia delle persone che vi avevano abitato. Ora provava una tristezza mista a rabbia.

Konráð la guardò passare di stanza in stanza fino a esplorare l'intera casa. Il suo giro si concluse nel seminterrato, che era molto spazioso: oltre alla dispensa, alla lavanderia e a un piccolo gabinetto, comprendeva un altro vano. Quest'ultimo era privo di finestre e arredato come un'antiquata cameretta da bambina: pareti rosa, bambole e giocattoli, lettuccio singolo. Sul pavimento c'era una coperta. La porta era stata lasciata aperta, ma era evidente che era passato molto tempo dall'ultima volta in cui qualcuno vi aveva messo piede. Ogni cosa era rivestita da uno spesso strato di polvere. Nel vedere quella stanza, Eygló rimase sgomenta e non proseguì oltre la soglia.

«Che c'è?» chiese Konráð.

Eygló non gli rispose. Gústaf, all'epoca dell'arresto, era stato interrogato su quella cameretta e sull'uso che ne aveva fatto, e aveva risposto che di tanto in tanto teneva lì sua nipote Danní. Alcune delle violenze che la ragazzina aveva subito erano state commesse proprio fra quelle mura.

Senza dire una parola, Eygló chiuse la porta e tornò al piano terra. Konráð la seguì. Di nuovo nel soggiorno, Eygló si guardò intorno, sfiorando qualche soprammobile qua e là, infine si soffermò a osservare la pendola di Bornholm. Eygló era bassa di statura e aveva una corporatura minuta, perciò quell'orologio torreggiava su di lei in tutta la sua silenziosa maestà. Per un lungo istante Eygló rimase ben eretta davanti all'antica pendola, come se stesse cercando di sfidare il tempo stesso. Poi vi posò una mano e mormorò: «Ce ne sono state altre?»

«Altre?» le fece eco Konráð.

«Ce ne sono state altre?» ripeté Eygló, a voce più alta, scuotendo la pendola.

Konráð, sgomento, guardò l'amica afferrare con entrambe le mani il vecchio orologio e spingerlo come per farlo cadere.

«Cosa fai? Stai attenta!» le gridò, temendo che combinasse guai. «Si può sapere che intenzioni hai?»

Ma Eygló era persa in un mondo tutto suo. Continuava a scuotere la pendola, che vacillava davanti a lei come una torre durante un terremoto. Prima che Konráð avesse il tempo di aprir bocca un'altra volta, ecco che il maestoso orologio di Bornholm rovinò a terra. La cassa, in legno rinsecchito dai secoli, si sfasciò. Il vetro circolare che copriva il quadrante si sbriciolò in schegge. I meccanismi interni si schiantarono sul pavimento, emettendo un pesante rimbombo metallico.

*

Si era ormai fatta mezzanotte. Gústaf, al buio, si levò a sedere sulla branda e frantumò tra i denti le quattro compresse che aveva tenuto chiuse in pugno. Udì un richiamo nel corridoio, poi una serie di passi che si allontanavano lungo la fila di porte serrate, finché si ritrovò nuovamente avvolto nel silenzio.

Quella mattina si era ripresentato il solito problema: un altro detenuto aveva avuto il tempo di dargli un pugno in faccia e un calcio, prima che un secondino intervenisse e lo trascinasse via, riportandolo nella sua cella.

Meditò di lasciare un ultimo saluto – appena qualche parola scritta su un foglio di carta – ma non sapeva a chi indirizzarlo, né cosa dire.

Sarebbero state sufficienti due compresse, ma lui se le era cacciate in bocca tutte e quattro. Prese il bicchiere d'acqua che aveva a portata di mano, lo vuotò in un sorso e sentì il farmaco scendere giù per la gola. Rimise a posto il bicchiere e si stese sul letto. Incrociò le braccia sul petto e chiuse gli occhi, in attesa che il sonno misericordioso venisse a sottrarlo a tutto questo.

58

Elísa impiegò molto tempo a riprendere conoscenza. Era disorientata, priva di forze, e faticava a mettere ordine nei pensieri. Sprazzi di ricordi sparivano con la stessa velocità con cui erano apparsi. Lei in cucina. Una canzone alla radio. Lei che apriva il cassetto dei coltelli. Un uomo nel seminterrato. Non le veniva in mente il nome. Eppure avrebbe dovuto ricordarselo, visto che ci aveva parlato.

Un secondo uomo nel seminterrato.

Le faceva male la testa. In particolare, sentiva un forte dolore alla nuca e un bruciore insopportabile alla fronte e sopra l'orecchio destro. E poi aveva fitte in tutto il corpo.

Non riusciva proprio a ricordare come avesse fatto a ridursi in quel modo.

Tommi! Ecco come si chiamava l'uomo nel seminterrato. Era venuto a vedere se c'erano i suoi amici. Le aveva fatto una domanda. Stava cercando qualcosa. Ed era in condizioni pietose.

Ah, giusto, cercava un giradischi.

La canzone alla radio. La stavano passando alla radio nel momento in cui lui era entrato nella sua camera. Lui, che l'aveva tanto aiutata. Lui, così gentile. Lui, che l'aveva raggiunta proprio mentre c'era quella canzone e si era seduto accanto a lei. Si erano baciati. Le mancava. Voleva riaverlo con sé. Benóný.

Un altro uomo nel seminterrato.

Un dolore insopportabile alla testa. Un moto di nausea.

*

Di nuovo riprese i sensi. Era passato un minuto? Un'ora? Un giorno? I pensieri erano ondivaghi, esattamente come prima. Non riusciva a muoversi. E ancora quel dolore alla testa. Frammenti sconnessi di ricordi che fluttuavano nella mente. Quello stronzo d'un prete che la palpava. Cosa le era venuto in mente, di rivolgersi a lui? Sua figlia, in campagna. Lei che l'accompagnava a prendere la corriera, raccomandandole di stare attenta, dicendole che le avrebbe sempre voluto bene e che sarebbe andata a trovarla presto. Avrebbe tanto voluto averla con sé in quel momento. Ora più che mai. Ma così sarebbero state in pericolo entrambe. Appunto per questo l'aveva mandata via.

Faticava a respirare, perché il naso e la bocca erano parzialmente ostruiti. Le braccia erano bloccate lungo i fianchi, non c'era modo di sollevarle. Era immobilizzata anche la testa, che poggiava obliqua su un muro ruvido. Quando aprì gli occhi, non vide nulla. Provò a guardare di lato, ma il cranio era costretto fra pareti che lo circondavano da ogni parte. Le veniva da vomitare.

Rinvenne. Evidentemente era svenuta di nuovo. Anche stavolta impiegò molto tempo a riprendersi e ci riuscì solo in parte. Nella mente vagavano frammenti incoerenti di ricordi degli ultimi giorni. Il dolore alla testa era ancora più forte. Chissà cosa l'aveva provocato. Una caduta? Un incidente stradale?

Con lei, nel seminterrato, c'era stato qualcuno. Non Benóný. Non Tommi.

Qualcuno di cui lei aveva paura.

Qualcuno da cui aveva cercato di scappare.

Le pareva di sentire ancora i suoi gemiti nell'orecchio.

I gemiti di suo marito.

Respirava a stento. Non osò neppure provare a farfugliare una parola. Né ad aprire gli occhi.

Ricordava vagamente lo schianto di quando era caduta sul pavimento.

Stan...

Poi perse di nuovo i sensi.

59

Un anno, alla sera dell'antivigilia di Natale, Konráð stava ancora cercando qualcosa da regalare a Erna. Sì, a volte gli capitava di ridursi all'ultimo momento. Appena pochi giorni prima, lui ed Erna avevano acquistato un modellino di autopompa, tutto rosso, che sarebbe piaciuto moltissimo a Húgó. Ma ancora non aveva idea di cosa comprare per lei e quella sera si era messo a correre di negozio in negozio. In quel periodo lavorava instancabilmente, giorno e notte, al caso di una persona scomparsa – un uomo sparito a Öskjuhlíð – che sarebbe rimasto irrisolto per i successivi tre decenni e che si sarebbe concluso tragicamente sulle rive dell'Ölfusá. Alla centrale, quelli che stavano per partire per le vacanze di Natale avevano dato una festicciola, perciò Konráð era un po' sbronzo. C'era aria di neve e le strade erano piene di gente: erano in molti a godersi l'atmosfera natalizia.

Dopo tanto girare, aveva trovato una gioielleria senza troppe pretese. Mancava pochissimo all'orario di chiusura. Konráð era entrato e aveva comprato uno splendido anello d'oro con una pietra preziosa che poi Erna aveva gradito tantissimo.

Dopo di allora non aveva più messo piede in quel negozio, e non aveva nemmeno rivisto il gioielliere, però si ricordava bene di lui, perché gli aveva fatto un grosso sconto in quanto ultimo cliente di una lunga giornata di buoni affari.

Tutto questo gli tornò in mente di botto, non appena la porta del primo piano della residenza per anziani si aprì e, all'improvviso, dopo tutti quegli anni, Konráð se lo ritrovò davanti: il gioielliere che gli aveva venduto quell'anello per Natale.

L'uomo, per contro, non parve riconoscerlo. D'altronde, non si poteva certo pretendere che si ricordasse di tutti i clienti che erano passati dal suo negozio. Konráð non esitò a giocare la carta di quel vecchio acquisto natalizio: gli chiese se fosse il gioielliere Bragi. L'uomo rispose di sì. Allora gli spiegò che tanti anni prima aveva acquistato da lui un anello d'oro per sua moglie, alla quale era piaciuto moltissimo: lo aveva indossato più di qualunque altro anello in suo possesso. Bragi lo ascoltò con interesse. Ormai era molto anziano, ma portava bene i suoi anni e aveva una salute tutto sommato buona, a giudicare dall'assenza di bombole di ossigeno, bastoni, deambulatori e simili. Certo, era notevolmente cambiato da quando l'aveva incontrato Konráð: aveva perso i capelli, tutto il colorito in viso e sembrava perfino essersi fatto più basso, tanto era ingobbito. Ma la testa, a quanto pareva, funzionava a dovere e il temperamento era ancora quello di un consumato commerciante: era visibilmente lieto di sentire che l'acquisto di Konráð – benché risalente a molti anni prima e ormai cancellato dalla sua memoria – era risultato assai gradito.

Ora che il ghiaccio era rotto, Konráð chiese a Bragi se, vista la sua pluridecennale esperienza di gioielliere nel centro della capitale, poteva disturbarlo per una piccola questione relativa alla vendita di certi preziosi a Reykjavík. Bragi accettò di buon grado, lo invitò a entrare e pochi istanti dopo si sedettero nell'ampio salotto. A quanto pareva, aveva un buon tenore di vita ed era vedovo: su un tavolino c'era una bella fotografia di una donna che Konráð ricordava di aver visto in negozio; davanti era posizionata una candela accesa. Accanto c'era una foto della figlia con un uomo dall'aria arrogante e due ragazzi, forse il marito e i figli.

Bragi si aspettava di essere interpellato in qualità di esperto di storia delle gioiellerie reykjavicensi, forse pensando che Konráð stesse preparando un articolo da pubblicare su un giornale. Perciò rimase sorpreso – pur sforzandosi di non darlo a vedere – quando l'ospite, andando dritto al punto, gli chiese se conoscesse un delinquente di qualche decennio prima, noto come Olambicco, al secolo Ólafur Finnbogason.

Bragi dovette rifletterci, ma non a lungo. «Che domanda sarebbe?»

«Ha già sentito questo nome?»

«Non conosco nessuno che si chiami così.»

«Sicuro? Ólafur Finnbogason.»

«Scusi, non ricordo come si è presentato. Posso chiederle che...?»

«Mi risulta che lei commerciasse in oggetti rubati» disse Konráð senza mezzi termini. «Non sto facendo un'indagine ufficiale» si affrettò ad aggiungere. «Non è una cosa che mi riguardi direttamente, sto solo cercando delle persone che, in relazione a quei fatti, potrebbero essersi rivolte a lei. Questo Ólafur, per esempio.»

Bragi completò la domanda che Konráð aveva interrotto. «Posso chiederle che mestiere fa?»

«Sono un ex poliziotto. Mi sto interessando a una vecchia indagine che riguardava un medico di nome Anton J. Heilman. Forse ricorderà questo nome: ne hanno parlato tutti i giornali, perché era implicato nel caso di una ragazzina trovata annegata nella Tjörnin nel 1961.»

A queste parole seguì un lungo silenzio.

«Ma cosa c'entro io?» chiese Bragi, con una leggera esitazione, come se si sentisse molto a disagio.

«Vede, un po' di tempo dopo – più precisamente agli inizi del 1963 – qualcuno si è introdotto nella villa del dottor Heilman e l'ha svaligiata» spiegò Konráð. «Ho avuto un colloquio con il figlio, Gústaf, che al momento è in carcere per reati analoghi a quelli commessi dal padre. Abbiamo parlato di quel furto e mi ha raccontato che una parte della refurtiva era stata recuperata: i gioielli. Sembra che il medico fosse in contatto con i ladri o con qualcuno che li conosceva.»

«Ah. E chi mi accusa di compravendita di merce rubata?»

«Sono andato a parlare con il figlio di Ólafur, che ha confermato tutto.»

«Be', peccato che non sia vero!»

«Gliel'ho detto e glielo ripeto: non ho la minima intenzione di causarle fastidi. Se lei mi dice quello che sa su questa faccenda, io me ne vado e non mi faccio più rivedere.»

«Invece io dico che se ne va *subito*» sbottò Bragi, alzandosi. «Non ho nessuna informazione da darle, quindi mi faccia il favore di levarsi di torno. Credevo che lei fosse qui per tutt'altra ragione, ma... be', è meglio che se ne vada.»

Konráð non si mosse dalla poltrona e fece quello che aveva sperato di non dover fare. Non gli andava di ricattarlo, ma non vedeva altra via. «Mi è stato detto che sua figlia ha rilevato l'attività» disse, guardando la foto sul tavolino. «E anche che è bravissima.»

«Cosa sta cercando di dirmi? Che le importa di mia figlia?»

«Potrei rivolgermi a lei» disse Konráð. «Potrei farmi accompagnare dalla polizia, farle una visitina e parlarle dei nostri sospetti. Magari qualche ispettore potrebbe dare un'occhiata alla contabilità degli anni passati e chiederle se c'è un libro mastro a parte, per la ricettazione. Con tutte le transazioni, i nomi dei clienti... Magari ci troviamo anche quello del dottor Heilman.»

L'anziano gioielliere si appoggiò allo schienale della poltrona.

«Lei sa chi si è introdotto in quella villa?» gli chiese Konráð.

«Se glielo dico, poi mi lascerà in pace?»

«Non mi vedrà più.»

«Può garantirmelo?» chiese Bragi.

«Glielo garantisco.»

«L'uomo che mi ha contattato si chiamava Mikki. L'ho incontrato al Daníelsslippur insieme a un altro tizio, mi ricordo che si chiamava Benóný. Volevano vendermi i gioielli che avevano rubato. Io li ho riconosciuti all'istante: alcuni provenivano dal mio negozio e sapevo chi li aveva acquistati. Allora ho contattato Anton, che mi ha chiesto il favore di recuperarglieli. Mi ha ricompensato generosamente e da quel momento in poi non ha più fatto affari con altri gioiellieri, solo con me.»

«Ma non mirava a recuperare soltanto i preziosi, dico bene?»

«E lei cosa ne sa?»

«Non c'erano anche delle fotografie?»

«Sì, si era messo in testa che Mikki gli avesse portato via certe foto» disse Bragi. «Non ho mai capito che foto fossero, so solo che ci teneva moltissimo a riaverle. Così ho fissato un secondo appuntamento con Mikki, stavolta a Nauthólsvík, e Anton mi ci ha mandato con due uomini. Li aveva incaricati di torchiarlo un po', per convincerlo a restituire quelle fotografie.»

«Torchiarlo?»

«Posso immaginare che l'abbiano riempito di botte. Ma Mikki non aveva nessuna foto. In seguito si è presentato nel mio negozio. Aveva un diavolo per capello e voleva a tutti i costi che gli dicessi che foto erano. Voleva vendicarsi, e non mi stupirei di scoprire che ha avuto un nuovo incontro con quei due.»

«Ma chi erano?»

«Mi ricordo che uno si chiamava Luther. Il compare non ho mai saputo come si chiamasse. Ecco, tutto qui. Più di questo non so.»

«Dopo di allora non ha più incontrato Mikki?»

«No. Non so nemmeno che fine abbia fatto. A un certo punto mi è giunta voce che avesse ammazzato qualcuno e fosse fuggito all'estero, ma non so altro. Dopo quella volta non l'ho più visto.»

«Ucciso... chi?»

«Non lo so» disse l'anziano. «Era solo una diceria, mi è entrata da un orecchio ed è uscita dall'altro. Non ci ho più pensato, fino a quando non è arrivato lei con le sue minacce. Dovrebbe vergognarsi! E ha anche il coraggio di definirsi poliziotto!»

«*Ex* poliziotto» precisò Konráð, lasciando che la rabbia del vecchio ricettatore gli scorresse addosso come acqua calda. «Nel corso di tutta questa storia ha mai sentito parlare di un certo Jósep?»

Bragi scosse la testa.

«Jósep P. Grímsson, detto Seppi. Non ha mai sentito quegli uomini fare questo nome?»

«Se è così, me lo sono dimenticato» rispose Bragi. «Davvero, quel nome non mi dice niente.»

«Ma lei, quelle fotografie, le ha mai viste?»

«No! E adesso se ne vuole andare, una buona volta? Vada via e mi lasci in pace!»

Gústaf impiegò molto tempo a riprendere conoscenza. Non appena fu sufficientemente sveglio, la prima cosa che avvertì fu uno strano mal di stomaco, accompagnato da fitte in tutto l'addome. Dischiuse gli occhi. Il dolore si stava facendo più intenso e l'intestino emise un forte gorgoglio.

Gli occorse qualche istante per realizzare che l'effetto del farmaco non prevedeva quel genere di disturbi al risveglio.

Anzi, non prevedeva proprio il risveglio.

Qualcosa era andato storto.

Leggermente frastornato, frugò nella memoria, facendo

appello a tutta la sua preparazione specialistica per capire se le compresse che Konráð gli aveva procurato di nascosto potessero in qualche modo causare disturbi all'apparato digerente.

Sentì una fastidiosa umidità in mezzo alle gambe e sotto i glutei, come se si fosse pisciato addosso. Il lenzuolo era bagnato. E anche la coperta.

Poco dopo, sentì un fetore salire dalla branda. Sollevò la coperta e si rese conto che non era soltanto urina.

I gorgoglii al ventre non facevano che intensificarsi. All'improvviso gli parve di essere sul punto di esplodere, perciò si affrettò a balzare in piedi, ma non fece in tempo a raggiungere il gabinetto.

60

Benóný fulminò con lo sguardo Stan. Il rancore che a fatica aveva tenuto a bada fin dal momento in cui Elísa gli aveva raccontato tutto trovò finalmente una via di sfogo. Riversandogli addosso la sua rabbia, Benóný lo ricoprì d'insulti. Gli gridò in faccia che non aveva più il diritto di stare sotto lo stesso tetto di Elísa e di Lóla: quel diritto, l'aveva perso nel momento in cui aveva dato inizio ai maltrattamenti e agli abusi, sui quali non si poteva soprassedere e che nessuno avrebbe mai dovuto subire. Gli disse che, se gli fosse rimasto un briciolo di dignità, se ne sarebbe reso conto da solo e se ne sarebbe andato per la sua strada, lasciando in pace Elísa.

«E bravo, così con lei ci stai tu» gli disse Stan, fronteggiandolo nel seminterrato.

«La cosa non ha alcuna importanza.»

«Ah, no? Tutt'a un tratto non te ne frega niente?»

«Continui a non capire» gridò Benóný. «E mai capirai, perché sei un idiota! Un idiota e anche un violento, che maltratta la propria famiglia!»

«Ma chiudi il becco.»

«Chiudilo tu, semmai!»

«Lo fai solo per il tuo tornaconto personale. Perché non lo ammetti? È talmente ovvio...»

Benóný scosse la testa in un gesto di rassegnazione.

«Oltretutto, cosa credi di poter fare, denunciarmi?» disse Stanley. «Cosa pensi di ottenere? Che un giudice dica che in casa mia non posso fare quello che mi pare? Riusciresti solo a farti ridere in faccia! Sì, perché la gente ride di queste cose. Nessuno s'interessa a queste stronzate. E io potrei denunciare voi per calunnia, dicendo che stai solo cercando di portarmi via la moglie. Che ne dici, lo faccio? Ma dài, levati dai coglioni e basta. Vai fuori di qui e non farti più vedere!»

«E va bene» disse Benóný, comprendendo che non c'era verso di farsi ascoltare da quell'uomo. «Fai come ti pare, però io non vado da nessuna parte. Domani mattina torno qui. Tra voi è finita, capitolo chiuso.»

Stan sorrise. «Povero stupido! Provaci pure, Elísa non va da nessuna parte, te l'assicuro.»

Benóný non si degnò neppure di rispondergli. Rivolse lo sguardo al muro in cui prima c'era il buco, appena richiuso: sarebbe toccato a lui completare il lavoro, ma non ne aveva avuto il tempo e ora ci aveva pensato Stan. Si avvicinò e passò delicatamente una mano sulla superficie. La malta non si era ancora asciugata del tutto.

«Vattene» gli ripeté Stan, ancora ai piedi della scala che saliva all'ingresso, osservando ogni suo movimento.

«Non ho fatto in tempo a finire la muratura...» disse Benóný, pensieroso, notando che il buco era stato chiuso piuttosto malamente. Sembrava che Stan avesse lavorato in gran fretta, senza prendersi la briga di allineare i mattoni. «Non vorrai lasciarla così?»

«Vattene, ho detto.»

«Dovevi farmi finire.»

«Okay, però adesso te ne vai!»

Benóný, furioso, assestò un calcio al muro e uno dei mattoni rientrò per metà. «Dov'è Elísa?» chiese. «Non vuoi proprio dirmelo, eh?»

«In realtà non lo so» rispose Stan. «Non ho idea di dove sia andata. Adesso però lascia stare quel muro. O hai intenzione di rovinare il lavoro che ho dovuto fare *io* al posto tuo?»

«Ma vai a cagare, va'!» disse Benóný, dando un altro calcio alla parete, dopodiché uscì a passo rabbioso dal seminterrato e proseguì fino alla strada. Ce l'aveva con se stesso, non solo perché non era stato capace di fare di più per Elísa, ma anche perché la sua unica reazione a tutto quello era fuggire davanti al problema. Se avesse avuto un minimo di fegato, avrebbe preso il piede di porco che c'era sul tavolo del seminterrato e gliel'avrebbe fatta pagare. L'avrebbe sbattuto fuori di casa. E invece non aveva fatto niente, perché era un vigliacco, un codardo, incapace di farsi valere. Per il fatto di non voler mai litigare con nessuno, si era sempre lasciato mettere i piedi in testa, aveva sempre ceduto alle richieste altrui. Era fatto così, sin da quando era bambino, e non sarebbe mai cambiato. Mai.

Mentre si allontanava lungo la strada, vide Mikki venire verso di lui.

L'amico non era in sé. Sembrava in fuga da qualcosa e continuava a guardarsi alle spalle come per accertarsi di non essere inseguito. Attraversò di corsa la strada, afferrò le spalle di Benóný e lo trascinò via dalla luce dei lampioni. «Speravo proprio di trovarti qui» disse. «Senti, io sparisco per un po'. Un mio conoscente s'imbarca su una nave che trasporta pesce in Norvegia e pensavo di accompagnarlo.»

«Ah, e perché? Qualcosa non va?» gli chiese Benóný.

«Quello mi ha detto chi era la ragazzina» bisbigliò Mikki. «Mi ha raccontato cosa le ha fatto il dottor Heilman e in che modo si sono sbarazzati di lei. La ragazzina delle foto, dico. Mi ha detto tutto. Quel bastardo...»

«Chi?»

«Luther.»

«Quello della Grímsstaðavör?»

«Sì, il tizio che era nel capanno. Hai capito perché volevano le fotografie che abbiamo rubato? Cioè, le rivoleva il dottor Heilman. Perché l'uomo che si vede insieme alla ragazzina è lui. L'aveva pure messa incinta. Quegli stronzi...»

«E quindi l'hanno tolta di mezzo?»
«Sì.»
«Te l'ha detto esplicitamente?»
Mikki annuì. «Ha detto di averla vista in riva alla Tjörnin e... Mi ha detto che ne avevano già parlato, lui e il medico. Avevano già pianificato di sbarazzarsi di lei. Appena gli è capitata l'occasione...»
«Ma allora dobbiamo parlarne con la polizia! Dobbiamo denunciarli! Dov'è Luther?»
«Ho paura di essermi lasciato prendere la mano» disse Mikki. «Quando ha cominciato a raccontarmi queste porcherie ho esagerato un po'...»
«In che senso?»
«Pensavo di avergli fatto soltanto perdere i sensi, ma poi sono andato a controllare e non respirava. L'ho fatta grossa, Benóný. Stavolta l'ho proprio fatta grossa.»
«Non respirava? Stai dicendo che è...»
Due fari illuminarono il fondo della strada. L'automobile veniva verso di loro. Con un rombo di motori, passò oltre e al primo incrocio svoltò.
«È morto?» chiese Benóný.
Mikki annuì.
«Ma sei sicuro?»
«Sì, sono sicuro.»
«Oh, Mikki... come hai potuto fare una cosa del genere?»
«Ho fatto sparire tutto quanto» disse Mikki. «Non dovrebbe trovarlo nessuno. Se qualcuno chiede di me, di' che sono in campagna. Ma non mi aspetto che qualcuno mi cerchi. Immagino che nessuno sentirà la sua mancanza. Né la mia, se è per questo.»
«E il tizio che era con lui?»
«È proprio per questo che voglio svignarmela. Almeno per un po'. Metti che quello faccia casino... Comunque non ti ha visto in faccia, non sa chi sei. Tu non hai fatto niente che

possa pesarti sulla coscienza. Tu non c'entri niente con tutto questo. Ricordatelo sempre. »

« Ma peserà sulla tua, di coscienza! Come farai a vivere? »
« Non lo so » disse Mikki. « Si vedrà. »

61

Benóný rimase immobile a guardare Mikki che si allontanava. Tutti gli orrori di cui era appena venuto a conoscenza – sulla ragazzina e sul medico – fomentarono nuovamente il suo disgusto e la sua rabbia verso Stanley. Ce l'aveva con Mikki. Avrebbe preferito non sapere nulla di Luther e di ciò che aveva confessato riguardo alla ragazzina della Tjörnin, ma quelle erano cose sulle quali non poteva fare nulla. In compenso c'era una questione sulla quale poteva intervenire e, ripensandoci, s'infuriò ancora di più con se stesso.

Si voltò e tornò verso la casa di Elísa. Non era più disposto a farsi dare ordini da quell'uomo. Che andasse all'inferno! Stavolta Benóný avrebbe aspettato che Elísa rientrasse, così poi – cascasse il mondo – sarebbero andati via insieme e lei non avrebbe più dovuto sopportare quelle violenze.

La porta del seminterrato era rimasta semiaperta. Quando Benóný la raggiunse, vide che Stan stava armeggiando con il muro. Appena si rese conto che Benóný era tornato, Stan si interruppe di colpo. Impiegò pochi istanti a riaversi dalla sorpresa e gli chiese perché diamine si fosse ripresentato in casa sua. Era in pantaloni e canottiera, e in mano aveva una cazzuola. Il secchio era pieno di malta appena preparata.

«Resterò qui finché non torna Elísa» gli disse Benóný. «Verrà via da questa casa stasera stessa.»

«Ti ha dato di volta il cervello?» Stan posò la cazzuola.

«Neanche per idea. D'ora in poi non potrai più farle del male.»

«Ma si può sapere cosa cazzo te ne fr...?»

«Dov'è Elísa?» chiese Benóný. «Dov'è andata? Eravamo d'accordo che stasera sarei passato e non è da lei mancare a un appuntamento.»

«Per l'ennesima volta: vattene via» disse Stan in tutta calma, ma prendendo dal tavolo il piede di porco e lasciandolo penzolare lungo una gamba. Guardò Benóný con occhi pieni di odio.

«Io l'aspetto qui» ribatté Benóný, fissando lo sguardo sul piede di porco.

Stan avanzò di un passo. «La colpa è solo tua, Ben» disse. «Se ancora non ci arrivi, evidentemente sei più stupido di quanto pensassi. Vattene.»

«Hai idea di dove sia?» chiese Benóný. «Perché non mi rispondi? Dov'è Elísa? Stasera, quando sei rientrato, non l'hai trovata in casa? Non le hai parlato? L'hai mandata via tu? Cosa le hai fatto?» Stava cominciando ad alzare la voce, ma all'improvviso s'interruppe: aveva avuto l'impressione che il muro si fosse mosso, come gonfiandosi, e che due o tre mattoni si stessero spostando. No, doveva aver visto male. Però, qualche istante dopo vide altri mattoni smuoversi e pezzi di malta staccarsi dalla parete.

Si voltò nuovamente verso Stan, il quale rimase immobile a guardare la scena. Prima che Benóný avesse il tempo di comprendere ciò che stava accadendo, i mattoni crollarono come un castello di carte ed Elísa stramazzò sul pavimento.

Quando Benóný realizzò cos'aveva fatto Stan, non ci vide più dalla rabbia. «Elísa!» gridò, accorrendo da lei e prendendole fra le mani la testa insanguinata.

La donna, distesa sui mattoni caduti, aprì gli occhi. Dunque era ancora viva. Gli rivolse uno sguardo talmente addolorato che Benóný perse ogni controllo: prima ancora di rendersi conto di ciò che stava facendo, balzò addosso a Stan, gli strappò di mano il piede di porco e glielo schiantò con violenza sulla testa. Una volta, due. Stan si accasciò e non si mosse più.

Benóný lasciò cadere l'attrezzo, corse da Elísa e cominciò a mormorarle all'orecchio parole di conforto, dicendole che sarebbe andato tutto bene e che il suo inferno era finito. Lei cercò di parlare, ma Benóný le disse di non preoccuparsi: ci avrebbe pensato lui a chiamare la polizia. Si alzò e fece per incamminarsi verso la scala.

Ma Elísa lo prese per un braccio e scosse la testa. «Non...»
«Cosa?»
«Ho... visto cosa... hai fatto» gemette. Benóný fece per protestare, ma lei gli rivolse un nuovo cenno di diniego. «Aiutami... ad alzarmi» balbettò.

Lui la prese fra le braccia, la mise in piedi e la sorresse fino alla scala, passando davanti a Stan, che giaceva immobile in una pozza di sangue. Elísa finse di non vederlo. Benóný la sollevò di peso e la portò di sopra. Una volta nell'ingresso, l'aiutò a raggiungere il bagno, a spogliarsi e a lavarsi nella vasca, finché l'acqua che scolava nello scarico non smise di tingersi di rosso. Elísa non volle a nessun costo che lui chiamasse l'ambulanza, né la polizia.

«Ma allora cosa facciamo?» le chiese Benóný, mentre la metteva a letto. «Tu cosa vorresti?»
«Niente» mormorò lei.
«Ma di *lui*, cosa facciamo?»
Elísa lo guardò. Non disse una parola, ma Benóný capì ugualmente qual era la risposta: non era disposta a permettere a quell'uomo di portarle via più anni di quanti non le avesse già rubato.
«Sei sicura?» le chiese lui.
«Sì» rispose Elísa.
Poco dopo, Benóný scese nel seminterrato. Verificò che

Stan fosse davvero morto, poi lo collocò nell'intercapedine che lui aveva scelto come sepolcro di Elísa e mise mano al lavoro che avrebbe dovuto portare a termine tempo prima: la chiusura del buco.

62

Faceva freddo, e Benóný era comodamente seduto in veranda con una tazza di caffè a godersi il tardo pomeriggio, quando vide un'auto imboccare la stradina residenziale e procedere quasi a passo d'uomo, come se il guidatore stesse leggendo i numeri civici per essere sicuro di fermarsi davanti a quello giusto. Era un tranquillo quartiere di Mosfellsbær, non lontano dal centro di riabilitazione Reykjalundur. C'era il sole, ma data la temperatura Benóný si era messo il giaccone e il berretto, e aveva tenuto chiusa la porta. Fumava ancora, ma stava cercando di smettere, ed era riuscito a scendere ad appena una manciata di *cigarillos* al giorno. Il caffè era proprio come piaceva a lui: forte, bollente e appena fatto. L'auto si fermò davanti alla casa e ne scese un uomo, che guardò nella sua direzione. Già altre volte era capitato che qualcuno venuto da fuori gli chiedesse indicazioni per un'abitazione nel vicinato, perciò Benóný immaginò di dover spiegare anche a quell'uomo che strada prendere.

E invece cercava proprio lui. «Lei è Benóný?» gli chiese, avvicinandosi. «Oppure ho sbagliato indirizzo per l'ennesima volta?»

«Questo non glielo so dire. Però il mio nome è quello» rispose Benóný. Avrebbe potuto essere più cortese e aggiungerci anche un saluto, come avrebbe fatto normalmente, ma gli ultimi giorni erano stati particolarmente tesi e l'avevano messo sul chi vive.

«Ah, sì, buongiorno. Sa, è che ho parlato con diversi

Benóný» disse l'uomo, entrando in veranda e salutandolo con una stretta di mano. «Ce ne sono molti, della sua generazione.»

«Davvero?» disse Benóný. «Non mi sono mai posto la questione.»

«Scusi se la disturbo mentre prende il caffè. Mi chiamo Konráð e sto cercando informazioni su un certo Mikki, che tanti anni fa ha svaligiato due o tre abitazioni.»

Benóný non riuscì a dissimulare la sorpresa. Erano passati decenni dall'ultima volta che aveva avuto notizie del vecchio amico e ritrovarsi in veranda un uomo che pronunciava il suo nome dopo tutto quel tempo l'aveva colto alla sprovvista. Si accorse che il visitatore osservava attentamente la sua reazione ed ebbe la sensazione che avesse una certa esperienza in questo genere di cose. «Mikki?»

«Sì. Lo conosce?»

Per guadagnare tempo e riflettere, Benóný decise per una mezza ammissione: «Il nome mi dice qualcosa...»

«Sto cercando di contattarlo» disse Konráð. «Sa, sto facendo ricerche su un furto di parecchio tempo fa, nel quale ho il sospetto che fosse implicato mio padre.»

«Un furto?»

«Sì, in un'abitazione. A dire il vero, non è una cosa di cui siano al corrente in molti. Non è presente nemmeno negli archivi di polizia.»

«Ma suo padre chi era?»

«Jósep P. Grímsson, detto Seppi» rispose Konráð. «Morto accoltellato nel 1963.»

«E lei pensa che l'abbia ammazzato Mikki?» chiese Benóný, stupito, ma anche con una certa titubanza.

«No, no, per carità.» Konráð sorrise. «Non ho proprio idea di chi fosse l'assassino: il caso è ancora irrisolto, e io ho solo fatto qualche piccola indagine personale nell'ultimo paio d'anni. Sa, sono stato in polizia a lungo. Ramo investigativo.»

Benóný prese un sorso di caffè. Il *cigarillo* appoggiato alla ciotola che usava come posacenere – collocata su un vaso da fiori rovesciato, con tanto di buco al centro – si era ormai spento. Decise che sarebbe stato più facile mentire. «No, non ho mai conosciuto nessun Mikki. Mi ricordo solo il nome, tutto qui. E non saprei neppure dirle dove l'ho sentito, probabilmente in qualche chiacchiera di strada, giù in città. Sa, tra le feste da ballo e cose così... All'epoca Reykjavík era più piccola di oggi. Comunque non è neppure detto che fosse lo stesso Mikki di cui mi sta chiedendo.»

«Verissimo» ammise Konráð. «Sì, la popolazione era molto meno numerosa, accadevano molte meno cose e la gente si parlava un po' di più, rispetto a oggi. Lei si ricorda di un gioielliere di nome Bragi, che aveva un negozio in centro?»

«Bragi?» disse Benóný, pensieroso. Stava ancora cercando di escogitare un modo per sottrarsi a quel colloquio. Ovviamente ricordava benissimo il gioielliere che aveva tradito Mikki. Nel corso degli anni, in diverse occasioni gli era capitato di passare davanti a quel negozio, e ogni volta gli erano riaffiorati alla memoria fatti ai quali preferiva non pensare e che aveva cercato di scacciare dalla mente. Quei ricordi l'avevano sempre tormentato. Con il tempo il trauma si era affievolito un po', ma non era mai sparito del tutto. Ancora oggi il rimorso e il dolore potevano riaccendersi in qualunque momento – innescati da un trafiletto sul giornale, da un programma televisivo o da una conversazione con qualcuno –, dunque evidentemente erano ancora presenti, in un modo o nell'altro.

«Non ne è sicuro, mi pare di capire» disse Konráð.

«No, guardi... be', mi perdonerà, ma non sono in grado di esserle d'aiuto» disse Benóný. «Quindi ora, se mi vuole scus...»

«E se io le dicessi che questo Bragi ricorda di aver avuto un incontro con lei e Mikki? E che voi stavate cercando di vendere il bottino di quel furto?» chiese Konráð.

«Io e Mikki?»
«Sì. Una sera, al Daníelsslippur.»
«Ma non avrà sbagliato persona? Magari ha qualche problema di memoria...»
«Se è così, lei è l'unico a potermelo dire.»
Benóný non sapeva come ribattere. Questo Konráð, pur senza mancargli di rispetto in alcun modo, si stava facendo sempre più invadente.
«Di quel periodo, lei ha ricordi di un certo Luther?» gli chiese Konráð, senza dargli neppure il tempo di ragionare tra una domanda e l'altra.
«Luther?»
«Mi sono fatto l'idea che fosse un delinquente. Più o meno in quel periodo è scomparso dalla faccia della Terra. Parliamo dei primi anni Sessanta.»
«No, non ricordo nessuno che si chiamasse così.»
«La casa svaligiata era quella di un medico: Anton J. Heilman. Questo nome le dice qualcosa?»
Ancora una volta Benóný decise che la mossa migliore fosse negare.
«Qualche tempo fa, i giornali hanno parlato del caso di una ragazzina annegata nella Tjörnin nel 1961. Sappiamo che il dottor Heilman l'aveva violentata e sospettiamo che abbia avuto parte anche nella sua morte. Ma non siamo stati in grado di dimostrarlo, soprattutto perché le persone che avrebbero potuto testimoniare sono sottoterra da un pezzo. Tuttavia, pare che quel Luther sia stato visto nei pressi della Tjörnin quando la ragazzina è morta.»
Benóný non batté ciglio.
«Sembra che Luther lavorasse per il medico, svolgendo incarichi di vario tipo» continuò Konráð. «Sì, insomma, qualche lavoretto ogni tanto, se ho ben capito. Per esempio, ha recuperato una parte degli oggetti rubati in casa sua. Tra questi c'erano delle fotografie compromettenti e a me viene

da pensare che ritraessero quella ragazzina. Nanna, ecco. Si chiamava Nanna.»

Benóný, che come chiunque altro aveva seguito con attenzione sui media il caso della ragazzina annegata nella Tjörnin, aveva subito pensato al suo ultimo incontro con Mikki. Tutto ciò che aveva letto sui giornali di quell'indagine, unitamente a quanto Konráð gli stava raccontando in quel momento, sembrava riecheggiare le parole di Mikki. Non appena la stampa aveva annunciato che nel caso erano implicati il dottor Heilman e un suo conoscente di nome Luther, Benóný aveva compreso che Mikki, in quel capanno da pesca sulla Grímsstaðavör, era riuscito a farsi dare tutte le informazioni rilevanti. Ora capiva bene che, se avesse fatto qualche rivelazione su Mikki, avrebbe confermato tutto ciò che Konráð gli aveva appena detto, ma al tempo stesso avrebbe inevitabilmente introdotto una seconda questione, molto più compromettente per lui.

Perciò optò per il silenzio, come aveva sempre fatto, sin da quando tutto era accaduto.

Dalla strada arrivò una donna di mezz'età, che entrò nel giardinetto della casa, salì in veranda, diede la buonasera a Konráð – senza però presentarsi – e chiese a Benóný se la mamma si fosse svegliata. Benóný rispose che secondo lui stava ancora dormendo. Allora la donna chiese se la madre avesse preso le sue medicine e, vedendolo annuire, gli disse che sarebbe ripassata più tardi: ora doveva portare il ragazzo dal dentista. Gli baciò una guancia e se ne andò.

«Sua figlia?» gli chiese Konráð, non appena la donna si fu allontanata.

«La figlia di mia moglie» precisò Benóný. «Abita dietro l'angolo. Adesso è ora che io rientri. Mi scuso ancora per non esserle stato d'aiuto, ma...»

«... ma potrebbe» disse Konráð. «Vede, io credo che con Mikki, al Daníelsslippur, ci fosse anche lei. Bragi non avrebbe alcun motivo di mentire a questo proposito, non le pare? Dice di aver avuto un incontro con voi, per via di quella refurtiva. E ha fatto proprio il suo nome.»

«Be', evidentemente – come dicevo poco fa – ha qualche problema di memoria.»

Udirono movimenti all'interno della casa. La porta della veranda si aprì piano e sulla soglia comparve una donna anziana, in camicia da notte, con i capelli grigi che le ricadevano sulle spalle. Aveva il viso tirato, consunto, come di chi è gravemente malato. «Mi è sembrato di sentire la voce di Lóla» mormorò in tono flebile. Poi si accorse di Konráð e gli rivolse uno sguardo diffidente, quasi sospettoso. «Chi è questo signore?» chiese.

«Non dovresti essere in piedi» le disse Benóný, affettuoso, accingendosi a riportarla dentro casa, al caldo. «Forza, tesoro, rimettiti a letto. Non venire qui a prendere freddo.»

63

Il medico non aveva lasciato spazio a dubbi. Elísa gli aveva chiesto quanto le restava da vivere, ma lui non aveva saputo risponderle con precisione. «Non molto, comunque» aveva detto.

Era una sentenza annunciata: da tempo Elísa non si sentiva bene, era sempre debole, stanca, e anche dopo aver dormito come un sasso per tutta la notte si svegliava assonnata. Inizialmente non aveva voluto farsi visitare, ma poi i dolori alla schiena erano diventati insopportabili e non era più stato possibile nasconderli a Benóný.

A dirla tutta, i problemi di salute erano cominciati molto tempo prima. I dolori erano soltanto l'ultima novità in una lunga serie di disturbi.

Elísa aveva provato, per come poteva, a lasciarsi alle spalle i terribili eventi del seminterrato e per un po' ci era anche riuscita, ma l'impresa era al di sopra delle sue forze: il senso di colpa poteva restare latente per un periodo, ma c'era sempre. Anzi, in certi momenti irrompeva con una tale forza che non si sentiva in grado di sopportarlo. Certo, c'erano anche le giornate buone, in cui trovava il modo di giustificare di fronte a se stessa ciò che aveva fatto insieme a Benóný e le ondate del rimorso si ritiravano. Con il tempo si erano fatte meno violente, ma non avevano mai smesso di attraversarle la mente, ridestando il ricordo di quei terribili eventi. E non ci voleva tanto per rievocarli: bastava un articolo di giornale che parlava di un delitto. Benóný, che aveva uno spirito più saldo del suo, l'aveva sempre rincuorata, anche quando le pareva di non poter sfuggire a quel tormento, e l'aveva aiutata nei momenti più bui.

Mentre il medico le spiegava gli esiti della tac, Benóný le aveva tenuto la mano. Dopo il colloquio, erano andati a sedersi a un tavolo nel bar del pianterreno della Domus Medica ed erano rimasti a lungo in silenzio.

«Era solo questione di tempo» aveva mormorato Elísa, dopo un po'.

«In che senso?»

«Tutti i nodi vengono al pettine, prima o poi.»

«Sciocchezze» aveva detto Benóný. «La malattia non c'entra niente con... l'altra cosa. Devi smetterla di fare certi pensieri. Ricordati il modo in cui ti trattava.» Il tono era quello di chi aveva ripetuto quel discorso molte volte.

«Non voglio portarmi il segreto nella tomba» aveva detto Elísa.

Benóný era rimasto in silenzio.

«Benóný, mi ascolti? Non voglio.»

«Sì, lo so» aveva detto lui. «E ti capisco. Ma prima di tutto dobbiamo pensare a te. A cosa è meglio per te. Se ci arrendiamo, le conseguenze saranno gravi.»

«Però io mi sento in dovere di farlo» aveva ribattuto Elísa. «Soprattutto per rispetto nei confronti di Lóla.»

«Naturale.»

«Avremmo dovuto farlo tanto tempo fa.»

«Forse. Anzi, con ogni probabilità. Ne abbiamo parlato così tante volte...» Era vero, quella discussione si era ripetuta in moltissime occasioni ed era sempre stato Benóný ad avere l'ultima parola.

«È che mi sento davvero in colpa» aveva detto Elísa. «Ricordo benissimo tutte le cose che mi ha fatto, ma questo non basta a placare il rimorso.»

«Dammi un po' di tempo per pensarci» aveva ribattuto Benóný.

Lei aveva trattenuto un gemito di dolore, poi gli aveva detto che voleva tornare a casa. L'effetto degli antidolorifici stava svanendo. Lui l'aveva aiutata ad alzarsi e tenendosi a braccetto erano usciti dalla Domus Medica.

Sì, Elísa si aspettava una diagnosi come quella e l'aveva presa come un castigo.

Una sera di sei mesi dopo, Benóný si era seduto al computer a navigare su internet – come faceva, a volte, prima di andare a dormire – e si era imbattuto in un articolo che parlava dello scheletro nel muro. Era rimasto con lo sguardo fisso sullo schermo e si era reso conto che si trattava dei resti di Stanley. Sconvolto, si era alzato di scatto e aveva lanciato un'occhiata in direzione della camera da letto, impaziente di comunicare la notizia a Elísa. Il suo primo pensiero era stato quello. Ma poi era andato in soggiorno e si era versato da bere, cercando di farsi venire in mente un modo per parlargliene senza angosciarla troppo.

Poco dopo, si era seduto sul bordo del letto, alla fioca luce dell'abat-jour.

Elísa, accorgendosi della sua presenza, si era svegliata. Dato che lui restava in silenzio, aveva intuito che qualcosa non andava, perciò gli aveva chiesto: «Cosa succede?»

«Devo dirti una cosa.»

«Hai bevuto?»

Benóný aveva annuito.

«Cos'è successo?»

«Non so se...»

«Be', se è una cosa talmente grave che ti sei messo a bere...»

«In effetti sì.»

«Allora dimmela.»

«L'hanno trovato» aveva mormorato Benóný, accarezzandole i capelli.

Lei aveva capito all'istante. «Come hanno fatto?»

«Si è rotto il muro o qualcosa del genere, non so.»
«Dopo tutti questi anni...»
«Già, dopo tutti questi anni.»
«Oh, buon Dio...»
«Prima o poi doveva succedere.»

Erano rimasti in silenzio a lungo. Benóný continuava a tenerle la mano.

«Però, in fin dei conti, è un bene» aveva sussurrato lei. «Non credi anche tu, Benóný? Per noi è un bene.»

Lui aveva annuito. «È che speravo che tu non...»

«... che non facessi in tempo a vivere questo momento?»

Benóný non le aveva risposto.

«Invece mi fa piacere. Anzi, sono contenta.»

«Lo so.»

«Ci terranno separati, vero?» aveva chiesto Elísa.

Benóný aveva scosso la testa.

«Non voglio stare senza di te» aveva detto lei. «Non adesso.»

«Su questo non hai nulla di cui preoccuparti» aveva cercato di rassicurarla lui. «Stai tranquilla.»

«Dobbiamo dirglielo. Dobbiamo raccontarle com'è successo. Le parlerò io.»

Benóný sapeva a chi si riferiva: a sua figlia. «Sì, naturalmente.»

Dopo un po', Elísa si era addormentata. Lui aveva preso un paio di pillole e il sonno lo aveva sollevato almeno temporaneamente dalle sue angosce. Ma il mattino seguente, al risveglio, si era sentito riassalire dal terrore nel ricordare la notizia del ritrovamento dello scheletro. Era accaduto nel momento peggiore, perché andava a sommarsi alle difficoltà che Elísa stava affrontando. Benóný sapeva bene che, considerando la situazione, non avrebbe contattato la polizia. Voleva restare con Elísa per tutto il tempo che le era concesso.

Si era alzato dal letto piano piano, per non fare rumore. Per lui era ormai un'abitudine. Si era vestito, aveva preparato il caffè e, mentre prendeva il primo sorso, aveva udito dei passi fuori dalla porta d'ingresso. Era Lóla, che veniva in visita come ogni mattina. Quel giorno, però, era insolitamente nervosa.

Anzi, incollerita.

«Dimmi che non è lui!» aveva detto, aprendo la porta ed entrando.

Benóný l'aveva guardata in silenzio.

«Non è mai tornato in America, giusto?» aveva continuato Lóla, lanciando un'occhiata in direzione della camera da letto, dove sua madre riposava. «Non è vero che si è messo con un'altra e che è rimasto a vivere in Pennsylvania.»

«Hai letto il giornale, deduco» aveva detto Benóný.

«Come sono andate le cose?» Lóla era andata al computer, che Elísa e Benóný tenevano su un tavolino in cucina, lo aveva acceso e aveva visualizzato le notizie sullo scheletro del seminterrato. «Cosa significa questo? Si può sapere cos'è successo *davvero*?»

«È successo che era quasi riuscito ad ammazzare tua madre. L'aveva murata viva. Proprio lì, in quella stessa intercapedine» aveva spiegato Benóný. «Se lei non avesse avuto tutta la forza che aveva all'epoca, ci avrebbe lasciato la pelle.»

«Non ci credo!»

«Tesoro...»

«Mi *rifiuto* di crederci!»

«Hai tutto il diritto di...»

«Non me l'avete mai detto! Perché, Benóný? Mi avete mentito per tutti questi anni!»

«Non sapevamo come fare. Avevamo pensato di raccontarti tutto proprio adesso, visto che tua madre si è ammalata, ma...»

«L'ha fatto per amor mio» aveva detto Elísa, uscendo dalla camera e avvicinandosi lentamente a sua figlia. «Benóný ha fatto tutto questo per me.»

«Ma mamma...»

«Lo so, tesoro, lo so, avremmo dovuto dirtelo, avremmo dovuto costituirci alla polizia, avremmo dovuto fare tante cose, e invece non le abbiamo fatte e viviamo ancora oggi con questo rimorso. Abbiamo scelto il silenzio. Ci siamo detti: 'Teniamo la bocca chiusa e vediamo cosa succede'. Non volevamo che lui facesse ancora più danni di quanti non ne aveva già fatti.»

«Vi troveranno» aveva detto Lóla. «La polizia vi scoprirà, verrà qui e... non so, vi arresterà! A quel punto cosa succederà? Cosa pensate di fare?»

«Niente» aveva risposto Benóný. Accorgendosi che Elísa era completamente priva di forze, l'aveva cinta con un braccio per sorreggerla. «L'unica cosa che possiamo fare è aspettare.»

64

Konráð capì che la donna non era disposta a rientrare senza prima farsi dire il nome della persona che si era presentata alla sua porta. Conoscendo bene gli effetti di certi potenti farmaci su chi soffriva di malattie gravi, gli venne in mente che forse non era del tutto in sé.

«Chi è quest'uomo?» ripeté la donna, con il poco fiato che aveva nei polmoni, senza accennare a tornare in casa.

«Un ex poliziotto» rispose Konráð in tono gentile, lanciando un'occhiata a Benóný.

«Siete già arrivati, dunque?» disse la moglie.

«Su, torna a letto, prima di prenderti una polmonite» intervenne Benóný.

Ma lei continuò a fissare l'ospite. Konráð ipotizzò che avesse il cancro. Provò una gran pena per lei e si pentì di essere venuto a disturbare quella coppia, ora che si rendeva conto di cosa stava affrontando.

Benóný si voltò nuovamente verso di lui. «Scusi, devo proprio chiederle di andare. Mia moglie ha un brutto male e sta assumendo farmaci che... sì, insomma, compromettono la sua capacità di giudizio. Ci sono momenti in cui non ricorda più chi è, o non sa quello che dice.»

Konráð guardò prima l'uno poi l'altra, senza muoversi dalla veranda. Infine disse: «Sì, certo, capisco. Magari ne parliamo in un'altra occasione». Fece per andarsene, ma la curiosità fu più forte della compassione. Si rivolse alla donna in camicia da notte. «Scusi, prima ha detto: Siete già arrivati. Come mai si aspettava una visita della polizia?»

«Per via di quello che abbiamo fatto. Ho chiesto a Benóný di contattarvi. Volevo che parlasse con voi prima che il mio calvario finisca. Non voglio portarmi questo segreto nella tomba.»

«Elísa!»

«Visto che lo avete trovato, era solo questione di tempo prima che arrivaste a noi» proseguì la donna. «È stato il mio Benóný. L'ha fatto per me, mi ha salvato la vita. Ma non è colpa sua: quell'uomo aveva cercato di uccidermi.»

Benóný scosse la testa. La sua espressione tradiva rassegnazione.

«Quale uomo?» chiese Konráð.

«Stanley. Lo scheletro nel muro è il suo.» Elísa si voltò verso Benóný. «Non gliel'avevi detto?»

«Ehm, ci stavo appunto arrivando...» Benóný lanciò un'occhiata a Konráð, come in cerca di comprensione. «È che volevo passare il tempo che resta insieme a te.»

Due auto della polizia imboccarono la strada residenziale. Le videro entrambi i coniugi.

«Eccoli che arrivano» disse Benóný.

«No, non vengono qui» disse Konráð, ma non ne era del tutto sicuro. Magari la polizia si stava presentando lì per la sua stessa ragione.

«Sarà meglio rientrare» disse Benóný alla moglie. Poi si rivolse a Konráð: «Se volesse lasciarci un minuto, gliene sarei grato».

Entrambi lo guardarono. La donna gli sorrise. Sembrava che dalle sue spalle si fosse sollevato un pesante fardello. Il marito la prese delicatamente fra le braccia e la sorresse fin dentro casa.

Benóný mise Elísa a letto e si sedette accanto a lei, tenendole una mano e accarezzandole la fronte. Udì i passi dei poliziotti sulla veranda, poi la voce di Konráð che diceva qualcosa. Poco dopo, i passi si allontanarono e le auto di pattuglia ripartirono.

«Li ha mandati via?» chiese Elísa.
«Torneranno» disse Benóný.
«Non è che ho fatto una sciocchezza?»
«No, amore.»
«Però se ne sono andati.»
«Credo di sì» disse Benóný. «Ha parlato con loro, non so cos'abbia detto, ma mi pare che siano ripartiti.»
Elísa fece una smorfia di dolore. «Benóný» sussurrò, stringendogli forte la mano. «Non lasciarmi.»
«No, tesoro, non vado da nessuna parte.»
«Benóný, amore mio...»
«Non devi preoccuparti di niente. Prova a dormire un po'. Io resto qui finché non ti svegli. Cerca di riposarti.»
«Benóný...»
«Sì, sono qui.»
«Io non mi pento di nessuna delle cose che ho vissuto con te» mormorò lei.
Tante volte Benóný si era stupito della forza con cui Elísa opponeva resistenza alla malattia, ma ora la vide esausta. Le baciò la mano e ripensò a tutta l'energia che aveva avuto un tempo, a tutte le volte in cui l'aveva sorretto nei periodi in cui si sentiva sopraffatto dalla vita. Aveva cercato di fare lo stesso per lei, nei momenti in cui l'angoscia e la depressione stavano per annientarla. E così, supportandosi a vicenda, avevano superato i primi anni dopo ciò che era avvenuto nel seminterrato, finché non avevano imparato a convivere con il peso di quello che avevano fatto. Benóný non aveva idea di come fosse stato possibile, eppure ci erano riusciti. La malattia di quegli ultimi mesi era una cosa orribile, ma al tempo stesso li aveva uniti ancora di più, e solo per quella ragione avevano finalmente meditato di parlare con la polizia. Ma avevano sempre rimandato, perché Benóný aveva paura di essere portato via, lontano da lei, e non sopportava l'idea di non stare al suo fianco negli ultimi momenti della sua vita.

Ora, mentre le accarezzava la fronte, capì che erano giunti alla fine della strada.

«Neanch'io ho rimpianti, Elísa» le sussurrò.

Le tenne la mano e fece per dirle che l'avrebbe amata in eterno, ma si rese conto che lei non poteva più sentirlo: la vita l'aveva già abbandonata.

65

Nel locale c'era poca gente, quando Konráð entrò. Ordinò una birra e si sedette a un tavolino dal quale poteva tenere d'occhio l'ingresso.
Era incominciata l'attesa.
Finalmente era riuscito a telefonare a Svanhildur e a scusarsi di nuovo per il modo in cui si era comportato nei suoi confronti. Non c'era stata una vera e propria riconciliazione, ma se non altro adesso avevano ripreso a parlarsi, e lui ne era felice. Gli sarebbe piaciuto tornare a frequentarla, ma capiva che lei non fosse d'accordo. Le aveva raccontato che la polizia aveva cominciato a indagare su un suo presunto ruolo nella morte di suo padre, per via di alcune sue dichiarazioni in sede d'interrogatorio, ora rivelatesi non veritiere. La falsa testimonianza in un caso di omicidio veniva presa molto sul serio, indipendentemente da quanto tempo era trascorso. Quando aveva finito di parlare, lei gli aveva chiesto se l'assassino fosse lui.
Domanda legittima. Aveva risposto di no.
Dopodiché aveva telefonato al suo amico Óliver, della Scientifica, perché si sentiva in dovere di ringraziarlo per l'aiuto. Óliver non aveva idea del motivo per cui Konráð si fosse consultato con lui su delle pillole che dovevano avere un effetto e un aspetto specifici, colore compreso. Konráð non gli aveva fornito alcuna spiegazione. Óliver gli aveva indicato diversi farmaci con quelle caratteristiche, dopodiché non aveva più riflettuto su quella strana richiesta, alme-

no fino a quando non gli era giunta voce di un incidente avvenuto a Litla-Hraun, dove uno dei detenuti era rimasto intossicato da un potente lassativo e per poco non ci aveva rimesso la vita. C'era il sospetto che si trattasse di un brutto scherzo dei compagni di carcere, che già altre volte si erano accaniti su di lui.

Ormai la birra era a metà e Konráð lanciò un'occhiata al cellulare per guardare l'ora. La serata non stava prendendo la piega desiderata. Riprese a fissare l'ingresso. Restava deluso ogni volta che vedeva entrare qualcuno che non fosse Húgó.

Seguendo il suggerimento di Benóný, la polizia aveva fatto dragare lo Skerjafjörður in cerca dei resti del cadavere di Luther, ma non aveva trovato nulla. Anche la ricerca di Mikki era stata infruttuosa: di lui si avevano soltanto notizie molto vaghe, che lo davano residente a Copenaghen – precisamente a Christiania – a metà degli anni Settanta. Benóný aveva dichiarato di non averlo più sentito e di non sapere neppure se fosse ancora vivo. Il loro comune amico Tommi era morto da senzatetto, a Reykjavík, l'inverno successivo al furto nella villa. Benóný aveva riferito a Konráð tutto ciò che aveva saputo da Mikki riguardo al dottor Heilman e a Nanna. Perciò ora Konráð aveva un'idea più chiara delle circostanze che avevano condotto alla morte della ragazzina nella Tjörnin.

Benóný si era costituito alla polizia, confessando l'omicidio di Stanley. Ora si trovava in custodia cautelare, ma aveva ottenuto il permesso di partecipare al funerale di Elísa insieme ai figli che aveva avuto da lei e a Lóla. Era stata una cerimonia dimessa, con pochissima gente. Aveva partecipato anche Konráð.

Nel frattempo era emerso che già da qualche tempo la polizia aveva inserito Elísa e Lóla nell'elenco delle persone da interrogare in merito al caso dello scheletro nel muro: erano tra i molti inquilini di quella casa, e le due auto di pattuglia erano andate a Mosfellsbær proprio per raccogliere informazioni sul periodo in cui vi avevano vissuto. Elísa aveva rescisso il contratto d'affitto prima ancora che la figlia rientrasse dalla campagna. Lóla era tornata a Reykjavík intorno a Pasqua, ma non aveva mai conosciuto la vera sorte di suo padre: le era stato detto che Stan aveva finalmente messo in pratica ciò che fino a quel momento aveva espresso soltanto in forma di vago proposito, ossia che aveva piantato Elísa ed era tornato negli Stati Uniti. La polizia non aveva mai ricevuto una denuncia della sua scomparsa. Quando i colleghi di Stanley avevano cominciato a fare domande, Elísa aveva risposto che era andato a far visita ai parenti oltreoceano e che da quando era partito le aveva telefonato due volte: la prima per dirle che la sua permanenza si sarebbe protratta più del previsto, la seconda per annunciarle che aveva ritrovato una sua vecchia fiamma e che non aveva intenzione di tornare.

Konráð finì la birra e si domandò se fosse il caso di ordinarne un'altra o se fosse meglio tornare a casa.

Durante gli interrogatori, la polizia aveva mostrato a Benóný una foto di Nanna, ma lui non aveva saputo dire se si trattasse della stessa ragazzina che aveva visto negli scatti rubati al dottor Heilman. L'unica cosa che aveva potuto affermare con certezza era che Seppi aveva ricevuto quelle fotografie da Mikki. Altro non sapeva.

Il cellulare squillò.

Era Eygló. «Allora, è venuto?» gli chiese.

«No» rispose Konráð, in tono stanco. «Non si è fatto vedere.»

«Be', tanto tu non ti arrendi.»

«Certo che no. Continuerò a provare.»

Konráð posò il telefono e fissò il bicchiere vuoto. Accorgendosi che la porta si stava aprendo di nuovo, si voltò a guardare, ma anche stavolta non era Húgó. Alla fine decise di ordinare la seconda birra. Tanto non aveva niente di meglio da fare.

La porta si aprì un'altra volta.

E, poco dopo, un'altra ancora.

ARNALDUR INDRIÐASON

LA PIETRA DEL RIMPIANTO

Reykjavík, un quartiere residenziale dove i palazzoni si alternano a placide villette e le strade sono ben illuminate. Davanti a uno dei condomini arrivano pattuglie a sirene spiegate, un'ambulanza, il furgone della Scientifica. Una donna è stata trovata morta nell'ingresso di casa sua, probabilmente soffocata con un sacchetto di plastica. La casa è sottosopra e sulla scena del crimine spunta un biglietto con un numero di telefono ben noto agli investigatori: è quello dell'ex detective Konráð, ormai in pensione. Immediatamente contattato, Konráð racconta che tempo fa una certa Valborg, anziana e gravemente malata, lo aveva cercato chiedendogli di ritrovare il figlio dato in adozione quasi mezzo secolo prima… Allora non aveva accettato l'incarico, ma adesso, tormentato dai sensi di colpa, decide di mettersi sulle tracce di quel bambino scomparso. Alla nuova indagine si intrecciano scoperte inquietanti che lo porteranno sempre più vicino alla verità sull'assassinio di suo padre, una verità che vuole e insieme teme più di ogni altra cosa al mondo.

ARNALDUR INDRIÐASON

LA RAGAZZA DEL PONTE

Un'anziana coppia è preoccupata per la nipote. Sanno che ultimamente Danní si è messa a frequentare brutti giri legati alla droga e non avendo sue notizie da qualche giorno temono le sia successo qualcosa. Per questo decidono di chiedere aiuto a Konráð: la nonna di Danní, che era un'amica di sua moglie, ha rivestito importanti incarichi pubblici e non vuole dare nell'occhio rivolgendosi alla polizia. Konráð è un ex poliziotto in pensione, e a Reykjavík la sua fama lo precede; il fiuto non gli manca, ma è distratto, svagato, e da molti anni rimugina sulla sorte del padre, accoltellato da un assassino sconosciuto. Questa volta, però, scavare nel passato lo condurrà alla verità: la triste vicenda di una ragazzina annegata nel laghetto della Tjörnin quasi cinquant'anni prima potrebbe essere infatti la pista giusta da seguire…

Questo libro è stampato col sole

Azienda carbon-free

Fotocomposizione: Andrea Bongiorni
Milano

Finito di stampare
nel mese di luglio 2024
per conto della Ugo Guanda S.r.l.
da Grafica Veneta S.p.A. di Trebaseleghe (PD)
Printed in Italy